文学故事

范中华◎编著

阙悠悠——王朝的背景

湖南人民出版社

图书在版编目（CIP）数据

银阙悠悠：王朝的背景：清代文学故事 / 范中华编著 . —长沙：湖南人民
出版社，2013.1（2024.09 重印）

（快乐读中外文学故事）

ISBN 978-7-5438-8645-2

I.①银… Ⅱ.①范… Ⅲ.①故事—作品集—中国—当代 Ⅳ.① I247.8

中国版本图书馆 CIP 数据核字（2012）第 186799 号

快乐读中外文学故事：银阙悠悠——王朝的背景（清代文学故事）

编 著 者	范中华
责任编辑	骆荣顺
装帧设计	君和设计

出版发行	湖南人民出版社［http://www.hnppp.com］
地　　址	长沙市营盘东路3号
邮　　编	410005
经　　销	湖南省新华书店

印　　刷	永清县晔盛亚胶印有限公司
版　　次	2013 年 1 月第 1 版
	2024 年 9 月第 4 次印刷
开　　本	710×1000　1/16
印　　张	15
字　　数	250千字
书　　号	ISBN 978-7-5438-8645-2
定　　价	25.00元

营销电话：0731-82683348　　　（如发现印装质量问题请与出版社调换）

目　录

1. 清兵入关和满族文学的兴起
qīng bīng rù guān hé mǎn zú wén xué de xìng qǐ

满族就是旧时所说的女真族。这个民族最早叫做肃慎，夏商时候居住在松花江的上游，原来是一个典型的游牧民族。它曾经是大渤海国的一部分，那时候上层人士一定已经有了文学创作，而民间也一定有数不尽的民歌和传说。后来女真族渐渐强大，到宋朝衰落之时，已经踞有一方，声威动人。另一支血统与之稍近的契丹族攻宋建辽。女真族又一举灭辽，建立了历史上赫赫有名的金朝。帝位几传，到了金熙宗手上，十四年时被堂弟完颜亮杀死。这完颜亮因为荒淫而被人废掉，所以史书上又称他为废帝海陵王。他又因为读了柳永咏西湖的词，豪情顿发，举兵攻打南宋，立志统一中国。完颜亮

女真骑马武士雕刻

在文学史上传有一首立誓"提师百万临江上，立马吴山第一峰"的诗篇，以汉语的格律抒写游牧民族杀伐的锐气，倒是别有一种新异之美。完颜亮后面是金世宗，世宗大力吸收中华文化，优礼汉人，一时国力日兴。他死时又传位给孙子金章宗。这章宗完颜璟的母亲是宋徽宗的外孙女，因此他就有一半汉人的血统。他不仅诗词俱佳，而且设立了奖掖文学艺术的机构弘文院。他的《蝶恋花·聚骨扇》咏折扇，有"金殿珠帘闲永昼，一握清风，暂喜怀中透。忽听传宣颁急奏，轻轻褪入香罗袖"几句，真是妙绝千载的神笔。一个皇帝的诗才往往是一个富于诗思的朝代的象征。只可惜些许年后，蒙古人（和契丹人算是同族）联合南宋把金朝灭掉了。女真人被

赶回松花江和黑龙江流域，编成五个"万户"，允许他们自治，并把他们的驻地称为建州。就这样从元到明，女真人又过起了自由快乐的渔猎生活。只是一度那样精美的诗词创作恐怕又消失不见，而只剩下猎手和牧人们活泼自然的歌谣和传说了。

晚明的风气是没落而又荒唐的，明神宗几十年不上朝，怕和臣子见面。因此内部就有民变不绝。在边境上，又昏昏沉沉，对凶悍的努尔哈赤一部一再迁就，对忠顺的哈达和尼堪外兰等部又不讲信义。平时纵容边将侮辱女真人，一旦女真人愤怒了，又一味地妥协。在明朝、起义的百姓、北边的女真这三方面的力量对比中，其实明朝的失利甚至灭亡是必然的。万历年间，努尔哈赤开始誓师讨明，父子两代奋斗，直到起义的李自成在崇祯十七年（1644 年）间把北京打下来，然后再与同年和明朝降将吴三桂一起，打垮李自成，由第三代的顺治皇帝正式定鼎中原。这时明朝的气数已尽，所以南明终究不比南宋，几次挣扎，却越发黑暗，根本没有恢复的能力了。

努尔哈赤在万历四十六年（1618 年）正式和明朝决裂的"告天七大恨"里面充分表现了满族人的民族精神，那就是恩怨分明，朴素率真。明朝背弃边约，纵容汉人到女真境内挖参，被杀后还要女真人偿命，这是第三大恨；明朝的镇北关附近的叶赫部，有明朝的官兵帮助抵抗努尔哈赤的进攻，为什么明朝对叶赫那样好，对我们这样坏？这是第二和第四大恨；努尔哈赤的祖父和父亲对明朝都很忠诚，却惨遭杀害，此仇不可不报，这是第一大恨；努尔哈赤钟爱的一个叶赫女，他从此女十四岁等起，等了二十二年，此女却被明朝授意嫁给了西边的喀尔喀部王子，这是第五大恨。亲情、爱情、公义、信义，都有了。尤其有意思的是认认真真用这些话来告天，颇有口没遮拦的气质，坦率得可爱。这气质虽质朴，却有些近于诗，它是这个民族健康开阔的精神世界的展露。

前面说过满族有文学传统，其实这也和这个民族的宗教信仰有一点关系。在满族人的神话里面，有对创世的天神阿布卡恩都里的信仰。他们相信天有十七层，天神住在最高层的天上，太阳、月亮和北斗星都在他的脚下。而像人间这样的地方还有九层，地下是魔鬼耶路里所在的八层地狱。人因为在地上生活，所以有身体，死后就只是灵魂上天下地了。萨满就像其他宗教的祭司一样，成为人间和天神的中介。这样就有了许多萨满唱的神歌，有的还详细地描述了人间的萨满穿越一层又一层天，经受种种考验而逐渐接近天神的过程，近似叙事长诗，很有文学价值。后来满族渐渐接受了藏传佛教，顺治皇帝就一生礼佛信佛，而且身后还有是否出家的争论。一个有着超出凡俗世界的精神信仰的民族，就一定会有对美的强烈追求。顺治皇帝就同时有着极高的文学修养，并由此开了清代皇帝雅好文学的风气，留下了数不清的御制诗文。皇帝以下，亲王、大臣，满族的上层人士一时都以文学创作为风尚，据袁枚《随园诗话补遗》，到乾隆年间，甚至"满洲风雅，远胜汉人，虽司军旅，无不能诗"。词人纳兰性德、女词人顾太清，都是独步青史的奇才。散文方面有礼亲王昭梿的《啸亭杂录》和敦崇的《燕京岁时记》，文言小说有和邦额的《夜谭随录》，也都是世代诵读玩味的美文妙笔。至于说到白话小说，从《红楼梦》到晚清的文康《儿女英雄传》，精神光彩之盛，更是无与伦比。

　　满族文学毕竟是汉语文学的一部分，彼此水乳交融，是后来的人很难分析清楚的。但它又的的确确给汉语文学带来了许多新鲜的东西。满族长期居住边地，本来属于和中央政权万里隔绝的边缘族群。它的入主中原，使得东夷自由欢快的歌舞精神冲击着汉地四平八稳的雅音，种种北方民间曲艺的身份提升，比如八旗子弟中流行的"八角鼓"和"子弟书"就是明证。这样一连串的文体地位都发生了变化。原来处在文学的边缘地带的许多所谓小技，比如楹联和诗钟，都一跃而成为领一代风骚的奇艺雅事。甚至始终受到歧视的白话小说，都直接得到清代帝王的赏识。皇太极打天下，依靠的就是一部翻译成满文的《三国演义》；金圣叹评点《水浒传》，将它和《庄子》、《离骚》、《史记》并称才子书，这一革命性的文体评价历来被传统士人痛恨不已。同时代的另一个狂人归庄就骂他将"小说传奇跻于经史子集"是"不伦"，如果"有圣王"，就必然不由分说"诛"了他！可惜顺治皇帝不是这样的"圣王"，看过金圣叹的小说评点后十分喜

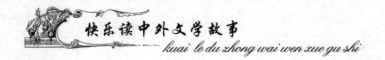
欢，说这是"古文高手，莫以时文眼看他！"再往后，高鹗补全的一百二十回本《红楼梦》竟是皇家武英殿的刻本，皇帝以下，王公大臣人手一部。清代皇帝屡屡销禁小说，也正是从反面表露出对这一文体的前所未有的重视。各式边缘的文体就这样在一代风气的鼓荡下，全面地挺进到清代文化的中心里来了。这样说来，满族文学的兴起，又是功德无量的事了。

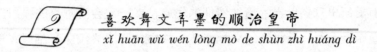

2. 喜欢舞文弄墨的顺治皇帝
xǐ huān wǔ wén lòng mò de shùn zhì huáng dì

清太宗皇太极在胜利在即的时候忽然一病而死，1644年清世祖福临即位，时年六岁，这一年迁都北京，年号顺治。顺治皇帝幼年之时，一切国家大事都由摄政王多尔衮执掌，南征北战，面对着南明的顽强挣扎和汉人的民族敏感，很费了一番奠基统御的工夫。这时候的中国，本来就因为一轮文明将要没落，而陷入晚明时节整个民族对形而上世界的内省沉思。抬头沉思的结果是脚下起火，满族人打了进来，有进攻，更有抵抗，像扬州屠城十日，血流遍地，带来的是沉痛，是沉痛过后的空寥无言，是更深地沉入内心。文学，作为一个民族内心生活的真切流露，经历了明清之际的变故，一下子成熟和壮阔了起来。顺治朝的文学，就是这样的明时播种而清时收获的硕大果实。

顺治皇帝年少聪颖，又深感政治的复杂，喜欢作出荒唐嬉游的模样，以使他的叔父多尔衮放心。就这样一直长到了十四岁，多尔衮死，顺治对这位叔父先上尊号，再夺爵位，亲政之初就颇有魄力。他严惩贪赃之徒，不许太监干政，在对付南方复明义军的问题上，恩威并施，曾想分一些江山给郑成功，有一次甚至作好了亲征的准备。不过顺治皇帝喜欢佛教和天主教，如自己在御制《行状》中所说"夙耽清静"，爱玄想、好静思，在幼弱的外表下有丰富的内心。他从小好学，愿意和身边的大臣辩论，极恨大学士刘正宗"廷议自以为是"，争论之中不给他面子，又对刘正宗"优容宽恕"，不再追究。书法和绘画都是顺治皇帝的爱好。顺治论书法推崇前朝的崇祯皇帝，他平日临习《遗教帖》和《夫子庙堂碑》，好写大字，曾一次写大幅"敬"字数十幅。他曾经抄过一首唐诗送给善果寺的弘觉和尚，又曾经画过一头牛给了宋权。诗是唐人岑参的那首"洞房昨夜春风起，遥忆美人湘江水"，不特别出名，却颇有风致，可见顺治的阅读之博，趣味之高。他画的那头牛据王士祯后来说"意态生动，笔墨烘染，所不能到"。他高兴起来就招呼大臣过来，为之画像，有的赠人，有的一笑之间当场烧掉。他画的山水小品描摹"林峦向背，水石明晦"，据说深得宋元人的三昧。种种记载表明顺治确实是一个风雅性灵的皇帝。

顺治自幼喜读汉语的小说，并每有自己的性灵见解。他喜欢看金圣叹批点的《水浒传》，以金为"古文高手"，使得金圣叹颇生"九天温语朗如神"的知己之感。而到乾隆年间就大肆地禁毁金圣叹的批本，以为其中有"倡乱"的因素。这一变化从政治上看虽然可说是此一时彼一时，从境界上说却毕竟有着太多的文学情趣上的差别。后来董鄂妃去世，顺治很是悲伤，追谥端敬皇后，并要朝中文士词臣写出祭文。吴伟业有《古意》诗，其中几句涉及此事：

> 从官进哀诔，黄纸抄名入；
> 流涕芦郎才，咨嗟谢生笔。

北齐的卢思道挽文宣帝，南朝宋的谢庄挽孝武帝，都是历史上感动君上的名笔。可是大家绞尽脑汁，却屡次"呈稿"屡次"不允"，顺治要求"须尽才情，极哀悼之致"。最后还是内阁中书张宸的祭文递上去，才算交了差。张文里面有这样几句：

> 渺落五夜之箴，永巷之闻何日？
> 去我十臣之佐，邑姜之后谁人？

顺治皇帝读完，不禁黯然堕泪。若论文学鉴赏力，他实在可以算做清代诸帝中的第一。

至于顺治自己的诗文，具体的情况已经很难知晓。我们能见到的，有一篇御制的《端敬皇后行状》，应该是出自他的亲笔。此篇写董鄂妃"事皇太后奉养甚至，伺颜色如子女，左右趋走，无异女侍，皇太后非后在侧不乐"；写她"宽仁下逮，……宫闱眷属，小大无异，长者媪呼之，少者姐视之，不以非礼加人"；写她"性至节俭，衣饰绝去华彩，唯以骨角者充之"；还写到她"习书未久，天资敏慧，遂精书法"。通篇是悼亡的笔调，语言朴素，痛切感人。另外顺治皇帝弃世之前写的那篇"遗诏"，列举了自己的十四大罪，笔触冷静超脱，极有成熟韵味。

一个皇帝的精神世界总和他所处的那个时代的命运联系在一起，他的性情、向往与风格也一定会极深地影响和铸造着整个时代的精神状况。顺治皇帝爱才怜才，弃世的前一年还亲自关心询问江南举子们的科考情形，为其中一些人未能中进士而打抱不平。清初的文学政策也稍宽松，因为世祖的才情见地和当时民间的奇人狂士多有心灵境界的相通与相似。宫内某贵族亲王曾赠药给老名士尤侗，好心治他的消渴症，尤侗写的谢启却出语滑稽不恭。人家打算加罪，告到顺治那里，结果顺治笑着说："文人之文，兴到笔随，岂能有所顾忌！"他甚至在宫中演出明遗民归庄为明亡而作的《万古愁》曲，此曲竟有当时最犯忌的字眼：

痛！痛！痛！痛那受宝册坐长信的只身儿，失陷在贼窝里。……宫廷瓦砾抛，陵寝松楸倒。但听得忽剌剌一天胡哨，车儿上满载着琼瑶，马儿上斜搂着妖娆，打撞处处，把脾儿睬。急得那些杀不尽的蛮子们一样的金线鼠绦，红缨狗帽，恨不得把大鼻子的巴都们，便做个亲爷叫。

像这样的破口大骂，顺治听后竟激赏不已。这等超凡的襟抱，仅用宽容一词是无法解释的。

顺治皇帝在位的时间不长，亲政的时间更短。但他的开明活泼的主张，他的自由超脱的精神，都是从明清之际那个极特异的时代里生长出来的，又返回来给那个时代的文学打上印记。新与旧、生与死、情感与理性、自我与家国……这些无疑都是贯通顺治皇帝和他的时代、乃至他的时代的文学的共同的主题。正是所有这一切使得汉语文学在短短的十八年里放出几乎超过汉唐的夺目光华。

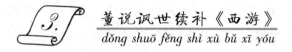

3. 董说讽世续补《西游》
dǒng shuō fěng shì xù bǔ xī yóu

话说这天唐僧师徒离开火焰山，一路向下走去。悟空忽对唐僧说道：

> 师父，你一生有两大病：一件是多用心，一件是文字禅。多用心者，如你怕长怕短便是；文字禅者，如你歌诗论理、谈古证今、讲经谈偈便是。

这是《西游记》里面的情节吗？这分明是对晚明士林种种颓靡风气的讥弹！上面的片断出自明清之际复社名士董说（1620—1686 年）所作《西游补》。全书十六回，情节夹在《西游记》故事的第六十一回和第六十二回之间，叙说孙悟空"三调芭蕉扇"之后因睡在一株牡丹树下，被鲭鱼精所迷，化斋到"新唐国"，又到"青青世界"万镜楼的故事。小说虽不长，又属附人骥尾，但却恍惚善幻，奇趣横生，鲁迅先生评它为"殊非同时作手所敢望"的上乘之作。在明清之际的"同时作手"里面，董说确实是出类拔萃的。据说此书始作于明崇祯十三年（1640 年），那年董说方二十一岁，已经正式受业于复社领袖张溥的门下，成为当时"江左名士争相倾倒"（《蓬窝类稿》）的人物了。

若说到董说写这部《西游补》的缘起，实在和他童年的经历不无关系。董说是浙江吴兴人，家里也曾经门第显赫，但到父亲这一辈已经衰落，父亲董斯张只是一个绝意功名、喜欢佛道的廪贡生，但因为风骨超脱，与之交好的名士极多。董说五岁的时候，当时的大名士陈继儒来府上造访，陈继儒问他喜欢读什么书，他忽然开口说："要读《圆觉经》！"举座惊叹。因此父亲教他《圆觉经》倒是在四书五经之前，并带他四处游名山，访高僧，可惜他八岁那年父亲就去世了。董说十六岁就已补廪，但此后几次进京应试都落了榜。董说加入复社时正值满洲边患，他曾给杨廷麟"上书自请斩楼兰"，但碰了壁。董说本来自幼就喜欢以佛禅的慧眼来观照迷幻的现实，晚明混乱的世态中又透着文明衰败的悲凉气息，令人肝胆俱寒。屡经挫折后他那原就敏感倦世的心当然更加苍凉。董说在《梦社约》一文中说："贫贱宜梦，忧愁宜梦，乱世宜梦。"他自号"梦乡太史"，终日沉醉在梦幻世界当中，在写作《西游补》的同时还写了记述梦境的《梦乡志》和《昭阳梦史》。《昭阳梦史》里面记述了这样一个奇怪的梦："身在高山，望见天下皆草木，了然无人，大惊号呼。思此草木世界，我与谁语？痛哭，枕上尽湿。"好一个"天下皆草木，了然无人"的晚明世界！梦醒的董说面对着巨大的"人"的空场，愣愣地没有话说。他在《西游补》里边神游过去、现在和未来，苦苦思量，终于得出"悟通大道必先空破情根，空破情根必是走入情内，走入情内见得世界情根之虚"的结论。

小说的第二回写到"新唐国"城头上的绿锦旗："大唐新天子太宗三十八代孙中兴皇帝。"悟空心想"师父出大唐境界，到今日也不过二十年"可能是假，但转念一想，"也未可知，若是一个月一个皇帝，三十八个都换到了，或者是真"。这里的"一个月一个皇帝"很可能是影射1620年刚即位一个月就因服红铅丸而死的明光宗朱常洛。小说对那位新唐国的"中兴皇帝"也多有批判和讥嘲，如悟空在绿玉殿听到一个扫地宫女自言自语：

呵，呵！皇帝也眠，宰相也眠，绿玉殿如今变做"眠仙阁"哩！昨夜我家风流天子替倾国夫人暖房，摆酒在后园翡翠宫中，酣饮了一夜。初时取出一面高唐镜，叫倾国夫人立在左边，徐夫人立在右边，三人并肩照镜。天子又道两位夫人标致，倾国夫人又道陛下标致。天子回转头来便问我辈宫人，当时三四百贴身宫女齐声答应："果然是绝世郎君！"天子大悦，便迷着眼儿饮一大觥。

分明是醉生梦死、奢靡淫逸的"风流天子"，偏要号称"中兴皇帝"！

联系明代宫廷的现实，不能不说董说的笔触是沉痛而又尖锐的。到第四回，孙悟空又在"青青世界"的"万镜楼"中，从"天字第一号镜"里看见了科考放榜的场景：

> 初时但有喧闹之声，继之以歌泣之声，继之以怒骂之声，须臾，一簇人儿各自走散。也有呆坐石上的；也有丢碎鸳鸯瓦砚；也有首发如蓬，被父母师长打赶；也有开了亲身匣，取出玉琴焚之，痛哭一场；也有拔床头剑自杀，被一女子捺住；也有低头呆想，把自家廷对文字三回而读；也有大笑拍案叫"命，命，命"；也有几个长者费些买春钱，替一人解闷；也有独自吟诗，忽然吟一句，把脚乱踢石头；也有不许童仆报榜上无名者；也有外假气闷，内露笑容，若曰应得者；也有真悲真愤，强作喜容笑面。独有一班榜上有名之人：或换新衣新履；或强作不笑之面；或壁上题诗；或看自家试文，读一千遍，袖之而出；或替人悼叹；或故意说试官不济；或强他人看刊榜，他人心虽不欲，勉强看完；或高谈阔论，话今年一榜大公；或自陈除夜梦谶；或云这番文字不得意。

热衷八股的秀才们的种种丑态一览无余。作者进而借老君之口嘲讽他们是：

> 一班无耳无目、无舌无鼻、无手无脚、无骨无筋、无血无气之人，名曰秀士，百年只用一张纸，盖棺却无两句书！做的文字更蹊跷：混沌死过万年，还放它不过；尧舜安坐在黄庭内，也要牵来！

揭露明末八股取士的流弊，真是一针见血。到后边悟空又变作虞姬，和西楚霸王假装亲昵，结果不辨真伪的项羽竟斩了真虞姬，还要侍女"不许啼哭！……贺孤家斩妖却惑之喜"，这情节不禁令人联想到晚明社会普遍的是非不分、价值倒错，联想到忠贞的袁崇焕反被离间杀害的惨剧，从

而明白了董说诙谐的笔调后面实在有着浓重的辛酸。小说的第八、九两回，孙悟空又到未来世界，恰逢阎罗病故，于是代阎王审秦桧，并处以种种酷刑。秦桧不服，大嚷："后边做秦桧的也多，现今做秦桧的也不少，只管叫秦桧独受苦怎的？"悟空道："谁叫你做现今的秦桧的师长，后边秦桧的楷模！"继续用刑，终将其化为血水。此处显然也是作者直斥当朝权奸的郁愤之笔。悟空又结识了岳飞，五体投地拜其为师，并续一偈子云："有君尽忠，为臣报国。个个天王，人人是佛。"把忠孝伦理融会在佛法里面，这也正是董说毕生信奉的人生哲学。然后是唐僧辞退八戒和沙僧，并娶妻名翠娘的情节。唐僧又奉新唐天子之命征西讨伐婆罗密王，悟空和八戒只得混在军中暗暗效力。谁知那婆罗密王竟是悟空当初钻入铁扇公主腹中时所留的种子！至于第十五回"杀青大将军"的"美女寻夫阵"也是荒唐至极，恰是明末官兵溃不成军的怪态的艺术折光。这些都是因为被鲭鱼精气所迷而产生的幻觉，最后是虚空主人把孙悟空从梦中唤醒。作者以鲭鱼精暗喻了虚妄的"情根"，"虚空主人"则提示了小说的"虚空作主人，物我皆为客"的宗旨。

　　大明的气数已尽，一代繁华转眼流散成空。董说也成了时时"掩面而哭"的明遗民。他先是师从灵岩山南岳和尚，搭了丰草庵隐居修行，后来干脆在顺治十三年（1656 年）剃发出了家，更名月涵，一直做到灵岩主持。从此敛踪隐迹，不再与常人往来。

4. 风雷剑笔顾炎武
fēng léi jiàn bǐ gù yán wǔ

　　1645 年，清兵渡江南下，昏朽的弘光小朝廷顷刻瓦解，各地义军蜂起，昔日堤柳烟花的江南此时充满了血光。高官显宦纷纷投降之际，在死守昆山的战役中，有两个文人却愤然登上城头，手执战旗指挥抵抗。这就是归庄和顾炎武。

　　仅仅十天之后，强悍的清兵就消灭了这支小股抵抗力量，一举破城而入，昆山城里无论穷富尽遭洗劫。顾炎武四弟、五弟被杀死，生母何氏乱中被清兵砍去右臂。顾炎武小时就被过继给叔伯家，昆山攻陷时，他恰好护送嗣母王氏避难到了常熟，因而幸免于难。不久，常熟也被清军占领。刚烈的王氏绝食十五天，慨然赴死。临终时的遗训是："无为异国臣子，无负世世国恩。"这一年顾炎武只有三十三岁。从这以后，他背负着国恨家仇，成了一个终生未敢忘却复国之念的孤臣孽子。

顾炎武（1613—1682年），江苏昆山人。原名绛，字忠清。清军入关后，他有感于形势，效法南宋名臣文天祥的高第王炎午，为自己改名为炎武，又改字为宁人。因住昆山亭林镇，人们又因此称他亭林先生。顾炎武和同乡归庄是好友，两人一同入的复社，社内人常联称他俩是"归奇顾怪"。归庄比较狂傲，顾炎武则一身正气，不苟言笑，

顾炎武画像

而且据说顾炎武相貌丑陋，瞳仁不是外白内黑，倒是反过来，外黑内白，从形象到内里都着实是个怪人。

顾炎武有三个外甥：徐乾学、徐元文和徐彦和，都在朝廷里做大官，也都是著名的学者，可却都对舅舅顾炎武畏惧三分。康熙十五年（1676年），顾炎武曾经到过京城，徐乾学、徐元文在京做大学士，一天晚上，二人设筵，顾炎武被毕恭毕敬请为上座。礼节性的三杯酒刚刚喝完，顾炎武沉着脸就要走。外甥急忙挽留："与舅舅难得一见，不妨畅饮一番，谈至夜阑，再送舅舅回去安歇不迟。"哪知顾炎武听此话立现怒色："世间唯淫奔纳贿二者皆于夜行之，岂有正人君子而夜行者乎！"训得徐氏兄弟屏息敛容，不做一声。顾炎武对外甥们有这么大脾气，主要还是不满他们仕清，他秉性峻峭，就连倜傥慵懒的文士习性尚且难容，更不必说身仕两朝了。所以他的朋友只要是做了清朝的官的，他一概与之绝交，其中包括钱

谦益、吴伟业、朱彝尊。

清兵南下不久，顾炎武就以南京为中心，开始了常年不懈的抗清活动。当然基本是地下的秘密串联，他扮成商人，化名蒋山佣，在江南一带串联活动非常活跃，另外也赚了很多钱。他还多次去南京的明孝陵拜谒。据近人刘成禺《世载堂诗》，近代训诂学家黄侃在北大讲清史时，曾说"小宛入宫，实顾亭林之谋"，此举志在亡清，有仿效春秋时候越国献西施亡吴的意思，黄侃说手上有不宣的确证，只可惜直到黄侃离世，也没有把他的"确证"拿出来示人，所以只能姑存一说了。另外还有说法，认为顾氏于清代的会党也有秘密创制之功。

顺治二年（1645 年），鲁王弃绍兴，由江门入海。顾炎武当时隐居乡里，独自登高望海，心绪沧茫，作《海山》七律四首，人称"无限悲浑，故独超千古，直接老杜"。

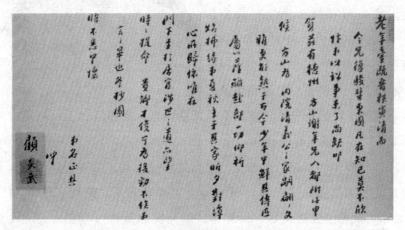

顾炎武书法

顾炎武四十五岁上只身离家北行，在山东住了一些年后，又向西行，遍游了大河南北长城内外的许多地方。顾炎武这样做实是在图谋反清复明的大计，北部资源富足，民风强悍，顾炎武每到一处都要查看形势，广交豪杰，囤积粮草，其实是一直在寻找可举大业的根据地。康熙十六年，顾炎武来到陕西华阴，他发现这里连通四方，足不出户，天下尽知。退可入山守险，进则有建瓴之势，于是才决定定居于此。从这些方面看，顾炎武俨然可称为一个军事家了。康熙二十年，顾炎武在山西曲沃辞世，享年七十。整整二十五年，顾炎武再没回过家乡，甚至妻子逝去，他也只是遥寄《悼亡》诗五首。他自称"性不喜行舟食稻而喜餐麦跨鞍"，真是一个胸怀大志的须眉男子。

关于顾炎武还有许多奇特的传奇故事：据《清史稿》记载，他本无子女。但在游历中，他每到一处都要另置妻室，居住一段时间后又孤身离去。因而肯定会留有后人。只是因为随处以化名出现，纵有后人也难察访了。这与他的处境及复国的深谋远虑都有着某种关系。

奇怪的是，顾炎武常年旅居在外，财力上却从未见什么困乏。他的外甥们官位未显时，都曾向他借贷，竟"累数千金，亦不取偿也"。章太炎说，他曾经听山西人讲，顾炎武得到了李自成藏的一笔窖金，而且还以此为资本创办了票号。他的好友傅山协助他料理经营。两人共同创立新制，使有清一代的票号事业走上正轨。果真如此，则山西商业的富庶发达也要归功于顾炎武了。

中年以后，顾炎武的很多读书时间竟都是在旅途中，他有时默默背诵诸经注疏，有时又捧书大声吟诵，进入忘我之境。有一次他读书正入神，一不小心连人带马跌进了深沟，他竟然并不在意，重整行装，继续赶路去了。如遇到关塞，顾炎武便要细心考察一番，继而找来那些亲历战乱鼎革的老兵，与他们在小酒肆开怀畅饮，虚心询问。老兵借酒兴畅言当地风土、历史变迁、种种生产劳动情况，顾炎武就认真地听取，发现有与史料或旧说不符的地方，他就反复追问，直到核实为止。

这就意味着，顾炎武不仅通览古今典籍，而且还掌握着清初经济、制度、文化等的第一手材料。"行万里路"，注重田野调查是顾炎武特有的治学作风，因而他才能发别人所未发，写出《天下郡国利病书》这样一部资料宏富、实用性极强的著作来。至于著名的《音学五书》和《日知录》，虽然前者是考订上古音韵的专书，后者是一部学术思想随笔，似乎与实地考察关系不大，其实也都是大大得益于他走出书房、漂游四方的羁旅生涯。

顾炎武一生著述甚丰，《日知录》则是其中最具代表性的。

五十岁后，恢复大业的希望越来越渺茫，虽行旅奔波，顾炎武已越来越多地用学术来填补心中的失落情怀。陕西学者李颙、王宏撰也都成了他的好友。康熙二年（1663 年），顾氏去陕西周至访李颙，曾在附近关尹子的住宅旧址"楼观"留诗：

> 颇得玄元意，西来欲化胡。
>
> 青牛秋草没，日暮独踌躇。

顾炎武本想以秦地为根据地，西来"化胡"——解除满洲的统治，结果却无人倡应，心境的孤寂悲苦可想而知。

晚年顾炎武作为学者的名声越来越大。康熙十七年，朝廷首开博学鸿词科，广收天下饱学之士，并组织人力编修《明史》。很多人都想到了顾炎武，极力推荐他出山，顾炎武一概拒绝，甚至多次以自杀来表明决心。康熙十九年，也就是顾炎武去世的前两年，他还特地撰写一副春联，表明自己的至死不变的故国情怀：

> 六十年前　二圣升遐之岁
>
> 三千里外　孤忠未死之人

遥想亡明旧事，悲壮之情溢于言表。

望七之年的顾炎武知道来日已经无多。激情渐渐消退后，他的心境也变得平和。他此时曾有一封给外甥徐元文的信，在平生著述中别成一格。信中，顾炎武竟夸赞当时的盛世景象为："国维人表，视崇祯之代十不得其二三。"但又恳切指出自己四处查考亲睹的种种强弱凌夷之苦，像这些"一方之隐忧，而庙堂之上或未之深悉"，因此禁不住"贡此狂言，请赋祈招之诗，以代衰秋之祝"。这个胸怀苍生的老人终于超越了遗民群体的复杂与狭隘。

傅山：书画双绝，传奇一生
fù shān: shū huà shuāng jué, chuán qí yī shēng

　　白衣傅青主，是个风神俊朗、义薄云天的传奇人物。他不但在正史、野史、文学史、哲学史、美学史、医学史、书画史上都留下了千古不灭的赫赫英名，而且还常常出没在民间的侠客演义里——时而白马轻裘，笑傲江湖；时而手执折扇，谈吐恢弘；时而挥毫书画，慷慨淋漓；时而悬壶济世，行医四方……其智勇才略，着实了得。

　　其实青主只是傅山（1607—1684年）五十四个字号当中的一个，其他还有公之它、酒肉道人、西北之西北老人、浊翁等。有许多看起来似乎五花八门、不知所云，但其中都大有深意。或表明了他的世界观、人生观、社会观，或诠释出他治学以及为人处世的态度，或透射出他的生平志向，或暗含着反清寓意……盖以后两种情形居多。

　　志高者必负奇才，傅山亦然。民间关于他的那些神乎其神的传说，都有实据可考，而非空穴来风。在梁羽生的武侠小说《七剑下天山》中，傅青主以"神医"的身份出现，并在武林中享有极高的威名，这可不是小说家的虚妄之言。治学、行医、反清，是傅山一生中的三件大事，他精通医理，颇能"以医术活人"，并有《傅青主女科》、《傅青主产后篇》等医学著作传世。在武学方面他也很有建树，非但武功超群，而且据考证著有《拳谱》一书。

　　在治学方面，傅青主堪称天才。他出身博学之家，又能超脱物外，自得天机，故能雄视当时学界，有"学海"之美誉。古来文人相轻习气成风，而傅山的学品及人品却获得了当时及后世学界众口一词的推崇，被视为士林之典范。中国古代文人中获此殊荣的，大概唯有傅青主一人。

　　傅山提倡泛览群书，同时要有鉴别力，炼就一副火眼金睛，如此方能够做到"一双空灵眼睛，不仅不许今人瞒过，更不许古人瞒过"。其古学功力，由此可以想见。

傅山有时极为固执，他坚持宁拙毋巧、宁丑毋媚的美学思想，对造作的美深恶痛绝。但他又并非僵化冥顽之辈，譬如对赵子昂的书法艺术，傅山因不喜欢赵为人的无节，于是憎屋及乌，也薄其书法中的巧、媚。不过后来他平心静气，仍对赵的书法作出了公允的评价，认为到底"尚属正脉"。

傅青主本人的书画就堪称双绝。他善狂草，往往大醉之后，"野行以书"，笔至神至，豪放自然。他的画则奔放不羁，以骨力取胜。傅山的墨宝向来为世所珍，称之一字千金，价值连城是一点也不夸张的。

谈到他的书法，有一则轶事不能不提。话说当时京城打钟庵的寺僧想请傅青主题写庵额，傅因厌恶这和尚品行不端而没有答应。和尚于是重金拜托傅的一位朋友。这人设计宴饮傅山，趁傅微醉之时握笔书写自己预先吟成的一首五绝，其中嵌有"打钟庵"三字，谎称要将此诗题刻在自家屏风上。但是写了几次都没写好，傅山于是欣然挥笔。事后，朋友将"打钟庵"三字剜出，给和尚题在门匾上。傅山偶经此处，真相大白，惊怒之下，竟与朋友绝交。

不难看出，傅青主放诞狂逸，而且重节尚义。他生平与顾炎武最是投缘，竟成知交。虽长顾十年，但仰慕顾亭林的人品学识高义，竟拜投在顾门下，屈身甘为弟子。后人曾作有《松庄高会》图，画的就是二人高踞峰巅，长啸松林，纵论古今，风采翩然，神情毕肖，令人悠然神往。二人一生相得，同学同志，又共举反清大业，实非一般惺惺相惜可比。傅山曾赠给顾亭林一首诗：

> 河山文物卷胡笳，落落黄尘载五车。
>
> 方外不娴新世界，眼中遍认旧年家。
>
> 乍惊白羽丹阳策，徐领雕胡五树花。
>
> 诗咏十朋江万里，阁吾伦笔似枯槎。

寥寥数十字，道尽了沧桑变幻。笔力非凡，风格迥异，一望而见名家气派。

1636年，明朝官员袁继咸被诬告行贿，陷于冤狱，傅山冒死营救，几番组织学者请愿，使其终获昭雪。傅青主从此义名震天下。

除了十五岁时中了秀才，七十一岁时被清政府强行授予了中书舍人的头衔，傅山一生再无功名，但他一生心系国运，大半生都在为反清事业奔走。傅山生命中的前三十余年是在明王朝度过的。明亡后，心灵受到重创的傅山毅然加入道教，自号朱衣道人，以示对故国的怀念。他加入道教可不是为了逃离尘世或求得长生不老的神仙之术，而是满怀恢复故国的忠烈情肠。他万里跋涉，浪迹无家，亲身参与和组织各地的反清斗争。以张良自喻，据说傅山、顾炎武二人曾得到李自成的一笔窖金，为了长期支持反清复明大业，二人用这笔财宝在山西经营票号，以便为复国事业提供充足的经费。他们一生为之奔波的伟业最终成了水月镜花，但山西票号却就此流传壮大起来，为日后山西的"海内最富"奠定了雄厚的物质基础。可以说，傅顾二人是山西票号的头牌祖师爷。

学者傅青主奔波不忘治学，经过漫长的探究求索，他的思想发生了根本性的转变。亲历两个王朝统治的傅青主由反清转而走向反封建专制之路，提出了"市井贱夫可以平治天下"等带有空想色彩的政治主张。

与冷情的顾炎武有所不同，傅山曾经有过美满的爱情生活。不幸的是，在傅山二十六岁时，他的爱妻张静君遗下五岁的幼子傅眉，染病辞世。悲痛欲绝的傅山从此与傅眉相依为命，誓不复娶。他一生忠于爱情，始终不能忘情于张静君。在她弃世十四年后，傅山见到她刺绣的《大士经》，仍悲情不能自抑，凄然吟句"人生爱妻真"。他后来发愤习医且精于妇科，与张氏的死不无关系。

青主与爱子傅眉既为父子，又半师半友。傅眉是傅青主美妙爱情的结晶，在流离生涯中给过他无限的慰藉。在孤苦的后半生中，提到"家"的概念，浮现在傅山眼前的，大概就唯有爱子的容颜身影了。

傅眉也是个才子，亦善书法，但不及其父。一次傅青主醉后狂草，傅眉以自己的字偷换，青主醒后见到案上字，不由得大惊失色，言道此字中气不足，只恐自己将不久于人世。傅眉急忙说明真相，青主喟然长叹，断言傅眉吃不到新麦了。不久之后，才华卓著的傅眉果真撒下老父、幼子，离开人世。傅山医道精湛，活人无数，但面对自己最亲爱的人却偏偏无能为力。青年丧妻，中年亡国，晚年失子，纵有回天妙手，奈何造物弄人。傅山在凄怆的心情中作了长诗《哭子诗》十四首，托孤（傅眉二子）之后不久，也哀哀而逝。

傅山是个过于重情的人，所以他一生苦于情残，最终死于情伤。

6. 姚江黄孝子，文章开先河
yáo jiāng huáng xiào zǐ，wén zhāng kāi xiān hé

明天启六年（1626年）六月的一天，驿路烟尘滚滚。一封书信被疾驰的骏马送到浙江余姚城内一户高大深阔的庭院：御史黄尊素大人被那些阉党们在公堂上活活打死了！院内哭声顿起。白发苍苍的老人遭逢丧子之痛，欲哭无泪。他提起笔，疾书"尔忘勾践杀尔父乎？"几个大字，亲手粘在墙上。一个十七岁的少年跪在地上默默无语。母亲抚摸着他的头，一字一顿地说："孩子，你要是还认我是你的妈妈，就不要忘了你爷爷这句话！"少年重重地点了点头。

这个少年就是黄宗羲（1610—1695年），卧薪尝胆的艰苦磨砺是他人生的真正开始。他父亲死时只有四十三岁，和他父亲一同被害的东林党人还有著名理学家高攀龙等七人。崇祯元年（1628年）正月，十九岁的黄宗羲带着为父申冤的奏疏，身藏铁锥，踏上了通往京都的路。半路上，他听说阉党集团已经被镇压，又听到别人劝他就此作罢，心中十分不平。阉党虽死，那些阉党的附庸、那些残害忠良的凶手，却仍逍遥法外！

黄宗羲画像

黄宗羲坚持赴京，上疏请求诛杀直接策划其事的许显纯、崔应元、李实、曹钦程等五人。崇祯皇帝要求刑部会审，至此其他死难者的子弟也纷纷赶到，京城的热心民众也都赶来观看，大家"裂眦变容"，恨不能把那几个恶贯满盈的家伙撕成碎片。李实辩称诬陷七君子的文书署名是魏忠贤模仿自己笔体所签，自己并不知情，但却事先给黄宗羲送去三千两银子，想堵住他的嘴，结果黄宗羲当场戳穿他的把戏；许显纯提出自己是前朝万历皇后的外甥，要求减轻刑罚，也被黄宗羲以"构逆"的罪名驳回。结果许显纯和崔应元都被处死，押往刑场的路上，遭到黄宗羲和其他子弟的痛打，黄宗羲还拔了崔应元的胡须祭在父亲的灵前。这之后，黄宗羲又会同其他子弟蜂拥到狱中，亲手椎毙了两个当年动手打死"七君子"的牢头。至此父仇已报，几个死难者的子弟在诏狱的中门前摆上水酒，失声痛哭，祭奠忠魂。哭声传到宫中，崇祯皇帝不禁泪湿衣襟："忠臣孤子，甚恻朕怀！"京城一时轰动，人人皆知有个"姚江黄孝子"，此时的黄宗羲却已经护持着先父的灵柩出京上路了。

四方名士都赶到黄宗羲的家乡要和他结交，朝廷也多次请他出来做官，但都被他辞谢了。他遵循父亲的遗命，到绍兴随大儒刘宗周学习。后来黄宗羲又参加了复社，在南京和许多文士结为至交。阉党余孽阮大铖被削为平民，却总想东山再起，趁李自成等"流寇"起事的机会，收买无赖地痞准备干预局势。1638 年，以黄宗羲为首的复社诸生一百四十多人，联名写《留都防乱公揭》，揭露阮氏的罪行，誓与其斗

黄宗羲手迹

争到底，不将其赶出南京决不罢休。阮大铖看后关起门来不敢出去，"咋

舌欲死"，并匆匆搬出南京往牛首山寺院中躲藏去了。这百余人从此组织了"国门广业社"，在桃叶渡地方日日欢饮，以嘲笑阮氏的丑态为乐。黄宗羲就是在这时和方以智等人成为好友。后来清兵入关，弘光朝召刘宗周入南京，黄宗羲也跟随而至，谁知朝政又为阮氏把持，逮捕当年曾联名驱阮的复社诸生，黄宗羲当然入狱。幸亏南明的刑部掌院有些良心，故意拖着不审，直到清兵入城，黄宗羲才乘乱逃回浙东家乡。回家后他组织了一些乞儿流民成立"世忠营"，拥戴鲁王朱以海定都绍兴抗击清军。朱以海逃到海上成立行朝，黄宗羲也跟随在海上漂泊多年，这中间还曾到日本的长崎搬兵求援，可惜未成。后来他又上岸，和全家一起隐居避难，在南明灭亡后渐渐把精力集中在思想学术上面，成为清初"海内三大儒"之一，并创立了浙东学派。

遗民的生活是清苦而凄凉的，"八口旅人将去半，十年乱世尚无央"，黄宗羲一家人备受流离之苦。不过"年少鸡鸣方就枕，老年枕上待鸡鸣"，黄宗羲越发感觉到时间的珍贵。这一段时间里他一直坚持讲学、著述，并开始整理宋以后的思想史，将搜集的大量资料编成《宋元学案》（由其子续完）和《明儒学案》，开了撰写断代思想史的先河。治学的日子有着心灵生活的充实，但却不能减少他对故国的怀念。"江村漠漠竹枝雨，杜鹃上下声音苦。此鸟年年向寒食，何独今闻摧肺腑。"（《三月十九日闻杜鹃》）诗人遥望昔日金陵，不禁泪眼模糊。但既然恢复无望，既然金陵意气、海上雄图都已成为伤心往事，冷静下来的黄宗羲就开始着手探讨明朝灭亡背后的制度原因了。黄宗羲的《明夷待访录》成于康熙二年（1663年），主张法治，批判君权，强调发展工商，张扬民本精神，锋芒锐气震撼当世，并成了近代民权革命的号角先声。这之后他又继承先师刘宗周的事业，在余姚等处复开证人书院，讲学十六年，而以"物无穷尽，日新不已"和"理根于气"为宗旨，尤其强调"践履"，注重实行。黄宗羲遭逢易代之际的种种惨烈情状，开始渐渐相信"人人生而自私"的荀子之学，这也可见他心灵的受到伤害之深了。

黄宗羲相信精彩的文章是天地的元气，而评价文章"美恶"的标准是看它和"道"之间的"离合"状态如何。他又亲自动手，广泛搜罗前朝秘籍，先后编成《明文案》和《明文海》，规模之宏博世所罕见，标准之严格也超出常人的想象。他自己的文章也被时人称做"不落世谛"的"真古文种子"，许多写给抗清将领和市井奇士的志传文字都清朗明畅、饶有情味。黄宗羲喜欢宋诗，论诗主张性情，不喜模仿。有个人拿着诗稿来向他请教，黄宗羲看后说："很像杜诗。"那人顿时欢天喜地，哪知他随后又补充说："这确是杜诗，可是你的诗在哪里呢？"隐居的日子里黄宗羲依然情操不改，于是有了许多富于空灵淡泊情致的诗篇，像著名的《山居杂咏》之一：

> 锋镝牢囚取次过，依然不废我弦歌。
>
> 死犹未肯输心去，贫亦其能耐我何。
>
> 廿两棉花装破被，三根松木煮空锅。
>
> 一冬也是堂堂地，岂信人间胜着多。

他晚年崇尚那种"止于不仕"而又不废"当世之务"的"得中"的人生态度，将这样一种又有原则性又有灵活性的态度称为"真遗民"的态度。原因很简单，清初的统治者"仁风笃烈"、礼贤下士，"儒者遭遇之隆"实在是亘古罕见的，黄宗羲不得不发自内心地折服。这些话不像是出自遗民之口吗？后面还有呢，黄宗羲甚至说清代是"五百年名世于今见之"，读书人应当"以琴瑟起讲堂之上"，为之讴歌赞美。他和钱谦益始终交好，与仕清任职的昆山徐乾学关系相当不错，还把儿子黄百家和弟子万斯同派去为清廷修明史，并亲自为清廷所修明史审稿。这些也许都曾为人诟病，但若换个角度看，它们又何尝不是他的开明通达的精神境界的绝妙注脚呢？黄宗羲在 1683 年曾写有《江村》小诗：

> 江水绕孤村，芳菲在何处？
>
> 春从啼鸟来，啼是春归去。

唯其博大宽厚，方能蕴藉空灵。康熙三十四年（1695 年），他安静地

病逝于家中，死前嘱咐：墓中置一石床而不用棺椁，死后不要佛事、七七、纸钱。据他的再传弟子全祖望说，黄宗羲这样做是盼望着肉体随着前朝而速朽。而他的精神却已迈入了新朝代、新生活、新境界，化入了"天地元气"的无穷和永生。

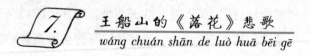

7. 王船山的《落花》悲歌
wáng chuán shān de luò huā bēi gē

湖南衡阳，石船山麓，残阳泣血。山坡上一幢孤独的木楼，一位面容清瘦的七旬老者，站在窗前，静听楼前流水。晚风吹着他萧疏的白发，许久，他才轻轻地叹了口气——他，就是明末清初著名学者、思想家王夫之。

王夫之（1619—1692年），字而农，号姜斋，又有一瓢道人、双髻外史等二十多个名号。晚居石船山，自称"船山遗老"，是明末清初一位伟大的启蒙思想家和爱国诗人，有着强烈的民族思想。明崇祯十五年（1642年）中举人，永历时为行人司行人。入清时参加抗清运动，追随明桂王在广西一带作战，失败后，归隐石船山，闭门著书，有《船山遗书》共七十种。

王船山祖籍本来在江苏高邮，明永乐初年才迁到衡阳，到他已是第九代了。船山祖先多为中下级军官，直到高祖，才开始"以文墨教子弟"，曾祖王雍文名远播，且家境殷实，到祖父王惟敬时渐趋衰落。船山父王朝聘自幼读书，也不善谋生。船山兄弟三人：长兄介之，仲兄参之，夫之最小。但王家上下数代却只有这最小的夫之学术成就最大，为人气节也为世代人所敬仰。

王船山生在明末清初战乱纷争的动荡年代，战争的频繁、政权的更迭给黎民百姓带来莫大的灾难，也极大地刺激了王船山的政治热情。1640年，船山二十一岁时，就参加了当时进步知识分子的组织——匡社。匡社沿袭了复社的风格，社人在一起一边交流学术思想，一边交流进步言论，抨击明朝政治的腐败。1646 年，船山上书南明王朝的湖北巡抚章旷，建议联合农民军抗清，但未被采纳。1648 年，船山在衡山举大旗，投入抗击清军的战斗，几经波折，他的抗清活动失败，于是改名换姓，辗转流落在湘西，自称"瑶人"，十年后，方定居衡阳石船山下。

王船山矢志与大清朝对抗，曾试图与农民军联手。但事实上，他对农民军也看不入眼，斥之为"流贼"。崇祯十六年（1643年），张献忠攻下衡州，下令广泛招揽人才，招请王船山及兄介之，他们兄弟拒绝合作，跑到南岳山双髻峰下藏了起来。农民军抓了他父亲王朝聘为人质，要船山兄弟以人来赎。船山闻讯，便用刀把脸和四肢刺破，并敷以毒药，然后叫人把他抬到张献忠营中。他伪装自己病重，不堪任用，又谎称长兄已死，张献忠才把他父亲放回去，他自己也在夜里逃了出来。

这一年船山二十五岁。1652 年（顺治九年，永历六年），大西农民军领袖李定国率兵十万，战象五十，进行反攻，大败清军于桂林、衡阳，派人邀请船山参加抗清，亦被船山拒绝。

王船山真是个固执的老头，他能坚持"完发以终"。据说他晚年独居一座小楼，不

王夫之手书《大云山歌》

与人来往，一些地方官也同情他的遭遇，佩服他的坚贞，对他留发也作宽容态度。新任崔知府上任后，想强迫他剪发。有次率领一批人偷偷爬上小

楼,看见王夫之拱手而立,凛然不可犯。崔知府不禁低头敬礼。改口说:"我是特地来问候您的。"船山老夫子还曾亲自为自己写墓志铭,曰:"抱刘越石之孤愤,而命无从致;希张横渠之正学,而力不能企。幸全归于兹丘,固衔恤以永世。"并自拟墓碣:"有明行人王夫之之墓。"

康熙十四年,王夫之在衡州附近石船山筑湘西草堂,进行著述。但因为他过的是隐居生活,生前没有多大声望,死后几十年内仍默默无闻,直到道光十二年(1832年),他的族孙王世全才开始陆续刊行其作,同时代的黄宗羲、顾炎武,虽也隐居,但却名动一时。王夫之席棘,声影不出林莽,又曾经历妇丧子夭之痛,可见他所经历的苦痛,更重一筹。

王船山平生著作颇多,有一百多种,四百多卷,共八百多万字。他的哲学思想,开启了中国近代的思想运动。侯外庐对王夫之有高度评价:"我们不能不钦服他可以和西欧哲学家费尔巴哈孤处乡村著书立说并辉千秋,他使用颇丰富的形式语言成立他的学说体系,我们又不能不说他可以和德国近世的理性派东西比美。"王船山的学术思想,博大精深,最值得一提的是他的诗论。他的诗论集中反映了明清之际的文学思潮的转变。王夫之认为,情是诗歌艺术美的本质所在,诗歌必须以情动人:"诗以道情,道之为言,路也。情之所至,诗无不至,诗之所至,情以之至,一道路委蛇,一技术通道也……往复百歧,总为情止,卷舒独立,情依而生。"王船山的诗论别有创见,且对"兴、观、群、怨"的古典诗歌理论加以继承,并把兴、观、群、怨作为"四情",纳入他"以情为主"的体系中:四情表现了感情中不同的内容,四者相辅相成,互相转化,诗人借此抒发内心的情感。对于一位坚持抗清的明代遗老,能提出如此富有生命活力的理论,是很难得的,这也更说明船山思想体系的复杂与伟大。

船山还是一位诗人,他的诗,是他诗歌理论的实践。如《读指南集二首》中"沧海金椎终寂寞,汗青犹在泪衣裳",被称为《离骚》嗣音:"悱恻缠绵,焄蒿凄怆,其耿耿孤忠,怨结不能自已之情,随处迸发流露。"因而感人泣下。船山诗作甚多,下笔如神。明思宗自缢身亡时,船山曾作《悲愤诗》一百韵，后来福王、唐王、桂王相继被害，他都写过《续悲愤诗》，前后共四百韵，可见他的诗数量之多。又有《落花诗》、《补落花诗》数首，其中一些很是脍炙人口。下面引一首《落花诗》：

> 生不辜春死亦香，飞蓬坠箨漫轻狂。
>
> 笑人云袂仍泥滓，奈此瑶玑夹雨凉。
>
> 越馆无心随上骘，仙丹有约屡依樯。
>
> 江干鹤瘦千秋伴，共怨人间甲子忙。

表面咏落花，同时也是对自我精神品质的肯定，和对"世风日下，人心不古"的嘲讽，表现了一朝遗老的思索和精神苦痛。

晚年的王船山过了半世的隐居生活，心情渐趋平静，于青灯古书中，吟得人生三昧，他的几首小诗正表现了这种暴风雨后的平静。下面一首《水仙》便是他古稀之年的诗作，诗情明丽闲致，散发出一种自然的清香：

> 乱拥绿云可奈何，不知人世有春波。
>
> 凡心洗尽留香影，娇小冰肌玉一梭。

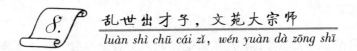

8. 乱世出才子，文苑大宗师
luàn shì chū cái zǐ, wén yuàn dà zōng shī

想当年渔阳鼙鼓惊破了《霓裳羽衣曲》，随着汉唐气象的日渐模糊黯淡，飞扬轩昂的盛唐之诗也挟带着一路烟尘滚滚而去。从此，诗经由五代宋元流转而下，到了朱明王朝，更是在前后七子复古风气的笼罩之下陷入低潮。三百余年里，明诗始终在拟古与反拟古的曲折斗争与反复论辩中徘徊不进，罕见大家，更少杰作。但钱谦益是个例外，自从东南文坛崛起大宗师钱谦益（1582—1664 年），诗坛局面就得以廓朗一新。

乱世出才子。据徐珂的《清稗类钞》记载，这位钱谦益尚书一向以富记忆力而著称。他幼年时曾与人打赌，以谁能列举《四书》语句中的

钱谦益画像

"口"字最多来决胜负。有人举出"人知之亦嚣嚣，不知亦嚣嚣"二句，得十八个"口"字。那人正当得意之时，钱悠然吟出"讴歌者不讴歌益，而讴歌启"句，共得"口"字十九，令对手折腰叹服，遂从容获胜。钱谦益也颇因此而自负，自言十六七岁时即能将李梦龙、王世贞的文集倒背如流。钱藏书极丰，据说在长江以南，没有人能够同他匹敌。晚年时绛云楼发生火灾，其所珍藏的宋元精刻本皆焚于一炬，他竟在高龄之年完全凭追忆撰出《绛云楼书目》，遗漏甚少。其捷才可见一斑。

钱谦益诗文俱精，被与之同为江左三大家的龚鼎孳誉为"文苑之宗师"。钱谦益文名鼎盛，时人难以望其项背，这除了过人的天资外，也与他渊博的学识及深湛的造诣不无关系。钱一生酷好读书，博通经史，广览百家。旁及佛乘，皆能信意驱使，为文自是闳肆奇恣。他的读书方法也与众有别：每种书都备有副本，遇有新奇的字句，就摘抄下来贴在正本的上格，以便查寻阅览。至于他的诗，曾与他共过患难的弟子瞿式耜评价说，是"以杜、韩为宗，而出入于香山、樊川、松陵以迄东坡、放翁、遗山诸家"，博采众长，兼容并蓄，风格独特而富于变化，时而雄奇、时而沉郁、时而温婉、时而秾丽。描写郑成功水师军威的"楼船荡日三江涌，石马嘶风九域阴"，气势流动，颇富陆放翁的沉雄豪壮；"略彴缘溪一径分，千林香雪照斜曛"，信笔勾勒出众香庵的梅花盛事，不乏杜樊川的悠扬风调；感泣南明政权终结的"凌晨野哭抵斜晖，雨怨云愁老泪微"，深哀巨痛在笔端郁郁流转，饱含老杜的苍凉沉郁之气……融会多种风格而不露斧凿之工，出神入化，自成一家。一时间钱谦益名重天下，当时"凡四方从游之士，不远千里，行滕脩贽，乞其文……络绎门外。……"

钱谦益的诗歌创作开创了清一代诗风，他所倡导的诗论也影响了整个清代诗坛。明清之际，各种文学思潮交相兴替，流派纷呈，各家各派皆自执一见，论战不休。钱谦益则不然，他的文艺思想集众家之精华，不拘于一家之言。钱早承七子，后推唐宋，旋又倾心于李贽的个性解放论调，和公安派的袁中道及戏曲家汤显祖都有密切的交往。钱谦益反对严羽的"妙悟"等说，但宗秉"神韵"的王士祯却得到过他的提携和奖掖。不难看出，与同时代甚至前代的文人相比，钱谦益目光高远，卓然不群，是一个罕有的开明文士。

文风的开明使得钱谦益跃身于众人之上，先为明末复社领袖，又为清代文坛开山宗匠，他的杰出不是一般的才子所能与之匹敌的，他是一匹天纵之马。但同样的一种个性放诸于明清易代之际变幻的政治风云中，事情就变得微妙扑朔起来。倘若钱谦益是孤忠耿介之士或贪生怕死之辈也就罢了，但偏偏他都不是。乱世的臣子一向比较难做，而且又是一个才华横溢但却老是不怎么走运的臣子。钱谦益始终有着强烈的入世愿望，他超然不起来，他始终关注着世情，因而他一生的遭际也就是一个随着政治风云起落沉浮的过程。不过说到底他还是一个性情中人，命运的窘境和人生的动荡使他的性格趋于复杂而富争议性，但却赋予了他的作品以沉雄深婉的魅力，在另一个意义上将他推向了巅峰。钱谦益是个政客，但他首先浑身洋溢着文士气，这种气质是从骨子里透射出来的，再大的政治风浪都挥拂不去。

南京沦陷，他以望六之年充任迎降的文臣班首，从此为士林所诟病，后世史家也普遍认为他大节有亏。但投降后的钱谦益又并未按照降臣的惯例谄事清朝。他入都后的第一个愿望是为前朝修史，由此可见在骨子里他仍然首先是个文人而非政客。他的"奔竞热中"是可以理解的，学而优则仕，一个志大才高又自诩知兵的知识分子试图在政治上一展抱负，这是完全正常的。仕清不得意，他便以疾辞归，这也是一个大胆的举动，因为当

时法令森严，朝廷官员没有敢请假的，而他钱谦益竟然敢拂袖而去，驰驿回籍，实是狂诞之至。钱晚年支持反清复明，怀念故国的诗篇更是情真意挚，惹恼了清帝乾隆，下令禁毁其作品，并将其编入《贰臣传》。后人亦据此种种斥责诗人反复无端，方苞甚至诋之曰"其秽在骨"。这对于诗人实在是太过苛责了，固然他于明于清都算不上是忠臣，但只能说诗人钱谦益并非一个拘泥于传统名节的人罢了。

　　钱谦益所忠于的，是自由的个性，他所追求的，是独立的人格。他亲近马士英、阮大铖而被人所不齿，但阮是旧交，而马士英则是欣赏他的才华，士为知己者死，就钱谦益而言，他的亲近自有他的道理。他投降了清军，但却以一降而保全了一城百姓，况且一个薄恩寡道的昏君崇祯，又有什么资格值得他钱谦益以身相殉呢？明亡后的岁月里，他逐渐意识到，尽管河山依然是旧日的河山，但唯有那业已永远消逝的明故国才是他真正的心灵故乡。

　　钱谦益辞归后，受到反清义军黄毓祺一案的牵连，被关到南京的监狱里。在狱外看管期间，诗人的好友盛集陶常与之唱和。这首和咏落叶的诗即为其中之一，历来被视为钱氏的代表作。此时的诗人，已饱经忧患，遍历沧桑。牢狱于他并不陌生，早在他度过生命中大半光阴的前朝，就已几番起落，至尊至辱早都尝过了，至尊时屡欲入相，至辱时委顿牢狱。但此番国破家亡之后，以老迈之身却仍然难逃劫数，诗人心中自是别有一番苍凉的感慨。金陵王气已黯然而非，"徒有树"、"正无衣"道出前途遥远、未来迷茫的凄怆迷离之境，寒空孤雁尚有落脚容身之处，而诗人却彻底失去了心灵的归宿。

　　诗人的故国情结始终无法消解，新朝也并没有给他施展宏图的机会，"罗刹江边人饲虎，女儿山下鬼啼莺"，他又不断地耳闻目睹着满清贵族的残暴和故国遗民的悲苦流离。礼法名节不能束缚钱谦益，但斯情斯景却强烈地刺激着诗人的心灵。悲愤与愧悔交织激荡，导致了诗人晚年毅然投身于抗清活动。诗人自始至终是真诚的。他一生屡系讼案，但皆不是为大奸大恶之事；亲近马阮，却不曾有虚诈苟贪之举，而是"有报国心，长疏陈四事"……诗人从未在诗篇中为自己辩解，倒是直抒了悔憾之情。他的诗歌成功地实践了他自己诗须本于性情，立足现实的诗论主张。也正是他的真挚诗情附带来的强烈感染力触怒了清帝，因为同一个原因他的诗又屡禁不绝。

钱谦益，这个历尽两朝悲欢的"贰臣"兼诗人，他心路的坎坷与曲折，不是"反复无常"四字所能解释得清的。这种复杂的心境，只怕聪慧亮烈如他的红粉知己柳如是也未能尽知。"白头灯影凉宵里，一局残棋见六朝"，诗人心头的隐痛是无法言说的。

诗人一贯凭真性情活着，放废之后更将浮名视作过眼滔滔云共雾。钱晚年得遇风华绝代的秦淮名妓柳如是。他爱慕柳如是明艳的容颜，激赏她旷世的才情，敬重她亮烈的品格。钱谦益对柳如是的交识不同于一般的文人狎妓，他是将柳引为知音，关于爱情，诗人吟咏道："并头容易共心难"，他所追求的是二人同心的情中佳境。爱愈浓、赏愈切、敬愈深，为了表达对她的深挚情意，辛巳年（1641年）夏天钱谦益正式到松江以彩船香车大礼迎娶柳如是。箫鼓入云，兰麝香飘，完全以夫人之礼相待。这种在时人眼里违背礼法的举动惹恼了当地士绅，讨伐声四起，更有一班凑趣起哄的浪荡少年向船上抛掷砖头瓦块。但钱谦益坦然无忌，从容催妆。临水凭栏，衣袂翩然，一派名士风范，令人望尘莫及。

其后，钱谦益卖掉了价值连城的珍贵藏书，耗巨资为河东君柳如是修建了一座"绛云"楼，大概是想要坐拥美人奇书以终老吧。二人在楼中"争先石鼎联名句，薄暮银灯算劫棋"，一幅温馨浪漫的闺阁风情画。

对于钱谦益的降清，世人颇多诟病，连柳如是都对他有微词。云间人陈子龙曾在寺院的墙壁上题诗讥讽：

> 入洛纷纭意太浓，莼鲈此日又相逢。
>
> 黑头早已羞江总，青史何曾惜蔡邕。
>
> 昔日幸宽沈白马，今来应悔卖卢龙。
>
> 可怜折尽章台柳，日暮东风怨阿侬。

钱谦益的感伤与无奈自不待言，但他依然坦坦荡荡的穿着那件特制的小领大袖的衣服，据说小领是为了遵从新朝制度，大袖以示对前朝的追怀。钱一任人们将他讥之为"两朝领袖"，他的说法是发自内心的，他没必要伪饰。降清就是降清，抗清也真是抗清。无论出仕哪朝，他只不过是在寻找一个能淋漓尽致发挥自己的地方，遗憾的是明清两代都没有给他机会。良禽择木而栖，其实本来就没什么好难为情的，但人们讲惯了忠君，所以容不得他。

有才的人多半都有点傲。钱谦益盛负才名，狂情自然也是有的，但他却并没有染上文人相轻的习气。钱谦益乐于培育人才，"……宗伯（谦益）文价既高，多与清流往来，好延引后进。"清初的王士祯、宋琬等人都受益于他的提携。钱谦益的两位得意弟子都是名垂青史的民族英雄，一位是南明督师瞿士耜，另一位即妇孺皆知的郑成功。值得一提的是后者，郑成功声言与他那投降满清的父亲恩断义绝，而对另一位同样降清的钱谦益，他却恭恭敬敬地以师礼事之，不能不说这是一个耐人寻味的细节。

诗人在八十三岁高龄凄惶离世，留下纷纭斑驳的遗事供人评说。或许诗人早就知道，后来的人并没有谁会愿意为一个变节之臣过多地说些什么，世间唯有他优美的诗篇将要默默无衰地流传。

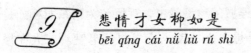

9. 悲情才女柳如是
bēi qíng cái nǚ liǔ rú shì

人们常习惯于把清代女诗人柳如是的生平感遇归入才子佳人的套路中去，这种说法固然有其缘由，但到底还是有些不一样的。世上关于才子的传说里，一般只是于柳暗花明处掩映着佳人的情影。不过倘若姿容绝代的佳人还是位风神才艺足可传世的才女，那么故事的内涵就要深刻丰富得多。倘若这位佳人兼才女同时又是一位流落烟花但却品格亮烈的风尘女子如柳如是（1618—1664 年）者，那么众口流传的故事就更会演绎成一段轰轰烈烈的传奇。而在这些千古不衰的传奇里，才子们往往已沦为配角。

　　明朝末年，个性解放的社会思潮影响着商品经济比较发达的江南一带。知识分子的自我意识空前觉醒并成为他们淋漓尽致加以表现的内容。与此同时，秦淮河畔的高级艺妓中日渐崛起了一个引人瞩目的才女群体。这些女子们不同于以往时代的欢场女子，她们多半都色艺双绝，"或长于诗、或长于画、或长于音乐，或长于巧辩"，一如林语堂先生在《说青楼》中所言，"在中国古代社会，她们才可算是唯一的自由女性。"江南才子云集，因而她们所倾慕景仰的既不是一掷千金的富商巨贾，也不是青楼薄幸的纨绔子弟，而是学识渊博、清刚正直的清流名士。在诸多得以优容发展才艺的红粉佳丽当中，秦淮名妓柳如是堪称极为大气的一个。正因这一份侠骨柔肠、剑胆琴心的大气，她的才华、她的节操才超乎众人之上，令其生前死后的许多士大夫都望尘莫及，自叹弗如。诚然，才子们多的是天纵之才，但传奇女子柳如是除了钟天地灵秀之气的天赋才华之外，还有着悲情而坎坷的人生和曲折而多舛的心路作为命运背景。在这种因为经历了太多的挣扎和磨砺，承受了太深的苦难和创伤而魅力四射的人生面前，

河东夫人像。柳如是曾自号河东君，此图为明末画家吴焯所画。

作为上苍宠儿的男性才子们的天纵之才是不足恃的，他们只是比较幸运而已。

　　诗人柳如是，原本姓杨名爱，字蘼芜，是吴江盛泽名妓徐佛的养女。徐佛以画兰闻名，琴技亦佳。青出于蓝而胜于蓝，柳如是非但长于词赋，而且精通琴棋书画，自幼便是一副清奇倜傥的派头。据说她的稚作《男洛神赋》就曾惊倒须眉，柳因此被王士祯誉为"女中陈思"。柳如是曾为望

海楼题过一副著名的楷书对联，"日毂行天沦左界，地机激水卷东溟"。笔力劲健飘洒，意境雄浑高远，从落墨的大胆和运笔的气魄中，实难想象这令后来人望而却步、叹为观止的笔墨竟出自一纤纤女子之手。柳如是亦善画，最工花卉小景，她笔下的山水、石竹无不雅秀奇致、逸趣横生。所以，称柳为清代闺阁中的群芳领袖，她是当之无愧的。

可是，当年妖媚嫣然的少女杨爱是如何成为后来那个阅尽沧桑的柳如是的呢？

少女杨爱在十余岁时就已出落得风致楚楚，名冠一时。崇祯四年（1631 年），在吴江故相周道登家充任侍婢的杨爱不堪凌辱，离开周家，流落北里。次年，十五岁的杨爱遇到了"云间三子"之一的陈子龙（1608—1647 年）。陈子龙年长杨爱十岁，二人才堪比肩，正当华年，又都不是俗流，于是彼此间萌生了真挚缠绵的爱意。杨爱的悲情人生也由此拉开了帷幕。崇祯八年的春天和初夏，二人同居于松江的生生庵别墅，形影相随、餐诗饮赋，这段时期可以说是杨爱生命中最为甜美欢畅的日子。可惜好景不长，陈子龙祖母高安人、继母张孺人都容不得这位才貌双全的金屋阿娇，"轻狂无奈东风恶"，重重压力之下，《钗头凤》的恋爱悲剧在陈杨之间再度上演，一对爱侣只得含悲离散。但这段风流缠绵的情缘却一世难了结。陈子龙为著名的抗清豪客，词作苍凉而多悲风，但在〔满庭芳〕《送别》中却对他心爱的女子寄寓了无限的温柔和依恋，一往情深而又无可奈何——"从去后，……念飘零何处，烟水相闻。欲梦故人憔悴，依稀只隔楚山云。无过是，怨花伤柳，一样怕黄昏"。陈词集中颇多追怀此情的"怨花伤柳"之作。杨爱遂改柳姓，直至终老。柳亦始终不能忘情，在分别四年之后的飘零中，她以寒柳自比，抒发了凄然而孤独的情怀，这首〔金明池〕《寒柳》的下片更是悱恻哀艳，感人至深：

　　春日酿成秋日雨。念畴昔风流，暗伤如许。纵饶有、绕堤画舸，冷落尽，水云如故。忆从前、一点东风，几隔着重帘，眉儿愁苦。待约个梅魂，黄昏月淡，与伊深怜低语。

昔日难再来，"深怜低语"已成梦。但她宁肯与梅魂相守一生，也决不会随波逐流。刻骨铭心的情缘和欢情突散的情变在她心间打下了太深的烙印也留下了太重的伤痕。陈子龙后来在复国事发被捕后投水自尽，不难想象，倘若二人得以结合，那么柳肯定会毫不迟疑地追随陈子龙共同殉难。

柳所结交多为当时高士，其中包括当时的文坛盟主钱谦益。柳倾慕钱的才名而化名柳是，又女扮男装前往拜访。钱以为是庸俗士人，拒而不见。读了她的诗作后，大惊之下前往相见，发现作者竟是位容颜绝美的女子。激赏之余，赠名如是。

庚辰年冬天，柳如是归于虞山宗伯（钱谦益）。钱修建了一座"我闻"室供她居住。在这间终于可以称为家的居室里，悲喜交集的柳如是曾赋诗一首，名曰《春日我闻室》：

> 裁红晕碧泪漫漫，南国春来已薄寒。
> 此去柳花如梦里，向来烟月是愁端。
> 画堂消息何人晓，翠帐容颜独自看。
> 珍重君家兰桂室，东风取次一凭阑。

钱柳的结合一时被传为佳话。但柳如是心中的悲欢是难用言语形容万一的。二人年岁相差甚多，且又有陈子龙的生死恋情在先，故柳对钱，当是景仰多于爱恋，爱才敬才多于风花雪月。但柳如是毕竟不是寻常女子，钱谦益是文坛魁首，极富声望的高士，又竭诚相爱，从不小看她，而是视为知音，三年之后，更以正式之仪大礼迎娶。这些都足可使风尘生色。人生能得知己若此，夫复何求！

钱谦益是个不拘名节的文士，但柳如是心目中的血性男儿形象却是抗清烈士陈子龙，因此她对钱谦益的降清仕清未能身殉故国而始终抱憾。后来钱谦益转而支持反清复明的活动，柳如是往往都参与了机密事宜的筹划。柳不但在经济上大力资助，竟至卸去簪环供给军费，而且还曾亲自参与战斗。文武双全，凛凛有男儿之气。

钱谦益著述时，柳如是成为他一日不可或缺的得力助手；钱厌于应酬时，柳代他会客，霓裳翩翩，辞采纵横，令人神往；钱羁于患难，柳不辞劳苦，为之奔波；钱撒手人世，他未能殉明，柳如是却毅然自尽殉夫。

一缕香魂，缈缈依依散去，无迹无踪。她一生的悲情，也从此成为传奇。

10. 女词人陈圆圆与吴三桂

nǚ cí rén chén yuán yuán yǔ wú sān guì

文章千古，有才子，便要有佳人。才子佳人的形象宛如双蝶，双宿双栖在中国文学的诗意的园林中。明清之际，以"秦淮八艳"为代表的佳人群和以"江左三大家"为首的才子们同样芳名远播。其中尤以董小宛与冒辟疆、柳如是与钱谦益、顾媚与龚鼎孳等几双佳偶为世人称道。但有一位佳人却与众不同，她便是引得"六军恸哭俱缟素，冲冠一怒为红颜"的陈圆圆。

陈圆圆画像

陈圆圆（1623—1695年），名沅，字畹芬，圆圆是其小字，为当时苏州名妓，擅长歌舞。冒辟疆在他的散文名作《影梅庵忆语》中记载了他初见圆圆时的情景："其人淡而韵，盈盈冉冉，衣椒茧时，背顾湘裙，真如孤鸾之在烟雾。"陈圆圆唱了一出弋阳腔《红梅记》，此剧本是俗戏，曲调呕呀嘲哳，但从圆圆口中唱出，却"如云出岫，如珠在盘，令人欲仙欲死。"想必陈圆圆的歌喉亦有白乐天笔下琵琶曲之妙了。

陈圆圆的美丽容颜和歌技舞姿常

为世人称道，但却很少有人知道圆圆亦能提笔作词，也可能因为圆圆词流传太少，各种词集都少有记载。其实圆圆入籍前已开始写作。下面一首〔荷叶杯〕《有所思》便是她堕入青楼时的作品：

> 自叹愁多欢少，痴了。底事倩传杯，酒一巡时肠九回。推不开！推不开！

一唱三叹的"推不开！"道尽了陈圆圆的身世凄凉：圆圆自幼家贫，父为货郎，后破产，父母双亡，圆圆寄居亲属家，转而亲属亦亡，圆圆被迫在十五岁左右便流落苏州为妓。上文所引词正记录了她悲痛的情感历程。

陈圆圆另一首词作于送冒襄南归之际（陈圆圆与冒襄之故事见冒襄《影梅庵忆语》），名为〔调笑令〕《送人南归》：

> 堤柳，堤柳，不系东行马首。空余千里秋霜，凝泪思君断肠。肠断，肠断，又听催归声唤。

圆圆词短小精悍，但字里行间却饱含感情，在写作方法上擅用叠句，把感情层层推向高潮。她的词都收在《舞余词》集中。

陈圆圆词名不见经传，可能是因为她与吴三桂有特殊关系并在明清交替时刻扮演了重要的历史角色，而掩盖了她其他方面的才华。陈圆圆的下半生亦如她词的风格一样，一波三折，一唱三叹。

陈圆圆是如何从苏州到北京的，一直为人争论不休。两位最有发言权的"当事人"都语焉不详：吴梅村《圆圆曲》中说："相见初经田窦家"；冒襄《影梅庵忆语》中记载陈为"窦霍门下客以势逼去。""田窦"与"窦霍"均是用典，影射外戚，但二人均未明言劫掳陈圆圆的外戚，究竟是周皇后的父亲周奎，还是田贵妃的父亲田弘遇。钮琇《觚剩·圆圆》记载是周奎到苏州营葬时买回的，而《识小录》卷二《合经诸不肖始末》则坚持是田弘遇派人二次强抢，才把圆圆抢到北京。

按康熙时陆次云《圆圆传》所载，陈圆圆和吴三桂早已彼此慕名，他

吴三桂画像

们第一次相见是在外戚田弘遇府第。时李自成兵临城下，北京城内人心惶惶。陈圆圆怀私心献计于田弘遇，要他设宴向吴三桂求助，宴席上，吴三桂问圆圆："卿乐甚?"圆圆小语曰："红拂尚不乐越公，矧不迨越公者邪?"意即红拂女尚不喜隋朝越国公杨素的老朽，何况田弘遇尚且不如越公。吴三桂大喜，当即向田弘遇索要圆圆，"择细马驮之去"。

得到圆圆后不久，吴三桂出兵山海关，将圆圆寄托给其父吴襄，旋即李自成攻占北京，从吴襄处强索圆圆（亦有说圆圆为闯王部下刘宗敏所掳）。三桂派人进京打探情况，询之曰："吾家无恙邪?"曰："为闯籍矣。"曰："吾至当自还也。"又一侦者至，曰："吾父无恙邪?"曰："为闯拘絷矣。"曰："吾至当即释也。"又一侦者至，曰："陈夫人无恙耶?"曰："为闯得之矣。"三桂拔剑砍案曰："果有是，吾从若耶?"这就是有名的"冲冠一怒为红颜"了。

吴三桂拍案而起，一怒之下，引清兵入关，将李自成逐出北京，复得圆圆。"若非壮士全师胜，争得蛾眉匹马还"便是吴伟业《圆圆曲》中对此情节所发出的感叹。既得，三桂与圆圆相与抱持，喜泣交集。后来吴三桂在郿邬建苏台，圆圆常于苏台与三桂歌大风之章，三桂酒兴处亦拔剑起舞，圆圆把酒为之助兴，赞扬他英雄豪气，神武不可一世。因圆圆能投三桂所好，故吴益爱之，专房专宠数十年如一日。

教曲妓师怜尚在，浣纱女伴忆同行。

旧巢共是衔泥燕，飞上枝头变凤皇。

长向尊前悲老大，有人夫婿擅侯王。

此几句诗是吴梅村言陈圆圆自归吴三桂后，身价倍增，当刮目相看。但在追随吴三桂的几十年中，陈圆圆是否心甘情愿、志得意满却似乎从没有人探究过。圆圆本是江南佳丽，受地域环境、文化氛围等因素的影响，她所追求的终身依托本应是冒辟疆那样的江南才子。但瞎眼的命运女神却偏偏安排她飘泊北方。同有气无力的崇祯帝，老朽不堪的田弘遇及粗俗野蛮的李自成相比较，吴三桂的年貌相当、少年英气当然是圆圆的首选。但吴三桂的专房专宠未必就能使圆圆满意，"一斛珠连万斛愁，关山飘泊腰支细。"吴三桂本是奢淫之人，《清朝野史大观》记载，其宠姬除圆圆外，尚有连儿，"丽质清才，犹非圆圆所可及也。"又"三桂在滇中奢侈无度，后宫之选，不下千人。"鬓影钗光，隐映陈圆圆红颜渐老，该是怎样一种凄凉，无怪乎吴伟业要为她作"一斛珠"之叹了。

陈圆圆人老珠黄，且查知吴三桂有异心，遂与三桂分居，因此有了陈圆圆晚年出家入道之说。清徐珂《清稗类钞》中言圆圆"知三桂必败，出家峨眉山，其妆阁在云南五华山华国寺后，曾留影一帧而去"。又有记载说陈圆圆在宏觉寺削发，后逃至城西三圣庵为尼，法名寂静，寿至八十（《吴逆始末记》附录），不知可信与否。

陈圆圆身为江南佳丽，一代王妃（吴三桂曾受封平西王），却孤苦无依，一世飘零。其香魂何处，已不可考。但陈圆圆的名与词，却仍滞留人间，千秋功过，有待世人评说。

11. 清初诗坛至尊吴梅村

qīng chū shī tán zhì zūn wú méi cūn

在清初的诗坛，吴伟业（号梅村）始终享有顶级的声誉。他一生诗作颇丰，传诸后世的为数不少。吴伟业（1609—1672 年）是江苏太仓人，与常熟的钱谦益因为相互仰慕诗名而交为挚友。钱谦益比吴伟业年长近三十岁，但在他的《与吴梅村尺牍》中，却仍毫不掩饰地对吴的诗作大加溢美，捧读吴诗时竟"如度大海，久而得其津涉。清词丽句，富有日新，有事采啜者或能望洋而叹。"这种发自于一个诗歌大家的激动感受，表明了两位诗人在现实政治层面的纷纭喧嚷之上，正有着审美情趣的玄妙认同。能够觅得知音，毕竟让人会心。

吴伟业诗画。吴伟业才华横溢，诗画皆工。他的歌行诗"梅村体"风行当时，且对后代创作有很深影响。

他禀性内敛多思，瞬息万变的时代风云和自己多劫的命运又更加剧了他痛楚的深切和诗情的充沛，再加上天赋的敏捷才思和深厚的学识修养，使他的诗词多有厚积薄发之势。钱谦益作诗尊宋，吴伟业则直追唐风，从艺术技巧方面看他比较像李商隐：用词绮丽，音律严整和谐，意蕴清雅；他对于诗的本体意义的理解又很受杜甫、白居易的影响，因为他的诗大多数都是直接观照现实的，所以就有一些人称扬他为"诗史"。《四库提要》中说他中年后的诗"激楚苍凉，风骨弥为遒上"。接续的也是杜甫的诗风。

诗词各体吴伟业作起来都是得心应手不在话下，成就最高的又数七言古诗，袁枚曾经夸赞说："梅村七言古，用元白叙事之体，拟王骆用事之法，调既流转，语复奇丽，千古高唱矣。"他一生写了许多的歌行体七言古诗，自成一家，不仅创制体式，独步当时，甚至成了身后诗人作歌行体所必须沿袭的难以超越的法度。这就是用伟业的号定名的"梅村体"。

可是说到吴伟业诗歌之外的一生坎坷，却是是非非，可悲可叹。少年吴伟业博闻强记，学识日丰，且已经诗名远扬。崇祯四年（1631年），伟业二十二岁，就中了会元榜眼。这时的他，意气风发，坦途无量，正该到宦海中搏击飞扬，成就一番功名。照《四库提要》的说法，他的诗歌也是"才华艳发，吐纳风流，有藻思绮合、清丽芊眠之致。"吴伟业师从张溥，而张溥正是晚明文社"复社"的主创者之一。复社虽是文学社团，却自称"吾以嗣东林也"，积极参与朝廷中的党派之争，声势很大。年轻的吴伟业料想是动过倚仗复社而腾达的心机吧。

中进士不久，张溥便命吴伟业上疏弹劾当任的首辅温体仁。温体仁善弄权术，排斥异己，靠逢迎皇帝的意旨而得宠。弹劾当朝的首辅，这事可是非同小可的，吴伟业考虑再三，最终还是没有这个胆量，而只是弹劾了温体仁的一个党羽。即便这样，他还是因此丢了翰林院编修这一职位。数年以后，重新入都为官的吴伟业仍旧有些锐气，那时温体仁已经罢官，但执掌国家大权的权臣张至发继承的却又是温的衣钵。吴伟业上疏，直斥温体仁为"小人"，警告当权者切不可"尽袭前人所为"。这个奏章交递出去，却似石沉大海，根本没有报到御前。

在文学天地独领风骚的吴伟业，入仕途时却每每受挫，让人感觉他的单纯受到了复杂的政治的愚弄。这可能是吴伟业平生第一次处于尴尬的两难：想要施展抱负却又终于被明哲保身的忧虑所累。他从此不再稍露锋芒。

令吴伟业最难堪的左右为难是在入清后，而这种为难的心态却造就出一个与少年时完全不同的吴伟业，更造就出他的忧戚相随的诗。

明亡之后，吴伟业断绝了和官府的往来，在民间组织并主持文社却非常投入，而且活动频繁，名声在外，引起了清廷的注意。他撰著了一部非常具有轰动效应的传奇剧《秣陵春》，剧本文采斐然，可以和汤显祖的

《牡丹亭》比美。《秣陵春》讲述的本是桩有着奇幻色彩的爱情故事：

南唐刚刚覆灭，亡国之君李后主魂归天庭。为实现生前所应允的替将军黄济之女黄展娘择婚的诺言，施神力巧安排南唐大臣徐铉之子徐适与展娘在玉杯和宝镜中互见对方的身影，二人从此经历动荡之世的种种悲欢离合，终被邀至天上完婚，有情人终成眷属。

这一段天缘巧配的爱情故事，经过吴伟业天赋诗情的淋漓渲染和开阖自如的结构安排，就更加的曲折婉转，情凄意长。其实在这段情事之下，吴伟业更深切的寄托，是自己当时身处易代之际的难堪情怀。很明显，剧中借南唐末世暗写明清易代；男女主人公的爱情故事也成了一种象征：在清的统治下，幸福的实现若不是在杯影镜中，就只能在天上了。

一个国家的改朝换代就好像一个旧居室的重新布置，许多器物要废弃掉，家具也得重新安排。吴伟业的家庭也正像一宗旧家具，由富足安乐一转而成为危祸临头了。世态沧桑的目睹身受，使得吴伟业要借助《秣陵春》抒写他心中已难承受的巨大震荡，他深愿观剧者也不要再辜负了吴伟业的一片苦心。

吴伟业到底是一个有些过于敏感和怯懦的人，清兵南下之后，有不少磊落刚烈的士子，为保全名节而追随先帝，纷纷自尽；更有一些愤然而起，积极从事反清活动。可此时住在南京的吴伟业却显得不知所措，对自己的际遇前途、自己的家室安排，总是抛不开这重重的顾虑。在《秣陵春》中，他表露的对清廷的不满也都是从世事动荡的一方面来感叹沧桑变化，并没有从政治的角度发泄什么愤懑。应该做的，能够做的，这中间的分际差别，吴伟业总是想不清楚。这真有一点自尝苦酒的意味了。可这巨大的矛盾却也成就了他的艺术生命。

吴伟业的亲家、还有他的一位旧友陈名夏都在顺治朝中为官。他们想靠吴伟业的文采来助自己仕途升迁的一臂之力，就极力主使江南总督马国柱向朝廷保荐吴伟业。吴伟业开始以身体多病为理由推脱，这样相持了足有一年之久。结果他终于在顺治十一年（1654年），告别亲友，上任去了。临行前，他哭着对人说："余非负国，徒以有老母，不得不博升斗供菽水也！"这话听起来多少有一点像托词。吴伟业平生钻营谋求的东西甚少，可他害怕担心的事却实在太多。他曾写诗给马国柱，其中一句是"惭愧荐贤萧相国，召平只合守瓜丘"。引用旧典借指自己不愿事清，多少有点寥落的意味，透露出参透名利的疲惫心情。他最终进京做官，大概是因为他害怕如此屡诏屡推，会激怒那本来就极为关注文士作为的清朝皇帝吧。

进京后的吴伟业，先后做了弘光院侍讲和国子监祭酒，职位都不高，在任的时间也不长。种种纷乱的党派之争，其结果是朝廷终于对汉臣开了刀。陈名夏被斩，亲家翁被遣辽阳，本来就战战兢兢的吴伟业内心更加恐惧。顺治十四年，他找个借口回乡静居十四年，心中感慨难平。他借诗词传达情志，佳作不绝。另外他还著有《春秋地理志》、《春秋氏族考》等著述五种，并有诗话等传世。

虽然闲居在家，吴伟业还是难以躲过清初严密文网的纠缠，有几次甚至险些威胁到身家性命，虽都化险为夷，但却更让他终日惴惴不安。除此之外，一身事两姓的负疚感对吴伟业的一生来说也是无法消散的块垒。在他后期的诗词和书信中，他的这种自责之情随处可见。这种对丢失名节的污痕的耿耿于怀同时又好像是一种追求自我解脱和祈求他人谅解的方式。

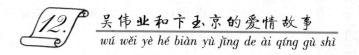

12. 吴伟业和卞玉京的爱情故事
wú wěi yè hé biàn yù jīng de ài qíng gù shì

晚明时候的文士圈中出现了一种煞是惹人注目的风习：闲聚青楼，狎妓清谈，宴乐游赏，作画吟诗。那时妓女们许多都是通音律、能诗文的。特别是苏州、南京一带，不少名妓可说是江南才女。除了大名鼎鼎的陈圆圆之外，若再找一个能和她齐名的，就数卞玉京了。卞玉京又名卞赛，"酒垆寻卞赛，花底出圆圆"，此语的广为流播足以说明那时候卞玉京的倾慕者之众。

卞玉京容貌姣好，气质娴雅，《板桥杂记》里说她"见客初不甚酬对，若遇佳宾，则谐谑间作，谈辞如云，一座倾倒。"可以想见她的个性风采，

绝不是那些卖弄风情、浅薄庸俗的普通烟花女子所能比的。

　　明崇祯十二年（1642年），吴伟业在南京做国子监司业时，就已经和卞玉京相识相交了。两人唱和的作品并没有流传下来，但吴伟业曾有一〔西江月〕《春思》词，记述了他某次从玉京那里寻香归来的情状：

　　……匆匆归去五更天，小胆怯，谁瞧见？……云踪雨迹故依然，掉下一床花片。

　　这时吴伟业对待卞玉京，更多的还只是欣赏她的姿色而已。可他却没有料到，一贯矜持清高的卞玉京因为倾慕他的诗才人品，相识不久就已真心真意地钟情于他了。

卞玉京画像

　　如果吴伟业性情风流放旷，如果他看待世情达观不拘，卞玉京的后半生可能真会有一个美满的归宿。结束风尘生涯，把自己的全部身心都依托于吴伟业，这正是卞玉京的梦想，而且她还一心要把这梦想变为现实。她当面表示愿意和吴伟业成婚，这种很有些决绝的做法，应该是出于对伟业深深的信任与期许。可适得其反，这一次吴伟业又陷入进退两难的惶惑之中。他半痴半呆，应付搪塞，慌慌张张地逃了出来。

　　吴伟业其实纳置的姬妾不少，为什么偏偏不敢娶卞玉京呢？一个客观原因是明朝不许官吏纳所治地域的民妇为妾；但更主要的是吴伟业有着内心法则的羁绊，纵使卞玉京再才华过人也不能改变风尘出身。他虽喜爱卞玉京的容貌才情，可只和她相伴一晚就心怀"胆怯"、归路"匆匆"，又怎么能做到把卞玉京堂堂正正娶回家呢？卞玉京当然可怜，不过吴伟业也着实可怜呢。

聪明又自尊的卞玉京被吴伟业伤透了心，她承受的不仅仅是爱情幻灭的打击，自己作为人的价值也受到了轻视。几年后钱谦益又曾有意做媒，热心撮合吴伟业和卞玉京，并在拂水山庄设宴邀请这两个人。卞玉京来是来了，可一开始说要上楼化妆，过一会儿又借口忽然身体不适，躲在楼上连面也不露。吴伟业有诗记述此日情景："缘知薄幸逢应恨，恰便多情唤却羞"，倒有点自知之明。

1645 年清兵攻陷南京，南明小朝廷覆灭。易世之际，巨大的社会动荡往往不期而至。许多艺伎在战乱中被清兵掳走，其余的则四方流离，还有一些遁入空门。卞玉京孑然一身迁到苏州居住。一个历经沧桑的柔弱女子，内心又承受着不堪的重负，身心的疲惫可想而知。隐居的日子时时要为生计操劳，昨日的情困、往事的繁华，对卞玉京来说又是何其渺茫，恍如隔世。

吴伟业再次听到玉京的下落，已经是数年之后了。藏在胸中的内疚感终于渐渐蔓延，清晰起来。然而炎凉过眼，卞玉京早已成熟起来，重温旧梦也已经不再可能了。吴伟业因此心绪难平，他一气作了《琴河感旧》四首，吐露自己的心声，情感分外真切动人。其中写得最好的还要数第三首：

> 休将消息恨层城，犹有罗敷未嫁情。
> 车迟卷帘劳怅望，梦来携袖费逢迎。
> 青山憔悴卿怜我，红粉飘零我忆卿。
> 记得横塘秋夜好，玉钗恩重是前生。

这一段乱世里缠绵幽怨的爱情故事到这里似乎该结束了。吴伟业的那首著名七言歌行《听女道士卞玉京弹琴歌》则是这段故事的尾声。卞玉京拒绝吴伟业后不久就入了道门，自称玉京道人。这以后的 1651 年，她又专门回到苏州，特别为吴伟业和其他几个旧友弹唱一曲，颇有世缘已了、就此告别的意味。令人困惑的是，在《听女道士卞玉京弹琴歌》中，吴伟业几乎是用了一种与己无关的陌生态度在记录这次弹奏的实况，甚至还用了近乎虚拟的手法："驾鹅逢天风，北向惊飞鸣。飞鸣入夜色，侧听弹琴声。借问弹者谁？云是当年卞玉京。玉京与我南中遇，家近大功坊底路。"明明是专见昔年旧识，却偏写成偶遇。但诗中玉京弹奏之曲却又是一个真实的故事：中山公子有女被南明末帝弘光选为昭容，但没得入宫，清兵就已打到南京，南明灭亡，此女也被清兵劫掠而去。吴伟业写得沉郁凄凉，中山女的哭诉令人动容：

> 但教一日见天子，玉儿甘为东昏死。
>
> 羊车望幸阿谁知？青冢凄凉竟如此！
>
> 我向花间抚素琴，一弹一叹为伤心。
>
> 暗将别鹄离鸾引，写入悲风怨雨吟。

曲中的卞玉京也将自己避乱修道之事娓娓道来，曲终奏起变徵之调，更是凄惨：

> 十年同伴两三人，沙董朱颜尽黄土。
>
> 贵戚深闺陌上尘，我辈飘零何足数。

此诗中的吴伟业虽仍对个人情感讳莫如深，却把心中种种辛酸融入曲中，借中山女、卞玉京的遭际抒自己的悲愤情怀。怎样理解吴伟业此时的心情呢？不再言说，是因为心中苦衷无法言说。是非变故，不堪回首，又何须言说？明清之际，道德秩序的变迁带来价值标准的瓦解。儒士风范和玩世潮流间的冲撞到处可见。文人事清的很多，谁像吴伟业那样一生追悔？纳名妓为妾几成风气，伟业却也终究不能。权衡、挣扎、遗憾，又有几人能明白他内心的苦痛呢？

卞玉京修道持律极严，并曾作一绝句《题自画小幅》：

> 沙鸥同住水云乡，不记荷花几度香。
>
> 颇怪麻姑太多事，犹知人世有沧桑。

人夸"有飘飘欲仙之致"。十多年后去世，葬在无锡惠山祇陀庵的锦树林，吴伟业还曾专程前去凭吊。几年后，伟业也病重而逝，临死嘱咐后人：

> 吾死后，敛以僧装，葬吾于邓尉灵岩相近。墓前立一圆石，题为：诗人吴梅村之墓。……吾诗虽不足以传达，而是中寄托良苦，后世读者读吾诗而知吾心，则吾不死矣。

13. 风华绝代的才子冒襄
fēng huá jué dài de cái zǐ mào xiāng

冒襄（1611—1693 年），字辟疆，自号巢民，江苏如皋人。明末清初著名的文学家，与陈贞慧、方以智、侯方域并称为"复社四公子"，其才名远播天下。

明崇祯年间，连年水旱灾荒，饿殍遍野，"四海此际嗟困穷"，天下生灵涂炭，政治日益腐败。一批文人不满现状，向大官僚、大地主、大军阀集团的代表阉党余孽发起进攻。崇祯二年（1629 年），由张溥等人首倡，成立"复社"，进行各种活动。

冒襄是复社的首批社员之一，在复社的活动中起着重要的作用。他曾多次带领东林领袖的遗孤，出示血衣血书，控诉魏忠贤的干儿子阮大铖的罪行，并在崇祯十五年（1642 年）春的虎丘大会上，由冒襄"共主葵邱"，成为后期领袖之一。基于共同的志趣，冒襄与同为"复社四公子"的其他三人：桐城方以智、宜兴陈贞慧、归德侯方域相交甚厚。四人皆"矜名节，持正论"，在一起"裁量公卿"。其中尤以冒襄最负盛气，才高九斗，侃侃而谈。冒襄曾置酒桃叶渡，结集东林六君子的遗孤，开怀痛饮，辄狂以悲，嬉嬉笑怒骂阉党，悲愤淋漓。不久阉党马士英、阮大铖等阴谋夺取朝政、大兴党狱，进行疯狂报复。陈贞慧几乎被折磨死，而冒襄则在友人帮助下，才得以逃出南京，终免于难。

几经起落，复社声势渐衰，终分崩离析。但冒襄明显地"贼心不死"，在清政府的高压统治下，先是标榜"篱畔菊花坚晚节，先期不放一枝开"，表明心志，坚决不仕清朝。反而在其家水绘园中，招致四方名士，饮酒放歌，议论时政。《清代七百名人传》曾对此时的冒襄作如下的记载，说冒襄"尝恣游大江南北，穷觅山水，每于歌楼酒壁，纵谈前代名卿，党逆门户，排击是非邪正之事。以及南都才人学士，名倡狎客，文酒游宴之欢，风流文采，映照一时。"

正因为冒襄的豪侠仗义、文采风流的人格魅力，一度吸引了四方名士前来投拜。一时期，他的水绘园甚至成了一些人的避难所。陈贞慧的儿子陈维崧，遵其父遗命，投奔冒襄，受冒襄饮食教诲十年之久，终成其名。此外，冒襄还接待过孔尚任、张潮、《封神演义》作者陆西星的孙子陆庭抡，吴敬梓的曾祖吴国对等一大批文人，真可谓"谈笑有鸿儒，往来无白丁"了。

物以类聚，人以群分。冒襄本人更是少有才名。冒襄出生在官宦世家，家教甚严。很小便在祖父的监督下苦读经史子集，又因四处游历，见多识广，故很早便开始写诗。并拜于南京礼部尚书董其昌门下，学习诗文书法，日益长进，十四岁时，其诗《香俪园偶存》由董其昌亲笔作序，并加以刊行。只因科场黑暗，冒襄中副车后便接连落第，不得以而发"名场十载未逢时，愁魔病鬼交相簇"的慨叹。

冒襄一生诗作众多，仅诗集便有十一种。其中代表作是杜浚选的《朴巢诗选》两卷，为明末作品；自选《巢民诗集》（又名《水绘庵诗集》）六卷，收清后诗作。其诗是冒襄社会生活和内心情感的真实写照，不同时期的不同风格贯穿起来，构成了他颠沛流离的一生。除了作诗，冒襄还是个藏书家和编书家。历代的积累，冒襄藏有卷帙浩繁的诗文、书信等，在此基础上，编辑《四唐诗》，并把同时代四百五十六人的诗文编著为《六十年师友诗文同人集》，共十二卷。四百多人中有爱国将领，抗清志士，文人学者，名公巨卿，隐逸之士，如董其昌、黄道周、钱谦益等人的作品无不毕现。该书所收时间长，人物多，范围广，有鲜明的政治倾向，是研究明清文史的宝贵资料，具有不可估量的价值。

在冒襄所有的作品中，最值得一提的是他的《影梅庵忆语》。该书记载了他与秦淮名妓董小宛从相识到相爱，到共同生活九年的种种生活情景，字里行间充满了对董小宛的尊敬、赞美与恩爱。冒襄的散文笔法老到，能巨能细。恢弘处能呼唤时代风云，细腻处能历数花、月、茶、食等诸般好处；既有花前月下的闺中情致、又有心惊胆寒的奔波流亡……引导读者随之而歌、而笑、而惊、而泣。冒襄真情流露，信笔拈来，便成诗一般的意境，且看下文：

冒襄画像

> （董姬）秋来犹耽晚菊，即去秋病中，客贻我'剪桃红'，花繁而厚，叶碧如染，浓条婀娜，枝枝具云鬈风斜之态。姬扶病三月，犹半梳洗，见之甚爱，遂留榻右，每晚高烧翠蜡，以白团回六曲，围三面，设小座于花间，位置菊影，极其参横妙丽，始以身入，人在菊中，菊与人俱在影中。回视屏上，顾余曰：'菊之意态尽矣，其如人瘦何'？至今思之，淡秀如画。

这段文字活脱脱地营造出司空图《二十四诗品》中所描述的"落花无言，人淡如菊"的艺术境界，这样富于诗情画意的生活，怕是"只应天上有"吧，难怪冒襄要感叹他一生的清福"九年享尽，九年折尽"了。

冒襄出身官宦，家学渊源，少年才俊，风流宛转。有书记载冒襄身材高大，"体势媚人，人争宝之。"这样的青年书生当然非常引人注目。《影梅庵忆语》便从侧面证实了这一点：冒襄与董小宛并非一见钟情定终身，而是在三年之后，当小宛病痛潦倒之际，相中冒襄的人品和才华，辗转投奔，托以终身，虽在冒家的九年里，小宛历尽辛苦，维持上下，后又经离乱，饱经沧桑，但毫无怨言。想必这就是为冒襄的高才和人格魅力所倾倒，九年中为数不多的花前月下，夫妻心心相通，已足以慰其寂寥了。《忆语》中还记载了一件鲜为人知的故事，那就是冒襄与当时颇负盛名的艺妓陈圆圆亦曾定过花约，只因无缘方错过。陈圆圆也是主动出击，并曾拜谒冒襄之母太夫人，其情可炽。后圆圆被"窦霍"门下掳去，冒襄也深为惋惜，曾"怅惘无极"的。

冒襄一生豪侠磊落，晚年家道中落，贫苦不堪。为维持生计，迫不得已卖掉祖宅，移居陋室，并以卖字及以家乐班子供人剧饮为生，日趋潦倒。终在康熙三十二年冬夜，这位风华绝代的诗人，怀着耿耿丹心和凛然正气，怀着半世情怀一生沧桑，溘然而逝在家祠旁的茅庐中。

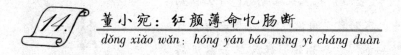

14. 董小宛：红颜薄命忆肠断
dǒng xiǎo wǎn：hóng yán báo mìng yì cháng duàn

自古红颜多薄命。董小宛（1623—1651年），名白，字小宛，复字青莲，秦淮八艳之一，后归复社才子冒襄为妾。九年之后，二十八岁之时，董小宛芳年早逝。

小宛高才，其才不在于为妓时的"五陵年少争缠头"，而在于她嫁到冒家之后，在食、茶、香、书等生活细处展露出的非凡技艺和鉴赏力，以及勤俭持家、敬老携幼时渗透出的人格魅力。小宛的种种才华在冒襄为其所作的《影梅庵忆语》中有详尽的记载。

小宛性聪颖，兰心慧质，学习精进如斯。自进入冒家之后，小宛洗却铅华，精心学习女红。数月之后，"于女红无所不妍巧，锦绣工鲜。刺巾裾如蚁无痕，日可六幅。剪彩织字、缕金回文，各厌其技，针神针绝，前无古人已。"其学习速度之快、技巧之高超确实非一般人所能及。冒襄矢志编辑《四唐诗》，又是小宛每天帮他稽查抄写，细心商订。最难得的是，小宛"阅诗无所不解，而又出慧解以解之。"冒襄有红袖添香夜读书已为人所艳羡，更何况此佳人又是才高八斗的红颜知己？在收集资料的过程中，又由冒襄协助、小宛主编一部《奁艳》，此书收录了众多与女子有关的事物，瑰丽奇特而精致隐秘。江左三大家之一的龚鼎孳与夫人顾媚尝读过此书，并给予高度评价。只可惜书未付印，我们难以亲睹董小宛的文采。

小宛生性恬静淡泊，日常生活中不施铅华、不饰金银、不积钱财。就连吃饭，也是不喜肥腻香甜之物，往往以一小壶芥茶，加上水菜、香豉数茎粒，便足一餐了。但董小宛对生活艺术的品位和鉴赏力却极高。饮茶嗜界片，烹茶时需"文火细烟，小鼎长泉，必手自吹涤"，否则无味。品香时需"寒夜小室，玉帏四垂，氍毹重叠，烧二尺许绛蜡二三枝，陈设参差，堂几错列，大小数宣炉，宿火常热，"这样烧出来的香才如梅英半舒，否则无气。赏花时需"高烧翠蜡，以白团回六曲，围三面，设小座于花间，"然后以身入，营造一种"人在菊中，菊与人俱在影中"的迷离意境，否则无致。最可玩味的是董小宛妙手调制的各色花露、果膏、腐乳、豆豉、风鱼、火肉等，掩卷思之，便有氤氲香气萦绕鼻端，久久不去，令人难忘。这些食中极品已将董小宛的聪明才智显露无遗。

九年的朝夕相处，相对缠绵，日久情深，冒襄对董小宛当然痛爱有加，因此对董小宛的描写可能会有溢美之词，但这丝毫不会冲淡小宛的风韵。因为同时代很多文人才子都曾为小宛赋诗，赞其为人及气节。下面援引吴伟业《题冒辟疆名姬董白小像》八首中两首，以为证：

> 钿毂春郊斗画裙，卷帘都道不如君。
> 白门移得丝丝柳，黄海归来步步云。
>
> 青丝濯濯额黄悬，巧样新妆恰自然。
> 入手三盘几梳掠，便携明镜出花前。

可见董小宛之魅力四射，为其倾倒者绝不只冒襄一人。小宛初嫁冒襄时曾着雪艳轻衫，与冒同游金山，江山人物之盛，映照一时，吸引数千游

人指点称赞，叹为神仙侣伴，其盛景为时人及后人津津乐道。

读罢上文，读者可能会认为，做女人能如董白，实在一大快事。但殊不知上文种种诗意的描写在董小宛的生命中实为凤毛麟角。人生二十八载匆匆而逝，小宛所受的苦难远多于她所享受到的生活乐趣，而且这少许短暂的欢乐更只能助其悲哀。

不是爱风尘，似被前缘误。董小宛豆蔻年华流落青楼，本是人生一大不幸。十六岁时醉晤冒襄，虽得青睐，却也懵懂错过。此后的三年，小宛不断为豪强势力所掠，母病死，再见冒襄时正是小宛贫病交加之际。以冒襄的人品、才名、家世，无疑是董小宛的最佳终身依托，于是董小宛像抓住一棵救命稻草一样要紧随冒襄不放——此说法未免有些冷酷无情。很多人评论《影梅庵忆语》时也都极言二人一见倾情，但从冒襄自己撰写的《忆语》本身来看，小宛初见冒襄并未怎样动心，而应是在嫁给冒襄之后，把对冒的欣赏和依附逐渐升华为爱恋。

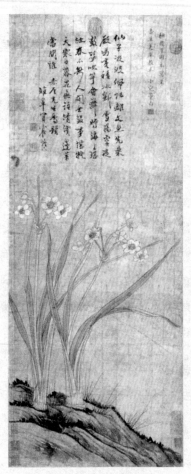

冒襄题董小宛兰花图

冒襄为"复社四公子"之一，其议论时政，与阉党论争时慷慨激昂豪气冲天，自不待言。但在迎娶董小宛这件事上，冒襄却表现出少有的犹豫、推脱，反而是董小宛几度冒死相随，步步紧追，外加钱谦益的大力协助，方才成就好事。冒襄自然有他的苦衷：国难当头、事父、奉母、拖妻带子已有些力不从心，何况小宛当时又是负债累累又被豪强势力紧逼的青楼女子。冒辟疆的这一犹豫可苦了董小宛，无奈小宛下最后通牒："姬归不脱去时衣，此时尚方空在体。谓余不速往图之，彼甘冻死。"其苦心如此，人神可鉴。

董小宛归冒襄之后，尽抛弦管、洗却铅华，一心一意做起贤惠的小妾来。冒辟疆一家数口，三世同堂，小宛上下帮扶打点，服劳承旨："烹茗剥果，必手进；开眉解意，爬背喻痒。"无所不周。虽掌管全家财政，但不积私财，深得全家敬重。冒襄的气节、才华、风致及冒家老幼和睦的家庭气氛也深深吸引并打动了董小宛，小宛深深地眷恋冒襄及其家人。为了她所爱的人，小宛愿经历人间所有苦难。

"渔阳鼙鼓动地来，惊破霓裳羽衣曲。"崇祯十七年（1644 年）三月十九日之变（李自成攻占北京，崇祯帝吊死煤山），兵匪劫盗横行乡里，冒襄不得已携全家逃难。其间除冒襄照顾全局之外，又属小宛所经历的苦痛惊吓最多。冒襄病倒之后，又是小宛精心侍奉。"此百五十日，姬仅卷一破席，横陈榻边，寒则拥抱，热则按拂，痛则抚摩。"其痴心可赞，其挚情可感。

二十八年如一梦，董小宛香魂随云散，给冒襄留下几多感伤："余不知姬死而余死也！"冒襄奋笔疾书《影梅庵忆语》，以此万言鸿文丽藻，以报九载恩爱之情，小宛若泉下有知，是否瞑目？风萧声动，月影婆娑，梅花初绽。影梅庵里，董小宛肠断，冒襄肠断，今世之痴情读者，亦肠断耳！

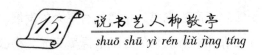

15. 说书艺人柳敬亭
shuō shū yì rén liǔ jìng tíng

"复社四公子"之一的冒襄曾有诗赠给一位说书艺人，诗云："游侠髯麻柳敬亭，诙谐笑骂不曾停；重逢快说隋家事，又费河亭一日听。"这位书艺高超的柳敬亭先生在整个中国的文学史乃至文化史上都有着相当重要的位置，难怪那么多的文人名士终生和他保持着深情厚谊了。明清之际的中国，民间社会的崛起使得雅和俗之间的界限日趋模糊，原来被目为小技的演剧、说书一类此刻纷纷获得士大夫的首肯，刘宗周甚至曾说：它们"动人最恳切、最神速，较之老生讲经义、老衲说佛法，功效百倍。"因为曲艺的盛行正是普通市民的趣味所归，南宋时的说书艺人走街串巷演说《三国》评话，就引得"满村"老小只知书中故事，不管"身后是非"；晚明的市井风俗更以听艺人说书为人生中一项重要内容，或悲或喜，陶醉其中。柳敬亭就以此名动一时，从而竟成了市民文化兴起的标志。对一个江湖艺人来说，这不能不是饶有意味的。

柳敬亭说书图

柳敬亭（1587—1670年）本来叫曹逢春，泰州人，因为避仇，十五岁时就流落江湖，一日走到安徽的敬亭山，一梦醒来便改以头上的柳荫为姓，以脚下的敬亭山为名了。三年后逃到江北盱眙小镇，见那里有艺人说话，就暗自观察、揣摩、领会、偷偷模仿、练习，过一段时间竟也能到市面上去作场献艺了。他的精彩清新的表演一时吸引了很多人。有了谋生的手段，日子就好过多了，柳敬亭又过长江到江南去说书，希望能有更大的发展。这回他果然又如所愿，结识了以钻研说书为余事的云间老儒莫后光。柳敬亭拜莫后光为师后，说书技艺长进得飞快，他懂得了说书人要忘我、要和书中人物打成一片，更掌握了调动听众情绪的种种结构技巧。这以后，柳敬亭又到了扬州、苏杭，最后在南京落了脚。在这里，柳敬亭渐渐成了街巷闻名、妇孺咸知的大说书家，有了自己固定的说书场所，每日说书一回，定价一两，听者如云。更有缙绅们请他去家里说堂会，必须提前十天来预约才能把他请到。因为他皮肤黝黑，满面疤痕，时人都称他为柳麻子。名士张岱在那篇著名的《柳敬亭说书》中称他"悠悠忽忽，土木形骸"，生性追求个性的自由体验，颇似魏晋时风流放诞的刘伶。

关于他说书时的样子，大概是手持鼓板，说到兴奋时还要唱上一段，类似弹词，孔尚任的《桃花扇》里面有对柳敬亭说书场面的极其具体的描写。明遗民阎尔梅在诗中写柳敬亭"发言近俚入人情，吐音悲壮转舌轻。唇带血香目瞪棱，精华射注九光灯。狮吼深崖蛟舞潭，江北一声彻江南。"说到"渔郎樵叟"便有"伐薪诶乃之泠泠"；说到"忠臣孝子"便有"抑郁无聊之啾唧"。这就是他的师父莫后光所说的我即古人、古人即我，把自己变成书中的人物。柳敬亭讲《水浒》，别有一番发挥，"叱咤叫喊，汹汹崩屋，武松到店沽酒，店内无人，蓦地一吼，店中空缸空甓皆瓮瓮有声"（张岱《柳敬亭说书》），场面甚是壮观。诗人朱一士有《听柳敬亭词话》诗，描绘柳敬亭说中有唱的神采风韵："突兀一声震云霄，明珠万斛错落摇，似断忽续势缥缈，才歌转泣气萧条。"真是说书艺术至上的化境了。

柳敬亭曾做过马士英、阮大铖的幕客，但因憎恨他们的奸佞，又因为同情复社的政治主张，不久就离去了。人说柳敬亭是个慷慨悲歌的侠士，心忧天下，不只限于说书。和文人们的交情也都是出于对时世的一份相同的热血担当。他不爱财，愿意接济投缘的穷苦文士，诗人杜浚曾写诗纪事："中秋无食户双扃，叩户为谁柳敬亭。"后来，他入了左良玉将军的幕下，喜欢结合时局讲些隋唐间的遗事，颇受将军的赏识，除说书外还时常参谋军情，时人戏称为柳将军。可惜很快就遭逢了明清易代的苦痛，如吴伟业在《楚两生行》里面所说："忆昔将军正全盛，江楼高会夸名胜；生来索酒便长歌，中天明月军声静。将军听罢据胡床，抚髀百战今衰病；一朝身死竖降幡，貔貅散尽无横阵。"清兵南下后，弘光皇帝又幽囚崇祯的朱三太子，左良玉起兵勤王，半路心忧而死，其子左梦庚投降了清朝。柳敬亭重又流落街头，依靠卖艺为生。一段时间后又入了投降清朝的松江总督马进宝的幕下，但因为知道此人骄横，必会有被治罪的一日，心中十分担忧，便决心不再参与军政事务，这就是所谓"将军已没时世换，绝调空

随流水声。……途穷重走伏波军，短衣缚裤非吾好；抵掌聊分幕府金，褰裳自把江村钓"（吴伟业《楚两生行》），入清后的柳敬亭半分金、半闲钓，已经没有谈论国事的心思了。他还曾随着清漕运总督蔡士英北上，晚年从北京回到南方时已是"老病萧条"，不再说书了。他死后还是好友钱谦益等人为他料理的后事，据说葬在苏州一带。

柳敬亭的交游极广，黄宗羲、钱谦益、吴伟业都为他写过传，曾经赠诗给他的就更多了。这些记述柳敬亭事迹的诗文因为都凝聚着作者与他的深厚感情，也因为都蕴藏着对易代遗老的身世变迁的悲凉慨叹，几乎篇篇可称得上是清代文学史卷中的传世精品。在柳敬亭的晚年，以身事三朝闻名的龚鼎孳曾作〔贺新郎〕《赠柳叟敬亭》给他，称他是"鹤发开元叟"，将他比做荆轲、高渐离一流人物，想起那"卿与我，周旋良久"的旧朝往事，那南明"折戟沉沙"的结局，也不禁"泪珠盈斗"，表露出降臣的无奈与伤感。吴伟业再次遇到他时也曾作〔沁园春〕《赠柳敬亭》：

> 客也何为，十八之年，天涯放游？正高谈拄颊，淳于曼倩；新知抵掌，剧孟曹丘。楚汉纵横，陈隋游戏，舌在荒唐一笑收。谁真假？笑儒生狂士，定本《春秋》！　　眼中几许狂侯，记珠殿三千宴画楼。叹伏波歌舞，凄凉东市；征南士马，恸哭西州。只有敬亭，依然此柳，雨打风吹絮满头。关心处，且追陪少壮，莫话闲愁。

兴亡之感的后面，从"珠殿三千"一变而为"雨打风吹"的后面，从"几许狂侯"一变而为"莫话闲愁"的后面，有着不变的东西。"依然此柳"，说书艺人的老死，并不代表说书艺术的衰亡。清代政权的边地风格、东夷民族的歌舞传统，再一次刺激着曲艺的振兴，柳敬亭成为说书业的祖师，种种民俗艺术三百年中风气大开。

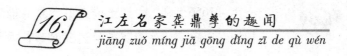

16. 江左名家龚鼎孳的趣闻
jiāng zuǒ míng jiā gōng dǐng zī de qù wén

顺治三年（1646年）的某一天，江南名妓顾媚家中，帘幔委地，红烛高烧；觥筹交错，笑语欢声。太常寺少卿龚鼎孳与爱妾顾媚正推杯换盏，饮酒唱歌。这时，一名家奴满面风尘急奔进来报：令尊大人去世。龚鼎孳一愣，随即挥挥手：知道了，接着唱吧。歌声又起。

龚鼎孳（1615—1673年），就是这样一个什么都"看得开"的人，在与钱谦益、吴伟业并称的"江左三大家"中，数龚鼎孳挨的骂最多，但他依然故我，活得潇洒自如。身为明代遗民，在别人都在犹豫是否自杀殉国的时候，他却怡然地做了大顺朝的直指挥使，旋即又穿上长袍马褂，做起顺治的官来。就连父亲去世的消息也不能影响他饮酒唱歌，可见龚鼎孳的"达观"。

龚鼎孳的爱妾顾媚也同他一样的"不在乎"。顾媚，字眉生，号横波，出身秦淮，后嫁龚鼎孳为侧室，为人豪爽，放诞风流。相传有一个故事：明末理学家黄道周，平生讲究节义，自诩"目中有妓，心中无妓"。一次友人们要试他的真伪，趁他酒醉之机，请顾媚"白身"与他同榻。"白身"即全裸。夜半黄道周酒醒，毫不惊慌，只翻个身，依然酣睡。黄道周有柳下惠坐怀不乱之风固然可敬，但顾媚"以身试法"也绝非一般人所能为。

又，《板桥杂记》中记载：顾媚嫁龚鼎孳后，无子，用异香木雕了个男婴，四肢能动，顾媚用绫罗绸缎包裹之，并常解衣为其哺乳，并命人称之为"小相公"。这些事龚鼎孳一概不管，可见这夫妻俩是"怪"到一块去了。

龚鼎孳能言善辩，总能找到理由为自己开脱。明亡后，许多人责怪他不自杀殉国，龚答：不是他不想死，但"其如贱内苦挽不许何"！清大学士冯铨指责鼎孳做过"流贼"李自成的官，是归顺逆贼，龚鼎孳辩解说：岂止鼎孳一人，何人不曾归顺？魏征亦曾归顺太宗。把自己比为魏征，把

55

龚鼎孳联迹

李自成喻为太宗，气得人哭笑不得。顺治十三年（1656年），大学士成克巩参劾龚鼎孳党护左通政使吴达隐其弟吴逵通贼事，鼎孳以不知逵为达弟为借口申辩，这个理由不太可信，故鼎孳虽未罢官，却也被罚俸一年。

龚鼎孳一生为官，官至礼部尚书，平生政绩当然很多。清初兵饷繁多，苛税很重，鼎孳曾屡次上书为江南人民请命；在奏销案中，他又为一些被革除功名的人请求宽免；官刑部尚书时，又为受清廷迫害的明代遗民傅山、陶汝鼐等人婉转开脱。史载顺治十一年（1654年）十一月，身为都察院左都御史的龚鼎孳，"疏请招纳流民，先择寺院聚处编列保甲，互为稽查，仍仿京城赈粥例有司亲为经理。"并规定凡去往他省的流民，由所在省份负责招集，并给予一定的资本和土地，以免他们流离失所。这项规定在当时的战乱年代帮了老百姓很大忙，是为体察民情。

龚鼎孳命途多舛，仕途坎坷。入清后数次升降迁谪，鼎孳坦然受之，实在是不容易。鼎孳升官快：顺治元年（1644年）五月，多尔衮定京师，鼎孳迎降，授吏科右给事中。十年之后，便提升至刑部右侍郎，第二年转户部左侍郎，不久又迁都察院左都御史，最后官至礼部侍郎。鼎孳升官快，降级也快，且多因帮别人的忙而被人参劾。上文所说因庇护吴达的弟弟吴逵而被皇上罚掉了一年的俸禄，这还算轻的。顺治十一年（1654年）五月，鼎孳官都察院左都御史时因庇护汉官，替汉人说好话，被连降八级，不久又降三级，不啻于捅了皇上的"马蜂窝"了。

鼎孳屡次被罢职，旋又升迁，不只是因他政绩突出，官做得好，也因为他才华横溢，少人能敌，"江左三大家"绝非浪得虚名。龚鼎孳写诗很大程度上靠才气，下笔千言，一挥而就，因此深得清世祖顺治赏识，曾叹赞曰："龚某真才子也。"同为"江左三大家"的钱谦益、吴梅村对鼎孳评价也甚高。钱谦益曾论龚诗："至于《汾水秋风》之作，《江南红豆》之歌，一语神伤，四座泣下，吾断以为文人学士缘情绮靡之真诗。"吴梅村也赞其"倾囊橐以恤穷交，出力气以援知己，其恻怛真挚，见之篇什者，百世而下读之，应为感动，况身受者乎?"不仅对鼎孳的诗大加褒扬，同时也肯定了他乐于助人的人品。

龚鼎孳有诗《定山堂集》四十三卷，卷帙浩繁，其中多为应和酬答之作，也有一部分反映现实苦难的作品，如他学杜甫而作的《岁暮行》、《挽船行》等，深得老杜精髓。其中"荒村哀哀寡妇泣，山田瘦尽无耕农"，及"鸲口夜叫秋草死，战场鬼哭江头水"等句，深深道出了战乱年代田园荒芜、民不聊生的苦难生活。龚某善作七绝，许多诗不落窠臼，或清绝超越，或声情悲壮。见《上已将过金陵》：

> 倚槛春愁玉树飘，空江铁锁野烟销。
>
> 兴怀何限兰亭感，流水青山送六朝。

诗感慨兴亡，说尽一历经三朝的遗民老臣的无限心事。且用典贴切，轻巧自然，恰天衣无缝。

文人学士大多惺惺相惜，龚鼎孳自己才华横溢，对其他有才之人往往大加赞赏。史载鼎孳住在北京宣武门左面的香严斋，许多文士往来酬酢，每逢年末，龚还赠送他们烤火费。一位叫马世俊的书生科举落第，无钱过年关，便拿了文章来求见龚。龚读了马的《而谓贤者为之乎》篇中的"数亡主于马齿之前，遇兴王于牛口之下，河山方以贿终，功名始以贿始"等句，不禁潸然泪下，赞道："真是李峤一类的才子也！"当即送他八百两纹银，并到处为其扬名，第二年，马世俊果然中了状元。龚鼎孳临终前，还向梁清标（字棠村）推荐人才。鼎孳不惜破财败官而保护、奖掖士类，因此为艺林所推重。

康熙十二年（1673 年）八月，龚鼎孳以疾致仕，九月，溘然长逝，时年五十九岁。谥号端毅。

鼎孳一生背负骂名，却能兢兢业业地为老百姓和读书人办了很多实事、好事，并能使自己的生活充满了情调，应该说，他是"聪明糊涂人"。鼎孳的真情流露在其诗中可窥见一斑，但须细细读玩，否则不能品其中三昧。下面再录一首《百嘉村见梅花》，读者不妨研究一下，缠绕在疏影横斜间的，是怎样一缕幽魂？

> 天涯疏影伴黄昏，玉笛高楼自掩门。
>
> 梦醒忽惊身是客，一船寒月到江村。

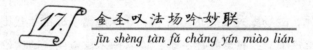

17. 金圣叹法场吟妙联
jīn shèng tàn fǎ chǎng yín miào lián

金圣叹（1608—1661 年），原来名叫金采，字若采，因为常常自比为圣人，总有天将降以大任的奇怪预感，索性自己改名为喟，字圣叹。金圣叹对于功名的态度很有些暧昧，远不是当时人传诵的"视诸生为游戏"那般洒脱。他后来为了顺利参加科考，又改名为金人瑞，结果考了第一，补了庠生，在他的家乡江苏吴县成了名动一时的人物。不过好景不长，这以后的几次八股文考试就连连失利，终于逼使金圣叹绝望而返。不过写八股文并非金圣叹的拿手好戏，他是以评点圣手和诗文名家的身份跻身汉语文学史册的。金圣叹一生坎坷，死得更是冤枉，但他的两副广为传诵的妙联又都和他的死大有关系，所以不得不先从清初震惊一时的那起"哭庙"案说起。

事情的起因是顺治十七年（1660 年）的年底，酷吏任维初担任了吴县的县令。他为人凶狠残忍，因为逼租而滥施刑罚，打死一人；而且监守自盗，偷卖公粮三千石。任维初和金圣叹的瓜葛实有真假两桩：真的是他下车伊始就鞭打马车夫，恰好被从此经过的金圣叹撞见，金圣叹见此情景不禁愤怒难平，疾书"此之谓，恶在其"六字，拂袖而去。这六个字实是"此之谓民之父母，恶在其为民父母"一句的缩略语，任维初窘在那里，气得说不出话。假的是有人曾假冒金圣叹的名字，以保守前述的人命和公粮的秘密作为交换条件，向任维初索取贿赂。这两件事使得任维初对金圣叹又怕又恨。第二年二月，顺治皇帝的死讯传到吴地，诸生依例"哭临三日"。最后一天是二月初四，巡抚朱国治等地方官绅都在文庙明伦堂祭奠。素来痛恨任维初的吴县诸生倪用宾等百余人见此机会连忙跑到文庙去敲钟敲鼓，哭泣不止。他们又冲进去请愿，跪呈一张要求驱逐新县令的揭帖。自明季以来，诸生请愿就是吴地的风俗，但倪用宾等人哪里知道巡抚朱国治自己就是个贪官，任维初逼租卖粮正是他索馈的缘故。诸生哭庙这天金圣叹本来正在好友顾松交家里做客，听到出事的消息后他俩决定前往参加，但因为顾松交的脚正染疾难行，只好走走停停，所以等他们赶到时，那揭帖已经递上去了。金圣叹站在一边暗自欢喜，以为这次任维初一定下台了。哪知当日朱国治就以"抗粮闹事，震惊先帝之灵"为理由，逮捕了为首的倪用宾等十一个人。金圣叹因为来晚了，又站在外边，就没有被抓走。但他又觉得气不过，回家后连夜写了著名的《哭庙文》，第二天又组织了三千人再去文庙哭泣。结果这一次顾松交等人又被官府抓去了。金圣叹见风声紧得很，只好躲了起来。可是此事具题至京以后，朝野震惊。清廷不仅要严办已经逮捕的人，还要追查那些其余的组织者和参与者。所以办案的官员又临时以在吴地有些名气的丁子伟、金圣叹为第三批被捕者，应付上面的追查。金圣叹终于在躲藏几十天后入狱，押往金陵。他被腰斩后，家产也全都抄没，妻子流戍辽东。这悲惨的结局里面确实是有任维初处心积虑的报复与陷害的。金圣叹猖狂纵横的光彩人生就这样在一个猥琐卑劣的小吏手里煞尾了。

曾有一个老和尚给金圣叹出过一个上联，他多年苦思却没有结果。行刑在七月立秋，到了法场上，金圣叹记起此事，忽然吟出一个绝妙的下联。他立时激动不已，唤来旁边的儿子金雍，托他务必转告这个老和尚，此联终已对出来了！这副用生命体贴出来的楹联是：

半夜二更半

中秋八月中

因为那时万物衰飒，中秋已经临近，金圣叹触景生慧，一下子找到了可称天衣无缝的下联，不仅音律和谐、对仗工稳，而且同样首尾回环相扣，化解了这个多年悬搁的绝对。对完此联，金圣叹又出一上联，命金雍属对。可此时的金雍已是泣不成声，哪有心思对对子，金圣叹于是笑着说："雍儿，我来替你对吧。"紧接着就吟出了下联，构成了一副完美的谐音奇联：

莲子心中苦

梨儿腹内酸

联中"莲子"、"梨儿"实为"怜子"和"离儿"的谐音。隐藏在诙谐情趣背后的忧戚悲怆尤其令人动情，这副楹联也因此而为后人传诵不绝。这两副楹联亦奇巧、亦简单，却是作者用生命中最后一滴鲜血吟哦出来的，它把楹联这种游戏小技提升到了生命本体的高度，因此它在中国楹联史上的地位怎样估计也不应算做过分。金圣叹临刑前另有一首绝句写给独子金雍，诗意在恬淡感伤之间，颇有他独具的个性风采，与此联正相表里，恰可对参体味：

与尔为亲妙在疏，如形随影只于书。

今朝疏到无疏地，无着天亲果宴如。

这"为亲妙在疏"的达观和"疏到无疏地"的沉痛往复交织，可称奇情奇笔，相信只有圣叹才作得出来。他另有一首绝句留给喜欢他评点的数种"如形随影"的才子书的读者，诗云：

东西南北海天疏，千里来寻圣叹书。

圣叹只留书种在，累君青眼看何如。

　　余音缈缈，长存人间；才子音容，令人神往。

　　金圣叹的佳话极多，他临刑时曾说："杀头，至痛也；籍没，至惨也。而圣叹以无意得之，不亦异乎！"还对金雍说："腌菜与黄豆同吃，大有胡桃滋味，此法一传，我无遗憾！"一个荒诞、复杂、矛盾、混乱的奇异生命，终以那难以抑制的对审美体验的沉醉和对自由境界的追寻，作了精彩有味的收结。

　　金圣叹临刑时所作的《绝命词》末尾两句是："且喜唐诗略分解，《庄》、《骚》、马杜待何如。"前句是他对发明了以四句为一个独立的诗意单位的评诗法门的自矜；后句是对没能完成的几部才子书的评点的遗恨。其中被金圣叹推为天下第一才子书的《庄子》，其实正是他一生种种奇奇怪怪的精魂所在。这影响不仅在于几部书的评点立场，而且铸就了他自由无拘的纯真天性和他高洁无畏的独立人格。圣叹生平虽有许多错失黯淡之处，却从未掩盖他的真性情。

　　金圣叹对科举确实有未能免俗的些许幻想，但他的笑傲科考而两次被黜也是出了名的。这或许就是人的复杂性吧。一次岁考，题目是"如此则动心否乎"。金圣叹在试卷的末尾写道："空山穷谷之中，黄金万两；露白蒹葭而外，有美一人。试问夫子动心否乎？曰：动、动、动……"一气写了三十九个动字。主考的学使连忙把他找来诘问。金圣叹答道："三十九个动字，正隐藏着'四十不动心'的意思，这不就是孔子所谓'四十不惑'吗？"弄得学使啼笑皆非。第二年的岁考，题目是"孟子将朝王"。结果金圣叹交了一张白卷，并在试卷的四角各写了一个"吁"字。学使问他何意，金圣叹说："《孟子》七篇到处都在说孟子，'孟子'不必作；'朝王'有梁惠王、梁襄王、齐宣王，都是'朝王'，所以也不必作；这样就只剩下一个'将'字可作了。你看舞台演戏，那王将临朝的时候，都是先有左右立着的四个内侍发出'吁'声，所以我在四角各书一个'吁'字以表达'将'字的微意。"学使大怒，将他逐出场外，革除了他的博士弟子员的资格。金圣叹大呼："今日终于还了我的自由身！"自由意味着脱离常

轨，更意味着独自承担寂寞之苦。金圣叹渐渐又犹豫起来。这才引出金圣叹次年改名金人瑞重新参加科考的故事。举业的浮沉刺激着他敏感而又多思的灵魂，既摧残着也唤醒着他的童真性灵。金圣叹自己也说，面对自己的种种变化，"无端感触，忽地惊心"，不禁痛惜不已。经过一番挣扎，他终于又"绝意仕进"，回归了自己那独钟真美的性情天地。

金圣叹平日不修边幅，且喜欢饮酒，据说能接连三四天不醉；他爱吃狗肉，还自制了三样美味：醉蟹、红玉饼、生莴苣和生蒿菜。他喜欢抽西洋传入的黄烟，每天拿着长烟管东游西逛。这烟管竟长到可做拐杖的地步。他眼睛有病，怕日光，就自己磨制了两枚圆形的小贝壳，扎上眼，穿上线，挂在两耳之间，并把它叫做"眼镜"。金圣叹喜欢谈禅谈道，更喜欢抨击时贤，把自己的住所称做"唱经堂"。怪异的生活方式和怪异的言论思想使他声名大振。

他的朋友极多。人家称赞他"至人无我"，遇到好辩之徒就"珠玉随风"，遇到安静之士就"木讷终日"，交游虽杂，却一派随顺和谐。金圣叹的好友王斫山，据他说也是一个"无技不精"、"倾家结客"的奇人。两人的感情至深。王斫山有一次借了三千两银子给他，嘱咐他谋些事情，本钱"仍归我"，利息"为君助灯火"。谁知金圣叹一月间将这笔钱挥霍一空，他还对王斫山说："此物留君家，适增守财奴名，吾已为君遗之矣！"斫山只好淡然一笑，由他去了。

金圣叹常常在自己的"唱经堂"内聚徒讲经，"发声宏亮，顾盼自雄，抚掌自豪，不可一世。"他的奇伟风采极为门徒们所推重。据说他曾经讲《易经》中的乾坤二卦，即多达数万余言，发挥得极为精彩，但又不许门徒外传，只准传写，藏起来偷偷地看，绝对不可以示人。金圣叹秘藏有一部颇为神秘的经书名为《圣自觉三昧经》，是他讲经的主题，但其稿本又始终带在身边，"自携自阅"，连最好的朋友也不得一见。这经书的内容也许我们只能在他的洋洋洒洒的种种评点中才能隐隐地窥见一斑了。

18. 崇文不废武：周亮工的文士习气

chóng wén bù fèi wǔ: zhōu liàng gōng de wén shì xí qì

周亮工一日正在家中闲坐，好友陈际泰突然来访。寒暄几句后，陈际泰谈上了正题，原来他前一天得到了诗人王子凉刚作好的一首诗《潜岳解》。王子凉的诗偏好用一些生僻拗口的词句，以至于他自己写完的诗几日后自己都解释不通。陈际泰捧着《潜岳解》，左看右看也摸不着门径，半日后，才悟到诗是五字一韵，原是个五言古诗。"句读虽能断了"，陈际泰对周亮工诉苦说："所言却终不能解。我只好数着字读，稍有不慎就会差错了字，只有再从头来，累得我头晕眼花！周公是诗坛名将，还望指教。"周亮工悠然道："我读子凉的诗，确是比你快得多。这首《潜岳解》共七百五十字，何不当作七百五十句读之，到手即可读完。"陈际泰听后大笑。周亮工超然幽默的文士习气于此可见一斑。

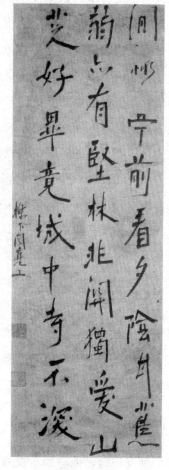

周亮工书法

周亮工（1612—1672 年），字元亮，一字减斋，号栎园，人多称之"栎下先生"，河南祥符（今开封市）人。作诗主张以"自道性情为主"，最反对刻板模仿古人，提笔就用奇诡古字，"使人读不得句，句不得解。"而当时文坛恰恰是因袭之风盛行，明代七子的复古论调到清初越来越显露出它偏执的一面，一味的模仿已无法达到神韵的相合。周亮工对此颇感忧虑，他亲自选编《赖古堂近代古文选》、重刊严羽的

《沧浪诗话》，都意在匡正文风，可谓用心良苦。

周亮工交友很有个性，从不逼自己做自欺欺人的客套之举。他偏爱风流有才的人，这方面堪与以提掖后进闻名的龚鼎孳相比。他虽然声望很高，在年轻人面前却从不摆架子，更不惜四处推荐稍有才华的青年；他体恤老生贫交，待之如亲兄弟。而和自己意趣不投的人，无论官职名气多大，他都照样不放在眼里。据《赖古堂集》记载，周亮工待人坦然率意，有话则说，无话就送客。向他求诗的人可能一生不得，可只要他自己高兴，不懂诗也不想要他诗的人，周亮工都可能题诗奉赠。有些负盛名者，想借周亮工的名声炫耀，便与他唱和往来，他的诗题上都绝口不提人家的姓名。要是有人问他，他就说，我不敢用我的拙作辱没你的诗名啊。为此他招来了不少人的嫉恨，却也并不在意。

周亮工在明、清两朝都做官，顺治十二年（1655 年）升为户部右侍郎。官职升得过快，势必引来很多小人的妒忌，再加上朝廷内部满汉大臣互相倾轧，周亮工的官场生涯磨难重重。他侍郎没做几个月就被免了职，之后还有两次被劾论死，一次是顺治十六年，还有一次是康熙九年（1670年），幸而皆遇大赦得免。晚年的周亮工在历经大风大浪之后，心已如死水。往事苍茫，心思用尽其实都是过眼浮云，他知道自己已来日无多，某日竟取出几乎所有自己的著述藏板和书稿，淡然付之一炬，所剩不过十之二三。康熙十一年，周亮工撒手而去，其子周在浚三年后将余下的诗文加以整理，刻《赖古堂集》，共二十四卷。

周亮工的诗文多以简淡、微婉、意新取胜。虽博学但不卖弄，作诗如做人，都强调一个真我本色。诗文之外，周亮工还有很多文士味十足的嗜好。朋友在时，他与朋友饮酒作乐，席间高谈绘画、篆籀，还有他最喜欢的古彝器；朋友去后，则手不释卷，看的多是些野史笔记等奇异之书，这一切皆是兴致所致，其倜傥风流尽显名士风度。周亮工喜画竹。他的墨竹，着叶不多，枝节零乱而有生气。他曾为自己的画题有一首绝句，被人称为"冲逸隽永"的好诗：

稚子求无闷，抽条斗作难。

莫言腾万尺，节节报平安。

周亮工崇文而不废武。他一生指挥过两次大仗，虽处在我弱敌强的境地，却都是轻松击退了敌兵。第一次是明末，周亮工做潍县的县令时，清兵南下，山东各县皆被攻陷。只有周亮工从容应战，坚守不降。清兵数攻不破，终于绕道而去。失守各县的百姓都深受战火荼毒，潍县的百姓却因为有个好县令而保全了性命与家产。潍县人因此对他们的父母官交口称赞，感激之情无以言表，竟捐钱出力为周亮工建了一座生祠，一时间香火不绝。然而毕竟明朝已亡，顺治二年，豫亲王多铎兵下江南，周亮工也就改做了清朝的官。上任途中，周亮工再过潍县，远远看见了那座生祠，不禁放声痛哭而去。

周亮工的第一仗是抗击南下清兵的，第二仗却是消灭"复明"的海盗。当时海盗俱被沦落海上的南明收买，他们就乘"复明"之机，不住上岸骚扰，是边境一大祸患。顺治十二年，海盗进攻福州，城内守军防备不足，骑兵只有数十骑，军情甚危，巡抚宜永贵对是否能坚守住城池捏了一把汗。当时周亮工刚刚被停了右侍郎的职务，在福州听候质问。在官兵们的一致拥举下他成了西门的守将。一日天降大雨，盗贼借机发起攻击。周亮工登上城头，连发数炮，击毙了海盗的三员主将，福州之围因此得解。

在这场战斗的空闲时间里，周亮工仍念念不忘他的名士风雅。他请了福州很多绅士聚会畅谈，席间周亮工极力赞许严羽的妙悟说，说到高兴处，就和众人立起严羽的牌位祭祀起来，还把聚会之所也定为"诗话楼"。周亮工离去后，人们仍经常念起他淳厚的德行，竟以他配祀严羽，恭恭敬敬地拜起来。周亮工与绅士们聚谈这天，是清明前一天的寒食节，人们为纪念隐居起来、宁可被山火烧死也不见晋文公的介之推，在这一天都吃生冷食品而不动烟火。周亮工作《寒食诗话楼感怀》四首，其一是：

高楼独拥万山前，风展牙旗草色芊。

药里羞随刀共佩，乡书不与燧俱连。

天涯作客逢寒食，马上看花见杜鹃。

遗令未须频禁火，孤城此际半无烟。

有很长一段时间，周亮工因涉嫌贪污而受严密的监视，住处都有士卒看守。可他却仿佛视而不见。雪夜里他和好友吴冠五拥着败絮，共卧一块薄板上，分韵联章消磨残夜。怎奈没写成文字，难免听错，两个人就争着用手在墙上比划，结果一下子弄翻了床板，扑灭了烛火，两人这才作罢，含笑入睡。即使在狱中，周亮工仍不为性命烦忧，他的十卷本《因树屋书影》就是在监狱里忆起平生种种见闻而成。书名是取"老人读书只存影子"之意，某些记述虽不精确，议论却大多公允，也有相当的史料价值。

周亮工的磊落性情大概是从他父亲周赤之那遗传来的。据说周亮工下狱候旨的消息传到南京时，周赤之在家中仍然饮酒待客，面不改色。他还对客人说："我自信一生没有做过什么恶事，竟要用丧子之灾报应。我儿性情处处随我，天理昭昭，必定不死。"事情也果被他言中，旋即颁旨大赦了。周亮工虽一生坎坷，却是以一个后人仰止的真名士而名垂史册的。

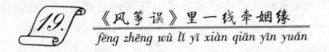

19. 《风筝误》里一线牵姻缘
fēng zhēng wù lǐ yī xiàn qiān yīn yuán

明清之际的江南民风，有鼎革剧创造成的心有余悸的严厉，也有商贾发达导致的人际交往的活泼。人心厌憎束缚，向往自由，在戏曲中当然也会有所体现。清初著名的文学家李渔（1610—1680年），字笠鸿，号笠翁，江湖人称李十郎。他在晚明时候还是一个郁郁不得志的秀才，到清时就已经绝意功名，走上依靠卖文演戏养活自己的新路。李渔长期居处民间，作品的上演又直面广大观众，当然深谙市民趣味；他的戏班依靠给名公显宦演出获得馈赠度日，这使李渔同时又颇有道学头脑。李渔的戏曲多是二者的巧妙调和，并因而成了沟通上层文化与下层文化的桥梁。譬如著名的《风筝误》就是一部令人皆大欢喜的作品，其中不少对市民呼唤自由爱情的潮流的反映，实际上接续了汤显祖对"真情"的歌唱，同时又唱起了情理合一的新腔。

此剧是李渔四十二岁时在客居杭州期间写成的作品，一面世就引起极大的震动。它以一只"作孽的风筝"为线索，讲述了美女丑男和美男丑女由于误会而错位搭配的故事。它的特点是人物和情节都

昆曲《风筝误·惊丑》剧照

单纯而集中，种种巧合既出乎意料之外，又合于情理之中。前西川招讨使詹烈侯因刚直而退隐在家。詹有梅、柳二妾，素来彼此争风，两不相让。梅氏有女爱娟，丑陋愚蠢，而且风骚无德；柳氏女淑娟则貌美性贞，且富才学。当时西南的洞蛮首领掀天大王率大象组成的军队侵略中原。危难之际詹烈侯起复赴任，临行前为防梅、柳二人争斗，把宅院用一道高墙分成东西两院。詹烈侯走时嘱咐同年好友戚补臣为他的两个女儿择婿。戚补臣有子戚友先，容貌丑陋，又不学无术，只知出入青楼，四处玩耍。另有朋友托孤的养子韩琦仲，清俊高洁，不染尘俗之气。他很想把爱娟配给儿子友先，而把淑娟配给养子韩生。一日戚友先在城头放风筝，因嫌风筝素白不美，请韩生为之画些图案。韩生随手在上面题诗一首。谁知这只风筝断了线，飞落到詹家柳氏的院子里。柳氏一时兴起，命女儿在风筝上和诗一首。戚生的书童将风筝索还，因戚生午睡，就将风筝交给了韩生。韩生猜出和诗为詹淑娟所题，思慕不已，又另制风筝一只，题求婚诗于其上。可这只风筝断线后却落到詹家梅氏的院中。詹爱娟见诗后日夜狂想，奶娘见状为她出一计策，待风筝主人的书童来索取风筝时约其夜间到家中密会。结果爱娟把韩生当作戚生，韩生把爱娟当成淑娟，双方都欢喜赴约。哪知

韩生再要和诗，爱娟却不仅不能和出，而且色欲疯狂，令人恐怖。恰好这时奶娘赶来点起灯烛，韩生见到爱娟的奇丑之态，顿时大惊而逃。爱娟从此更加日夜思念所谓的"戚生"，而真的戚生旋即在父亲安排下和爱娟成亲。新婚之夜戚生和爱娟都惊讶对方之丑，而当爱娟问及戚生为何上次幽会后容貌这般变化，一直蒙在鼓里的戚生不禁勃然大怒，要求退婚。后来爱娟为讨好丈夫不再张罗娶小，设计引诱妹妹淑娟到自己房里，为贪淫的丈夫创造机会。可淑娟勇敢地操起宝剑反抗，使得这对丑夫妻的计划终至落空。韩生吸取教训，不再奢求名门才女，一心读书，结果赴京应试，中了状元，做了翰林院修撰。朝廷派他到西川督师，在和掀天大王交战的军中见到了詹烈侯。洞蛮一举平定，上下欢庆。詹烈侯托人将次女淑娟许给韩生，韩生以为就是那天夜里会见的那位，不禁暗暗叫苦。他推托养父戚补臣尚未同意，不好应允。詹烈侯于是写信给戚补臣，而戚氏也告诉韩生这桩婚事已经下聘。韩生指责养父只是耳闻詹家小姐的虚名，但又不能承认自己曾经亲见其丑状，只好硬着头皮答应下来。新婚夜韩生愁眉不展，迟迟不掀盖头。直到柳氏赶来劝说，才勉强掀开。故事到此出现戏剧性的场面，美人名士皆大欢喜，由风筝引起的种种误会终于冰消雪化。

李渔这部《风筝误》尽写家常俗事，却能够波澜迭起，引人入胜。剧本成稿后全国上演不断，直到今天，《惊丑》、《诧美》、《婚闹》、《导淫》等折仍是许多地方剧种的保留剧目。《曲海总目提要》说它的主旨在于揭示"瑕瑜混淆，妍媸难辨"的世风。但善恶、美丑、真假的尖锐冲突终于融化在笑声里，不能不说是李渔擅将平凡的日常生活予以艺术化的绝技的显露。全剧最后一折《释疑》中写道：

> 传奇原为消愁设，费尽杖头歌一阕。
>
> 何事将钱买哭声，反令变喜成悲咽。
>
> 唯我填词不卖愁，一夫不笑是吾忧。
>
> 举世尽成弥勒佛，度人秃笔始堪投。

乐观精神、调和精神，本来就是民间的人生哲学，如王国维先生所说：中国人的精神是"世间的"、"乐天的"，所以中国的戏曲"始于悲者终于欢，始于离者终于合，始于困者终于亨。"这也正是李渔表达的戏曲美学观点的根源。

《风筝误》的好处还在于忠实地记录了当时风俗的变迁。譬如第二折《贺岁》写春节时妓女们结队到府上拜年：

> （末上）禀相公：外面有许多妓女上门来拜年。（副净大笑介）我欲仁，斯仁至矣。妙！妙！妙！快唤进来！（末唤介）（老旦、小旦、净、丑扮妓上）居邻桃叶渡，颦效苎萝村；莺语同招客，梅花伴倚门。二位相公在上，贱妾们拜年！（副净）不消，来到就是了。（生背面远立介）（众）哪一位是戚大爷？（副净）小子。（众）那边一位呢？（副净）是敝友韩琦仲。（众）好两位风流相公！
>
> [玉抱莺][玉胞肚] 堪称双美，乍相逢，教人目迷。（指生介）那壁厢，器宇从容。（指副净介）这壁厢，裘马轻肥。二位相公不弃，几时到敝寓来，光顾一光顾，何如？（副净）明日就来相访。[黄莺儿]（众）望栽培，倘文车见枉，便不宿也增辉！今日各位老爷家，都要走一走，不得久陪，告别了！

不仅描摹生动，而且妙在可以想见"各位老爷"平日的作为。韩生和戚生截然有别的性格也体现得淋漓尽致。

李渔借剧中丑角戚生之口宣说游戏人生的态度，埋怨"文周孔孟那一班道学先生，做这几部经书下来，把人活活的磨死。"放风筝时又说"古来制作的圣人最是有趣，到一个时节就制一件东西与人顽耍。"而世人迂腐的诗文"那十分之中竟有九分该删！"不能说这里没有李渔自己的看法，可又明明是出自丑角之口，使得你偏又和他认真不得。李渔为人为文的奇妙魅力真让人叹为观止了。李渔也是一位优秀的短篇小说作者。他的《无声戏》、《十二楼》集清代短篇小说创作成就之大成，是话本小说中两朵耀眼的奇葩。

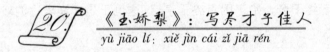

《玉娇梨》：写尽才子佳人
yù jiāo lí: xiě jìn cái zǐ jiā rén

清朝是一个小说繁盛的时代。小说在唐宋还只是传奇故事，到元、明仍是话本和拟话本，而到了清代，小说则日臻成熟，已经成为名副其实的小说了。清小说按内容分有多种，但在清初最普遍流行的就是才子佳人小说了。顾名思义，才子佳人小说写的是才子和佳人的美丽的爱情故事，中间穿插一些善恶忠奸的人物，一些引人会心一笑的噱头，使小说充满欢快的喜剧色彩。如《平山冷燕》写燕白颔和山黛、平如衡和冷绛雪两对夫妻的故事；《好逑传》写铁中玉与水冰心的姻缘；《宛如约》写司空约与赵如子、赵宛子二女的婚事；《春柳莺》写石液与梅凌春、毕临莺的姻缘巧合。才子佳人小说往往是充满了诗情画意，字里行间鸳鸯欢舞，蝴蝶翻飞。

《玉娇梨》也是这样一部才子佳人小说：明正统年间，隐居金陵锦石村的太常卿白玄，为给聪慧多才的女儿红玉择婿，随任进京，不意因拒绝御史杨延昭求亲而被陷出使番邦。行前将女托付妻舅翰林吴珪，吴将红玉认做次女，与亲女无艳排行，改名无娇。为避祸告假回金陵，遇才子苏友白，欲将红玉嫁之，但友白误以为面貌平庸的无艳是红玉，坚决不从。后白玄归来，携女回锦石村，恰苏友白游学至此，以诗打动红玉，二人因诗倾心，红玉嘱其求吴翰林作媒，苏于是进京。中途遇难，有卢梦梨扮男装赠金订情，苏进京后一举中第，放任杭州。恰白玄化名皇甫先生游西湖，与化名柳生的苏友白互相赏识，欲以女及甥女配之。友白虽答应，但仍心系红玉及梦梨。最后在锦石村，说开就里，真相大白，又有吴翰林及友白之叔苏御史作媒，苏友白与红玉、卢梦梨完婚，皆大欢喜。

《玉娇梨》全称《新镌批评绣像玉娇梨小传》，又名《双美奇缘》、《玉娇梨小传》、《玉娇梨三才子小传》、《双美奇缘三才子》。题荑秋散人（一作夷荻山人、荻岸散人）编次。此书是《金瓶梅》后较早的文人创作之一，并曾先后译成法、英、德、俄等各国文字。是中国小说中较早翻译成外文并有一定影响的作品。法国人阿贝尔·雷米札于 1826 年在巴黎出版的法译本是本书的第一个外文译本。黑格尔在《历史哲学》一书中论述中国的文武官员和科举制时曾说："据说'满大人'还有极高的诗才。这一点我们自有方法来判断，特别可以引证阿贝尔·雷米札所翻译的《玉娇梨》或者《两个表姐妹》，那里面说起一个少年，他修毕学业，开始去猎取功名。"这个"少年"便是苏友白，《两个表姐妹》则是《玉娇梨》的另一个译本。可见此书流传的广泛。

才子佳人类的小说人们都很爱读，但读完之后却有褒贬不一的评论。许多人指责这种小说情节程式化，可概括为三句话："私定终身后花园，多情公子中状元，奉旨完婚大团圆。"说才子佳人小说坏话的第一人大约是曹雪芹，在《红楼梦》第一回中，他就曾说过："至若佳人才子等书，则又千部共出一套，且其中终不能不涉于淫滥，以致满纸潘安子建、西子文君，不过作者要写出自己的那两首情诗艳赋来，故假拟出男女二人名姓，又必傍出一小人其间拨乱，亦如剧中之小丑然。且鬟婢开口，即者也之乎，非文即理。故逐一看去，悉皆自相矛盾，大不近情理之话。"在第五十回"史太君破陈腐旧套"中，又借贾母之口，发了一大段议论：

> 这些书就是一套子，左不过是些佳人才子，最没趣儿。把人家女儿说得这么坏，还说是"佳人"！编的连影儿也没有了。开口都是乡绅门第，父亲不是尚书，就是宰相。一个小姐，必是爱如珍宝。这小姐必是通文知礼，无所不晓，竟是"绝代佳人"——只见了一个清俊男人，不管是亲是友，想起他的"终身大事"来，父母也忘了，书也忘了，鬼不成鬼，贼不成贼，哪一点像个佳人？就是满腹文章，做出这样事来，也算不得是佳人了！比如一个男人家，满腹的文章，去做贼，难道那王法看他是个才子，就不入贼情一案了不成？可知那编书的是堵自己的嘴。再者：既说是世宦书香大家子的小姐，又知礼读书，连夫人都知书识礼的，就是告老还家，自然奶妈子丫头服侍小姐的人也不

少，怎么这些书上，凡有这样的事，就只小姐和紧跟的一个丫头知道？你们想想，那些人都是管做什么的？可是前言不答后语了不是？

清代春宫画

不能不承认贾母——当然是曹雪芹对才子佳人的批评是中肯的，也有一定的道理，才子佳人小说确实存在这些许的缺点。但批评归批评，曹雪芹却也不能完全脱离这类小说的影响。他泼重墨描摹的大观园中的儿女们，每天唱和酬答，提笔辄成诗，不也是些才子和佳人？宝玉和黛玉不也是"私定终身后花园"？大观园中的丫鬟们如袭人、晴雯、紫鹃不也参与了主子的情爱生活？曹雪芹不也忍不住才情流露而在书中写了大量的诗、词、曲、赋？所以雪芹的所说和所为不也是"自相矛盾，大不近情理之话"——《红楼梦》不啻为一部非常伟大并充满神秘魅力的书，雪芹的这些重重矛盾，焉知没有别种深意在内？

曹雪芹还有一种意思，即这些才子佳人小说的作者不过是些酸腐浅陋的文人，他们根本不熟悉世宦书礼大家的生活，情节不合情理，那些故事只是他们有些歪曲的幻想。这话也有道理，才子佳人小说的作者往往是些名不见经传，连生卒年都不可考的文人，如《玉娇梨》作者"荑秋散人"、《平山冷燕》属名"荻岸山人"，《好逑传》则题"名教中人编次"，《宛如约》作者不详，《春柳莺》则"南北鹖冠史者编"。这是事实，但才子佳人小说既然拥有如此之多的作者和读者，当然也有它特有的魅力，才子中状元，佳人身边伴，谁不羡慕，谁不称赞，现实生活中难以实现，难道还不许做一些美丽的鸳鸯梦吗？

况且几部优秀的才子佳人小说在行文上是很精彩的。就如《玉娇梨》，构思自然，如行云流水。情节也极尽曲折宛转之能事，紧张处读者为之悬心，欢聚时读者亦因之而展颜。就是里面的诗词，也不全像曹雪芹说的那样不堪。不妨引几首诗词，略看一看作者的功夫，第九回中苏友白作了一套九支"咏红梨花"的曲子，其中佳句甚多：

〔步步娇〕素影从来宜清夜，爱友溶溶月。谁知春太奢，却将满树琼姿，染成红烨。休猜杏也与桃耶，斑斑疑是相思血。

〔沉醉东风〕拟霜林娇红自别，着半片御沟流叶。俨绛雪几枝斜，美人亭榭。忽裁成绡衣千叠。明霞淡些，凝脂艳些，恰可是杜鹃枝叫舌。

〔五供养〕红哥绛姐，便丛丛深色，别样豪奢。雨晴肥瘦屝，红白主宾递。嗔娇怨冶，似不怕东风无藉。想人静黄昏后，月光斜，疑是玉人悄立绛纱遮。

……

这几首曲子不仅对景入时，而且字字珠玑，其中又炽情可感，读来爽口怡心，教人怎不喜欢？

《玉娇梨》之类才子佳人小说的盛行，与中国人的文艺审美观也有关系。人们往往喜欢读些轻松愉快的东西来涤心养性，于悠然的欣赏中品鉴出其中的"道"和"味"，而不似读外国小说那般沉重。因此，才子佳人小说同其他邪侠小说、公案小说等，都成为我国文学史上的奇葩。

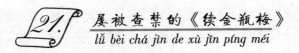
屡被查禁的《续金瓶梅》
lǚ bèi chá jìn de xù jīn píng méi

《续金瓶梅》的作者丁耀亢。丁耀亢（1599—1670 年），字西生，号野鹤，自称紫阳道人。《茶余客话》中所云或有几分传奇色彩，但其中也足见丁氏的性格特征。

据乾隆刊本《诸城县志·文苑》载：丁氏"少孤，负奇才，倜傥不羁。"十几岁考上秀才，到江南游学，慕董其昌之名，拜在他的门下。又与陈古白、赵凡夫、徐暗公等人组织文社，饮酒唱和。只是学问虽好，却无人赏识，郁郁不得志，只得重返故里，名心渐衰，生业渐广，耕牧是资，编茅架茨，采薪汲谷，入山隐居。取历代吉凶之事，作《天史》十卷，献给益都钟羽正。羽正十分赏识，偏这时天下已乱，文章不值钱了。

后山东地区农民起义，益都王遵坦用刘泽清镇压之，丁氏素与王遵坦友善，遂募数千人马，协助追剿，解安邱之围。然不久明朝亡，他的战功也一并付诸东流了。

清顺治四年（1647 年）入京师，由顺天籍拔贡充镶白旗教习，与名公巨卿王铎、傅掌雷、张坦公、刘正宗、龚鼎孳皆结交颇深，常在其所建"陆舫"中赋诗，声名大噪。其间虽辗转于仕途，却始终只是个学官。后来由容城教谕迁至惠安知县，却旋以母老告归。此后丁耀亢集一生经历，著作《续金瓶梅》，不想书成而祸至，康熙四年（1665 年）八月锒铛入狱。丁耀亢坐了一百二十二天的监牢，后遇赦还山，但书却烧得精光，丁氏《焚书》诗云："帝命焚书未可存，堂前一炬代招魂。"幸尔有一部书因在康熙三年被带去琉球岛而幸免于难。自此，丁氏越发心灰意冷，又加上双目失明，遂一心参禅入佛，终"合掌拿佛而殁"。

《续金瓶梅》故事，紧接《金瓶梅词话》第一百回"普静师荐拔群冤"的情节，全书十二卷六十四回，分前后两集。前集写西门庆转世为汴京富户沈越的儿子，名叫金哥；李瓶儿转世为袁指挥的女儿袁常姐，与金哥是表兄妹。袁常姐被宋徽宗所宠的东京名妓李师师发现，惊为天人，遂假传圣旨，把她要去抚养，取名银瓶。后金兵入侵，百姓纷纷逃难，金哥亦沦为乞丐；银瓶则在李师师行户中当了一名艺色双全的乐妓，后嫁与洛阳富户翟员外为妾，又与郑玉卿私通，背夫潜逃。而这郑玉卿却是花子虚托生，貌美而心歹，途中将其卖与盐商苗青。银瓶痛遭苗妻虐待而自缢身亡。

丁耀亢画像

后集写春梅转世为汴京孔千户女梅玉，因慕荣华富贵而嫁与金将之子金哈木为妾。大妇是孙雪娥转世，百般虐待她。梅玉不堪其苦，夜寐惊梦，得悉这是她虐待孙雪娥的报应。遂出家为尼，消除冤冤相报，长斋念佛，终于得到超生。山东黎指挥之女金桂系潘金莲转世，依旧生得如花似玉，淫态毕露，嫁与刘瘸子，其人是陈经济转世，前世无行，今生体貌不全。金桂嫁得残废丈夫，又怨又气，终成痼疾，变成石女，为其母送到大觉寺削发为尼。

而前后集中贯穿的另一条线索即原书中未死之人吴月娘、孝哥、玳安、小玉等的悲欢离合。金兵入侵时，吴月娘与其子孝哥随众人弃家逃难，途中又遇强人将其资财抢劫一空，后来母子失散。孝哥皈依佛门，终于母子团圆。月娘遂亦削发为尼，潜心佛事，享年八十九岁，坐化飞升。十多年后，孝哥也坐化成佛。

这两条线索交错发展，其中又穿插了一些历史人物，如宋朝的帝王将相宋徽宗、张邦昌、韩世忠、岳飞、秦桧等的故事。

这样一部小说何以被清统治者明令禁毁，以致让作者过了一百多天的铁窗生涯？刘廷玑在《在园杂志》中有言：该书"多背谬妄语"，"颠倒失论，大伤风化"，此中可见真正为清统治者所不容的是书中之"背谬妄语"。如西湖钓史序所说，《续金瓶梅》"幻化风云"，写了"君臣家园"所遭遇的兵火离合、桑海变迁。恰似《金瓶梅》是明托宋事实写明事，《续金瓶梅》则是明托宋事实写清事。如在文中第六回出现"锦衣卫"、"下卫"的提法，这是明制。而第二十八回、三十五回中出现"蓝旗营"、"旗下"等提法，这更是清代所独有的八旗制度，这般蛛丝马迹恰是作者有意为之的疏露之笔，隐晦地表明其笔下所谓"金兵"、"金人"实际正是清统治集团。如此他在文中的感时伤怀即如陈忱在《水浒后传》中抒写的亡国之痛，而他对昏君宋徽宗、佞臣汪国彦、黄潜善、秦桧等人的指斥也是对明朝灭亡沉痛反思。平步青《霞外捃屑》卷九就曾指出，《续金瓶梅》乃"意在刺新朝而泄黍离之恨"。

《金瓶梅》结尾写到金兵大举南侵，人民流离失所，续篇中则具体铺叙了金兵屠城掳掠的残暴罪行，展现了金兵攻陷汴京，屠掠兖东，血流扬州，"杀的百姓尸山血海，倒街卧巷"的历史画面，这些都很容易使人联想到清朝统治者所制造的一次次惨不忍睹、令人发指的暴行。作者旨在揭示清军入侵中原的恶劣行径，其中流露出强烈的义愤与民族情感都具有明显的反清倾向。如此看来，丁耀亢因作成《续金瓶梅》而引出其人其文的遭际就在情理之中了。

更令人叹惋的是《续金瓶梅》在今日又往往成为人们求全责备的对象。理由其一是认为作者宣扬一种腐朽的宗教观念：因果报应。确实，西湖钓史序中即云：作者"遵今上圣明颁行《太上感应篇》，以《（续）金瓶梅》为之注脚。"作者在第一回里也说："要说佛说道说理学，先从因果说起；因果无凭，又从《金瓶梅》说起。"作者即按这一构思，以因果报应思想设计人物形象，安排人物命运。然而脱离作者的时空环境，一味否认宗教思想显然有失偏颇。小说卷末云："诸恶莫作，众善奉行，……我今讲一部《续金瓶梅》，也外不过此八个字，以凭世人参解，才了得今上圣明，颁行《感应篇》、《劝善录》的教化。"这其中可见丁氏欲以此作寄寓一种善有善报、恶有恶报的道德理想，并以此教化民众，"诸恶莫作，众善奉行"，这番良苦用心只怕不该用宗教观念之腐朽便一概抹杀。

此外，作者笔下主要人物，如吴月娘、孝哥、金桂、梅玉等终都遁入空门，以成正果。而且文中第四十三回，作者又直言不讳指出："一部《金瓶梅》说了个'色'字，一部《续金瓶梅》说了个'空'字。从色还空，即空是色，乃因果报应转入佛法，是做书的本意，不妨再三提醒。"如此宣扬"色空"观念，亦为今人所不容。然联系丁氏之生平经历，生活在动乱年代，国破家亡，满目尽杀戮、抢劫、腐败与荒淫，而且几番切身求索又都无济于世，只得在儒、佛、道中寻找精神归宿，由"入世"转入"出世"，或皈依佛法，或遁隐山林，其中无可奈何的超然当然也不该用"荒唐无稽"一语概之。

22. 博学古今的康熙大帝
bó xué gǔ jīn de kāng xī dà dì

康熙名叫爱新觉罗·玄烨，八岁即位，十四岁已开始亲政，亲政的时间长达五十五年。他是一个干练沉着的皇帝，十六岁时就除掉了权臣鳌拜，从此又开始收拾那依旧破碎不堪的山河。比如对吴三桂的撤藩之请（其实是试探），他主张将计就计，应允吴的"请求"而使其反叛之心暴露；然后又历经八年，到康熙二十年（1681年）二月，终于将吴三桂的残部彻底消灭。到康熙二十二年（1683年），又以施琅的力量摧毁了郑经辛苦经营二十年的台湾大本营。不过台湾虽已收复，郑成功的忠贞精神却是应当褒奖的。颇富文才的康熙皇帝专门写有一副追思郑成功的挽联：

> 四镇多二心　两岛屯师　敢向东南争半壁
> 诸王无寸土　一隅抗志　方知海外有孤忠

情意深挚，堪称楹联佳品。如果考虑到这份情感是发自作为郑氏集团对立面的清廷，就更得赞佩康熙皇帝那磊落的胸怀了。

康熙是个难得的仁厚皇帝。他即位时还是个地地道道的孩子，可太皇太后问起他有何打算时，他却说："惟愿天下久安，生民乐业，共享太平之福。"（《东华录》）这是他的理想，也是他能够创造出一番盛世基业的根柢所在。他后来初废太子，因为发现太子是个"不孝不仁"的家伙，十分伤心，甚至达到"且谕且泣，至于仆地"的地步。他对小人恶行的责罚每每点到为止，不忍过于残忍，如顾炎武的外甥徐乾学，性喜收受贿赂，被人揭发，他出于爱才，只是准其辞官，而仍留其主管编书事情。徐乾学的儿子徐树敏，因为受贿而依法当绞，他也只是令其缴纳罚款了事。再有王鸿绪和高士奇，两个出奇的无行文人，前者骗了万斯同的

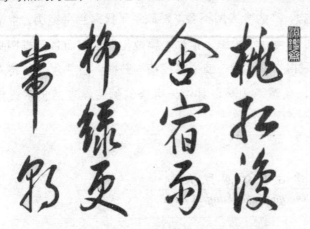

康熙手书唐诗。这位少数民族出身的君主以其对汉文化的高度认同和高深造诣，获得了汉族士大夫对清统治的认同。

《明史》归自己，后者靠一手馆阁体的书法起家。两个人都是依附权臣纳兰明珠的谄媚好手。两人联合向各省督抚、道、府、州、县以及在京大小官吏，收取"平安钱"，以保证不在皇帝面前说他们的坏话。像这样严重的罪行，被康熙知道以后也只是收上来一点钱，免职了事。高士奇发了财，在杭州西湖买了十万亩良田。这都是因为王是"经筵讲官"，擅在御前讲古书；高士奇的诗还不错，有时替皇帝捉刀。至于著名的关于"安溪相国"李光地的争议，其实他的无行，康熙也并非全不知道；不过康熙看人比较全面，李光地确实有些实在的学问，而且也有治理的才能。康熙对于学术文章持"折中"的观点，也是在长期和李光地共同切磋中形成的。康熙的爱才，是继承顺治的遗风，有些方面还有进展。有人说康熙皇帝这般仁厚，"该罚的不罚，该杀的不杀，弄得国家没有纪纲"（黎东方《细说

清朝》)。其实这宽容的性格若从文学政策的角度去看待，也未尝不是诗文繁荣的一个动因。

另一方面，康熙本人就以博学古今著称，"年十七八时，读书过劳，至于咳血，而不肯稍休。"他精通天文历算、刑律、农业、医药，在数学方面造诣尤其精深。他喜欢李光地也和李是清朝有名的数学家有关。康熙在南巡的时候，曾特地把当时民间著名的布衣数学家梅文鼎召到御舟之上，两人痛快长谈三日，临别时康熙依依不舍地感慨一番，并御书"绩学参微"四个大字赠给梅文鼎。所谓上行下效，康熙本人对学术的酷爱直接造成康熙一朝大臣中普遍讲求学问的风气。

康熙宽容的性情和他对学问的热爱结合在一起，就形成了康熙朝独特的文化怀柔政策。这主要体现在康熙十七年（1678 年）正月的开"博学鸿词科"。所谓"博学鸿词科"，是分科取士的科举制度中的一科。它有点类似于隋唐科举分成常科和制科时的制科考试，这种制度从诞生时起就是专门用来网罗非常人才的，因而也是不定期的。应征的都是些明代遗老，但其中有坚辞的，有看得极淡的，也有十分热衷的。傅山被征时以老病辞，后来免试赐"内阁中书舍人"衔，但要求入都谢恩。傅山被抬到午门，见实在躲不过去，便仆于地上，哭哭啼啼。刑部尚书魏象枢因为和他都是山西同乡，就替他打圆场，说："好了，好了，

康熙帝读书像。他仁厚好学，颇有文才，对清代文学的影响很大。

谢过恩了！"这些夸张的举动被高阳先生指为"名心未净"（高阳《清朝的皇帝》)，还是很有道理的。应召各人先由皇帝赐宴，再于弘仁阁下当场

考试，题目是《璇玑玉衡赋》和《省耕二十韵》。汤斌、汪琬、施闰章、朱彝尊、毛奇龄等名士都在其列。到京的五十九人除傅山等九人以老病授衔归里之外，其余五十人分授一等二十名、二等三十名，令其在京纂修《明史》。严绳孙四次推辞不成，勉强招至北京，答卷时竟仅写一首《省耕诗》，而且只有八韵，胆子可谓够大。结果因为康熙说"史局不可无此人"，仍然列在二等。征举"博学鸿词科"的目的主要在编修一代巨典，而且这一任务既为许多态度温和的明遗民所乐为，又非他们莫属。历来对清廷此举的评价都有失公正，其实清初文学之盛如毛奇龄、施闰章等辈的崛起，诗文格调由遗老们的哀哭之辞一转而为清新亮丽的盛世深情，这样绝大的文学演进又怎能和"博学鸿词科"的开设无关？说到此处，阅卷的过程中还有一件小事体现出康熙皇帝的精深的文学品位。他精通音韵之学，却发现潘耒诗中"冬韵出宫字"，李来泰诗中"东韵出逢、浓字"。这些错误都出在这些颇负盛名的名宿身上，令康熙大惑不解，发出"诗赋韵亦学问中要事，可以都不检点？"的疑问。群臣解释说这是"功令久废诗赋"的原因，认为这些都是"大醇之一疵"，建议康熙"取其大"。康熙想想也是，就听从了大家的建议。

高阳先生说康熙是个"了解西方文明，尊重科学精神"的皇帝。这话确实不假。当时中华文明处在衰微之际，许多上古时代就已达到极精微程度的专门学问此时已经几乎湮没。用康熙皇帝的话说，像"天文历算"这样的学问已经成为"绝学"。可偏偏在康熙初年发生了旧历、回历和所谓"西洋新法"之争。挑起此事的是守旧派的杨光先，攻击的对象则是传教士汤若望和南怀仁。后来在康熙三年（1665年）十二月，汤若望已经病重，此时就一次日蚀的准确时间，三方展开了一场"实测"的较量。杨光先等人用旧历推算的时间比汤若望预测的时间早一刻钟，回历的预测则早半小时。结果"实测"以"西洋新法"的胜利而告终。杨光先主持钦天监一段时间后，又出了大笑话，被免职回乡，凄凉而死。而康熙亲政后竟和皇太后一起到汤若望墓前祭扫，两者恰成鲜明对比。让中国人承认"西洋"的优越是一件很痛苦的事，但康熙作为天文专家却始终秉持着尊重科学的态度。这开放的精神和满族作为来自中华大地边缘地带的边缘民族的生命活力很有关系。可惜后来渐渐被旧的衰朽力量所同化，造成嘉道间国势的沦丧。清初文学显现出的盛世的青春活力，有许多也是来自这种开放的中西交流态势的激发，这样说来康熙的功绩真是不可胜数了。

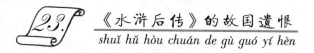

23. 《水浒后传》的故国遗恨
shuǐ hǔ hòu chuán de gù guó yí hèn

陈忱是明末清初的通俗文学作家，中年逢明清易代之变，经历了"天崩地裂"的祸患。明亡后，"以故国遗民，绝意仕进"，与吴中名士"遁迹林泉，优游文酒"。顺治间，又曾与顾炎武、归庄等组织惊隐诗社，依据他的诗文推测，也可能参加了武装的抗清斗争。他晚年住在南浔，据《乌程县志》载："居贫，卖卜自给。究心经史，稗编野乘，无不贯穿。好作诗文，驱策典故，若数家珍，而无聊不平之气，时复盘旋于楮墨之上，乡荐绅咸推重之，身名俱隐，穷饿以终。"而他的《水浒后传》就是其"白发孤灯"之暮年所作。

《水浒后传》紧接《水浒》故事，描写梁山英雄征方腊以后，死伤大半，剩下李俊、阮小七和燕青等三十二人，他们流散四方，大都重操渔樵旧业，隐居不仕。只是仍被蔡京、童贯等奸臣所容，生出种种借口，欲将其斩尽杀绝。英雄们忍无可忍，遂再度啸聚山林，诛除恶霸，对抗官军。后金兵入侵，中原沦陷，南宋小朝廷偏安江南，他们又奋起抗金，以报国勤王为己任。最后，见报国无望，不得已先后入海，于海外暹罗岛另开基业，推李俊做了暹罗国王，并支持宋高宗建都临安。全书以"中外一家，君臣同庆"为结局。

《后传》虽写的是南北宋之交的人物、事件，但实质上却是借古喻今，反映明末清初的社会情况。在书中第二十八回，作者借柴进与燕青的对话即暗示了这种影射：

柴进回头向北道："可惜锦绣江山，只剩得东南半壁。家乡何处！祖宗坟墓远隔风烟……对此茫茫，只多得一番叹息。"燕青道："譬如没有这东南半壁，伤心更当何如？"

这一句"譬如"，岂不是明朝遗老亡国之痛的表露？而且作者在《水浒后传序》中又云："嗟乎！我知古宋遗民之心矣。穷愁潦倒，满腹牢骚，胸中块垒，无酒可浇，故借此残局而著成之。"此中更足以见此书是为明遗民所作的"泄愤之书"，倾注着一种时代情绪和心态，而其中的主脉自是亡国的伤痛。

当代《水浒后传》连环画选页

正当李俊、阮小七、李应等重新聚义的时候，金人入侵，中原沦陷。金兵为了搜刮金银财物，俘获人质，到处杀人放火、奸淫掳掠，致使中原地区"鸡犬无声人迹断，桑麻砍尽火场余"，呈现"四野萧条，万民涂炭"的景象。而在国家危亡之际，朝廷重臣蔡京、童贯等却一味"排摈正人"，使"忠臣良将俱已销亡"；徽钦二帝又朝欢暮乐，昏庸误国。金兵军临城下，竟罢主战派李纲、种师道的兵权，让江湖骗子郭京以"六甲遁法"退金兵，结果双双被俘。国难当头，奸臣当道，嫉贤妒能，英雄纵有救国之计，报国之心，却无以施展，目睹国破家亡徒然叹息，这只怕是更为深重的忧愤。

胡适在《水浒续集两种序》中云："《后传》描写北宋灭亡时的情形，处处都是借题发泄著者的亡国隐痛。"应该说，在这重意义上，《后传》是《水浒全传》主题的发展和深化。

诚然，《水浒后传》主旨在于"泄愤"，然又与许多续书相同，作家的创作也是为了满足读者审美心理上的要求，消除许多读者在卒读《水浒全传》后挥之不去的遗憾。

《后传》以"阮统制梁山感旧"开篇，当时阮小七"将军战马今何在，野草闲花满地愁"的心绪实际正是作者、读者的心理。而以此为《后传》的起点引发出的梁山泊所剩的三十二位英雄，"比前番在梁山上更觉轰轰烈烈做出惊天动地的事业来，功垂竹帛，世享荣华，成了一篇花团锦簇的话文。使人见之，一个个欢欣鼓舞，快意舒怀，不禁拍案叫绝"（《水浒后传》第一回）。

作品基本实现了读者所期待的奖善惩恶的道德标准。在《水浒全传》中，英雄们大半惨遭杀害，而且死的窝囊，于是在续书中作者即让水浒英雄的精神延展开去，不仅梁山幸存的好汉前仆后继，而且其后人也都不乏父辈之风采，花荣的儿子花逢春、宋清的儿子宋安平，呼延灼的儿子呼延钰，徐宁的儿子徐晟等都投入义军，甚至于当年与梁山义军仇怨笃深的扈家庄的扈成也上山入伙，并借其口道："先前只道梁山泊那班是亡命反寇，岂知一个个是顶天立地的好男子！"而对于在《水浒全传》中终归横行于世的奸臣蔡京、高俅、童贯等，《后传》中则以残害忠良致使半壁丧倾的罪名将其削职发配，并在发配途中被李应、燕青等撞见，处死，又把尸骸拖到城外，任鸟兽啄餐。

全书结尾梁山英雄因为暹罗国平寇除凶被当地人拥戴，举李俊为王，三十多位英雄也冠袍加身。金銮殿上，四美结良缘；庆功宴上，"赋诗演戏大团圆"。这大团圆的结局无疑圆了诸多梁山好汉的梦，一并也抹却了无数读者的千般遗憾。

如果说《后传》中抒写亡国孤臣之痛，是陈忱作为一代爱国知识分子的代言人对于家国倾亡的哀怨愤慨，体现了强烈的时代精神；那么奸臣邪佞受诛伏法，英雄好汉雄风重振或可说是作家煞费苦心在作品中营造的理想王国，除了迎合读者的审美心理，更反映了作家渴望英雄，以及"另寻一块干净土"的憧憬。仔细体味，这理想之国又未免绝对化而显得虚幻，由此更显出英雄济世之无能为力的无奈与悲痛的深切，作者这番深意与个中苦辣只怕鲜为人知。

如此可见，《水浒后传》虽不可与《水浒全传》等价齐观，但在思想内涵的拓展上却有其独到的认识价值；此外在艺术表现上，陈忱也实现了审美的愉悦与满足。正如作者在《水浒后传论略》中所说："《后传》有难于《前传》处：《前传》镂空自影，增减自如；《后传》按谱填词，高下不得。《前传》写第一流人物，分外出色；《后传》为中材以下，苦心表微。"陈忱认识到续书之难，充分调动了各种艺术手段，使《水浒后传》成为众多续书中极为出色的一种。

在人物塑造方面，作者在原书基础上续写水浒幸存人物的命运，既保持前传中人物的基本性格特征，又有所发展变化，丰富了人物的血肉灵魂。后传中精雕细刻了燕青、李俊、李应、穆春等主要艺术形象。浪子燕青在《后传》中由原本的"百伶千俐"成熟到"忠肝义胆，妙计入神"，成为起义军中一重要决策人物。再如李俊，在前传中是一普通水军头领，《后传》中经历起义斗争变得沉着冷静，成为智勇双全，胸怀大志的义军领袖。

与人物性格相协谐的景物描写富有诗情画意，既辉映了英雄本色，又具有浓郁的抒情色彩。

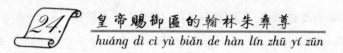

24. 皇帝赐御匾的翰林朱彝尊
huáng dì cì yù biǎn de hàn lín zhū yí zūn

相传有一年康熙皇帝南巡浙江，乔装成百姓去察访民情。一天，他路过一个荷池，发现池边有座草亭，亭中一个五十来岁的老人在晒太阳。走近一看，却大吃一惊：当时立春刚过，乍暖还寒，池塘里的冰还未融化，这位老者却敞开衣襟，裸着肚皮，迎着阳光晒。

康熙皇帝奇怪地问："老人家，天这么冷，你袒着肚皮干什么？"

老者告诉他："没办法呀，肚子里的书快要发霉了，必须敞开来晒一晒呀。"

康熙看出老者很有学问，把他封为翰林院编修，并亲赐给他一块"研经博物"的匾额。

这位有学问的老者就是清代著名诗人朱彝尊。这个故事是流行在浙江地区的民间传说，民间传说当然虚假的成分很大，故事的真实情况是这样的：朱彝尊从康熙三十一年（1692 年）辞官回家，便一直以著述为业。康熙帝南巡时，他曾到无锡迎驾。康熙帝召见于行宫，他进呈《经义考》二百卷，受到康熙的赞赏，并御书"研经博物"赐给他。

朱彝尊（1629—1709 年），字锡鬯，号竹垞，晚号小长芦钓鱼师，又号金风亭长。秀水（浙江嘉兴市）人。早年以设馆授徒和

朱彝尊联迹

游幕来维持生活，并曾企图举事抗清，事未举。后来他转变了对清朝的观念，于康熙十七年（1678 年）五十岁时，以布衣身份参加博学鸿词科考试，得中一等，与李因笃、潘耒、严绳孙同称为"江南四布衣"，参与修撰《明史》。

朱彝尊是个很有意思的人，他"研经博物"，可称"经师"，且酷喜读《十三经》、《二十一史》等经史书，甚至出游时也要随车携带，那么按常理说他应该是个道学，可是同时他又自诩"楚狂行矣不回头"。"经师"与"楚狂"这两种本是冰火不相融的人格特点，竟在朱彝尊的身上达到了和谐的统一，令人惊叹。

朱彝尊酷爱读书，已经到了着迷的程度，为了读到一些珍本秘笈，他想尽办法，不惜一切代价。当时有钱曾（字遵王）著有《读书敏求记》，共著录藏书601种，皆宋元版之珍本秘笈，其族祖钱谦益绛云楼藏书之精华，全都荟萃其书。但钱曾却很吝啬，把书藏在枕中，出门则随身携带，从不示人。朱彝尊听说此书后，屡次求一睹，但始终不得。一次，朱任江南典试官，与钱相会于江宁，设宴请钱。众人宴饮之时，朱乃暗中以黄金翠裘贿赂钱的书童，将此书原稿窃来，预先在密室置书吏十余人，用半宵时间抄出副本，仍把书偷偷放回。从此钱的《读书敏求记》，仗朱彝尊方得以流传于世。

又有一次抄书，朱彝尊付出了更大的代价。朱在史馆任职时，私下把抄书手带进史馆，专门抄写各地进呈的宫禁要籍。后来被人参劾，以泄漏罪被降官。朱还因此而为他的匣子作铭："夺侬七品官，写我万卷书。或默或语，孰智孰愚。"（清·朱克敬《儒林琐记》卷一）

朱彝尊为人放达，诗才隽逸，然而"性好饮酒"，曾与一个叫高念祖的人一起进京，每天日暮泊舟时，朱很快便不知去向，派人四处寻找，才发现他早就跑到酒肆中，醉卧酒瓮之下了（清·汪琬《说铃》）。好酒之人大多性情粗豪，这与他的"经师"似乎也很不相衬，但却使朱彝尊结交了很多好朋友。朱与赵执信就很交好。赵执信因违禁观看《长生殿》被革职外放后，纵情于诗酒之中，朱曾赠诗曰："闲教花底安棋局，笑比红儿狎酒人。"当时，朱也解职归田，居于林下，筑"娱老轩"，赵以"老为莺脰渔翁长，闲上鸱夷估客船"之句赠朱，足见二人高致。

朱彝尊一生饱读诗书，著作甚丰。除《经义考》二百卷外，尚有《明诗综》一百卷，《词综》三十卷。又有文集《曝书亭集》八十卷，其中诗二十二卷，词七卷，文五十卷，赋一卷。他的词作虽不比诗多，但在词坛地位却很重要，与陈维崧齐名，各为婉约派和豪放派的代表。朱作婉约词，这又与他的"经师"性格大相径庭了。但他的词确实很优秀，如一首〔解佩令〕云：

十年磨剑，五陵结客，把平生、涕泪都飘尽。老去填词，一半是、空中传恨。几曾围、燕钗蝉鬓？　　不师秦七，不师黄九，倚新声、玉田差近。落拓江湖，且分付、歌筵红粉。料封侯，白头无分。

无论是从词句、意象、情境上看，都不失为一篇佳作。

朱彝尊放诞不羁，不喜用常理来规范自己，他有一段刻骨铭心的婚外恋情，便大大超出常理的范畴。徐珂《清稗类钞》记载：朱彝尊婚于冯氏，冯家世居碧漪坊，与朱宅相近。朱年轻时曾在冯家读书，十七岁入赘冯家。但与小姨情意更笃。但家人防范甚严，此情难以传达，直到小姨出嫁后，方得以经常来往。朱常假称夫人之命召小姨前来。一天，相约待夫人卧后作深谈，夫人风闻此事，竟先卧，次日晨，命老姬将妹妹送回去。后数年，小姨竟因思念朱而死。

与小姨的这一段风流恋情激活了朱彝尊的青春，也激发了他的创作热情，朱彝尊为妻妹作的词委婉、细密、缠绵，如〔鹊桥仙〕《十一月八日》一首，描写初与妻妹接近时的心理感受：

一箱书卷，一盘茶磨，移往早梅花下。全家刚上五湖舟，恰添了个人如画。　　月弦初直，霜花乍紧，兰桨中流徐打。寒威不到小蓬窗，渐坐近、越罗裙衩。

这"渐坐近，越罗裙衩"一句，比同是爱恋妻妹的李后主的"今宵好向郎边去"要朦胧得多，含蓄得多了。

另一首〔摸鱼儿〕写若干年后，回忆到二人约会之后分别的情景：

粉墙青、虹檐百尺，一条天色催暮。洛妃偶值无人见，相送袜尘微步。教且住、携玉手、潜行莫惹冰苔仆，芳心暗诉。认香雾鬓边，好风衣上，分付断魂语。　　双栖燕，岁岁花时飞度，阿谁花底催去？十年镜里樊川雪，空裹茶烟千缕离梦苦，浑不省、锁香金箧归何处？小池枯树。算只有当时，一九冷月，犹照

夜深路。

爱一个人本来就很痛苦，而这种爱又得不到经常的倾诉，正常的抒发，痛苦的程度当更深沉。若干年后回忆起来，"春梦了无痕"，只剩"十年镜里樊川雪，空袅茶烟千缕"。

朱彝尊就是这样一个人，他敢恨、敢爱，不惜冲破清规戒律的束缚去追寻他的所爱、他的所好。虽然他著有很多经史作品，却难掩他身上那种"楚狂人"的潇洒。这两个特点在他身上相克相生，互相补充，给朱彝尊的人格和诗词增添了无穷的魅力。

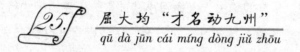

25. 屈大均 "才名动九州"
qū dà jūn cái míng dòng jiǔ zhōu

明遗民号称讲究操守，但里面又有许多言行明显出格的怪人，这在很大程度上是明清鼎革之际强烈的精神刺激的结果。像归庄那样以骂世著称的也只能算是普通的，更引人争议的人物如屈大均，愈加的毫无顾忌，竟能做出敲诈银两的事情来。当时有个很有名的僧人号大汕，喜欢写诗，又有许多资财，结果引起了屈大均的贪心。大汕仰慕屈大均的诗名，诚心诚意请屈大均帮他改定诗稿，哪里想到屈大均会趁此机会将自己的作品偷偷塞进大汕的诗稿中间，还给大汕后又指责他窃取自己的诗作。屈大均威胁大汕要将此事张扬出去，目的在于勒索一笔不菲的钱财。而大汕偏又不愿就范，在《致大均书》中说："兄包藏祸心，于濂（大汕自称）诗多所改易，将兄句为濂之句，自盗窃其诗以与濂，致陷濂于钝贼而不知。"像这样的事情实在没法替他开脱。但屈大均在当时就有"才名动九州"（顾炎武语）之称，又以遗民气节自居，虽然清代的丁绍仪《听秋声馆词话》就说他的许多诗作如《广州吊古》、《猛虎行》等"几类醉汉骂街"，但清初有种奇怪的氛围，士林慑于遗民的气势，似乎一切枝节问题可忽略不论，屈大均仍可稳坐清初诗人的头几把交椅。这种以政治立场评价诗歌品第的态度甚至延续到建国以后，真是匪夷所思。其实平心而论，当时江左三大家中吴伟业和钱谦益且不必论，即便像曾身事三朝的龚鼎孳，其诗境之高蹈又岂是屈大均辈的"骂街"诗风所可比拟！只是屈大均有些诗确也有可圈点之处，再说他的交游又极广，是个对清初的文学风气有影响力的人物，由他的身世又可具体分析到所谓"遗民"现象的另一面，这些都是很值得评说一番的。

屈大均（1630—1696 年），初名绍隆，字翁山，又字介子，广东番禺人。他自称是诗人屈原的后代，崇祯年间的诸生，明亡时才十五岁。屈大均的父亲屈宜遇是个终生不仕的人，曾告诫他要"以田为书，日事耦耕"，但屈大均却不能安心在家，顺治六年（1649 年）广东曾暂时收复，永历皇帝迁回肇庆，二十岁的屈大均跑到那里，给永历皇帝上了中兴六大典书，永历打算任他为中秘书，但因为父亲有病相召，只得返回故里。但从此屈大均变得异常活跃，明亡的酷烈刺激着他的神经愈加兴奋，四处奔走无有宁日。顺治七年（1650 年）三月，清兵再度包围广州，屈大均无法，竟跑到金瓯山的海云寺为僧，取法名为今种，改字作一灵，又字骚余。但也有说他是后来在杭州雷峰削发出家的。屈大均癫癫狂狂，把自己的住所名为"死庵"，大概是取万念俱灰的意思。可惜名心未死，此后虽隐居在罗浮一带，却不能安心做和尚，总是窥测时变，以图有所恢复。比较典型的例子是屈大均把一枚永历的铜钱用黄丝线穿起来，用黄锦囊装好，佩在肘腋间，以表示忠于明朝的意思。

明遗民中，做和尚的颇有一些，但许多人态度极不严肃，视佛门为逃难地和休养所，时刻跃跃欲试，有何信仰可言？方以智且不说，屈大均就在顺治十三年（1656 年）还俗为民，大概是耐不住佛门的寂寞吧！但从此假装和尚，不再蓄发，还作了《藏发赋》、《秃颂》等和清廷相对抗。顾炎武有诗说他是"汤休旧日空门侣"，用的就是刘宋时诗僧惠休出家后又还俗的典故。这年他度岭北游，先去浙江，再去南京，哭了一番孝陵。两年后他又北走京师，找到明思宗自缢的地方，痛哭不止。然后东出山海关，考察辽东和辽西的情势，又在山东、江苏、浙江一带联络遗民，幻想有朝一日能一举起事。随后又到会稽暂住，和当时著名的反清志士魏耕共谋大计。这次是为郑成功和张煌言合师进攻长江的军事行动做内应。郑成功部一气打到南京城下，但终于又逃回海上。哪知清廷知道屈大均和魏耕都已参与其事，下令搜捕，魏耕被杀，而屈大均听到消息仓皇逃窜，躲在桐庐很长时间，才算幸免于难。这一刺激非同小可，连惊吓带仇恨，百感交集之下，屈大均已誓与清朝不共戴天了。后来永历被杀，他仍奉其正朔，并作诗以"留得冬青树"自比。但屈大均的游说与联络似乎全遭失败。所谓人力抗不过气数，而且新朝正呈现出蒸蒸日上的上升气象，不服输根本是不行的。

只是屈大均并不气馁，复明的事业似乎已经成为他唯一的生命寄托。他又去过陕西，感到边地统治比较松弛，是志士图谋光复的一块理想的根据地。康熙五年（1666 年），屈大均在太原与李因笃、朱彝尊、王士祯、毛奇龄、徐乾学等人会面，其中李因笃成了他的好友。至于朱彝尊，早就仰慕屈的诗名，在屈大均未出岭时，就将搜罗到的屈诗编传吴下，在整个东南地区反响极大。这对于诗名不过庾岭的岭南诗人来说，实在是个例外。屈大均对此十分感激，曾有诗云："名因锡鬯起词场，未出梅关名已香。"这实在是把身外的"得名"之事看得很重了。太原会面之后，屈大均和李因笃一起再到陕西，恰好遇上一个名华姜的榆林女子，不仅漂亮，而且文武双全，令屈怦然心动。华姜本是抗清殉节的明都督王壮猷的遗孤，由侯姓抚养成人。侯夫人有个弟弟任固原守将，和李因笃交好。李因笃一说，华姜就答应了，并说："是隐君子也，无愧吾先将军矣！"屈大均高兴得很，写诗道："同栖红翠三花树，对写丹青五岳图。"然后夫妻出雁门关，又见到了集资屯垦的顾炎武和傅山。此后从山西到京师，又去哭十三陵。第二年回到广东家乡。可惜华姜不适颠沛，不久就病死了。屈大均非常难过，写了《继室王孺人行略》，以示哀悼。

这以后就是吴三桂的反清，屈大均听到消息又兴奋起来，上书言兵事，吴三桂任命他在桂林做监军。可是吴三桂所想岂能与屈大均相似！他最后只有托病回家，随后就是清廷的追查，害得屈大均全家远避南京，康熙二十一年（1682年）才返回故里，年已五十三岁。此时屈大均也渐渐悟到大势已去，终于闭门不出，老死家中，一生种种奔波努力到此告一结束。

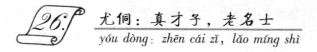

26. 尤侗：真才子，老名士
yóu dòng：zhēn cái zǐ，lǎo míng shì

历代才子、名士中，能引起皇帝注意的人不在少数，但同时能被两位父子皇帝青眼相加的怕就不多了。而尤侗便有幸成为这凤毛麟角之一。清世祖顺治对尤侗的一些文章非常欣赏，称之为"奇文"，反复叹为"真才子"。而世宗康熙见到尤侗的名字，也由衷地说："此老名士。"于是尤侗就刻了这样一副对联，写道："真才子章皇天语，老名士今上玉音。"

尤侗何以有如此的魅力呢？

尤侗（1618—1704年），字同人，又字展成，号悔庵，亦号艮斋，晚年自称西堂老人。尤侗是南宋著名诗人尤袤的后代，父尤瀹，明末为国子监生。尤侗二十岁时补诸生，以后则屡试不第。顺治初年，以贡生谒选，除永平府推官，后因审旗人案被罢职，康熙十七年（1678年），选博学鸿儒，入翰林院修《明史》，在史馆三年，而后辞归，以著书自娱。

从尤侗的生平经历看，并没有什么太过人之处，而与当时大多数才子都很相似：出身官宦世家或书香门第（多已没落）；幼时极其聪颖，博闻强记；才

尤侗石刻像

华横溢却屡试不第；好容易做了官却又因一些罪名被罢免；最后终老家中，以著书立说为业……几乎形成了一套模式，尤侗也在其中。

但尤侗与众不同的，是他诗文的风格：善作游戏之文，言笑间不经意时辄成文章，却从不作道学面孔，板起脸来教训人。他的诗文常充满了欢乐和幽默。博得顺治皇帝拍案叫绝的便是他的游戏文章《临去秋波那一转》，这"临去秋波那一转"本是《西厢记》中张生的一句唱词，唱的是崔莺莺临去秋波那一转的令人心旷神怡，而尤侗却把它用八股文的形式写了出来，怎能不是一篇"奇文"？

尤侗善调侃，即使是与帝王巨公的文字来往也没有什么顾忌。尤侗有消渴症（即糖尿病），经年不愈。某王公贵胄派内侍送给他一些药，尤侗作启谢之曰："臣风月膏肓，烟花痼疾，同马卿之消渴，比庐子之幽忧。忽启文鱼，如逢扁鹊，赠之芍药，投我木瓜。紫苏与白芷同香，黄菊共红花相映。猥云小草，锡以上方，月宫桂杵，窃是姮娥。台洞桃花，采丛仙女。一杯池水，堪资丈室之谭；半匕神楼，顿醒惊天之梦。肺腑铭篆，羊叔子岂有鸩人；耳目发皇，楚太子无劳谢客。谨启。"正因为这段文字，差点惹恼赠药者，认为"赠之芍药"及"月宫""台洞"等句大不敬，并告诉了世祖，要求定他的罪。幸亏世祖比较开明和宽容，笑曰："文人之文，兴到笔随，岂能有所顾忌。尤侗乃胜国遗逸，杀之不祥。"尤侗才免了一场大难。

尤侗有一段著名的《十空曲》，更能表现他的游戏文字的风格：

一国三公，车马长安殿阁中；鼎爵分班奉，金印轮流弄，白首恋鸣钟，青山木拱。华表铭旌，断送黄粱梦，君看盖世功名总是空。

万贯千钟，箧蠹青蚨仓朽红；合药烧丹汞，掘土埋银瓮，金穴与陵铜，化成泥冢。虽有钱神难买南柯梦，君看敌国资财总是空。

北苑南宫，万户千门拟九重；金屋阿房卫，金谷天台洞，台榭土花封，牛羊丘垅。绮阁迷楼，也等华胥梦，君看甲第田园总是空。

翠翠红红，十二金钗列小童；绮席云鬟拥，锦帐花心动，脂粉骷髅工，狐精卖弄。雨散云收，想断巫山梦，君看绝世红颜总是空。

弦索叮咚，绛蜡烧残曲未终；鼓叠江南弄，箫吹秦楼凤，轻盼白杨风，挽歌相送。子弟梨园，同入钧天梦，君看大地音声总是空。

熊掌驼峰，下箸千钱未足供；美酒金樽送，肥肉台盘捧，杀气满喉咙，请公入瓮。逐鹿烹羔，变作芭蕉梦，君看饮食因缘总是空。

青母黄公，嫁女婚男风俗通；交颈鸳鸯衾共，绕膝乌衣从，分手各西东，主人翁仲。打散鸳鸯，惊破熊罴梦，君看眷属团圆总是空。

绣虎雕龙，彩笔吟成万卷工；献赋长杨重，问字玄亭众，何处哭秋风，凄凉文冢。一部南华，不过庄周梦，君看锦绣文章总是空。

竖子英雄，触斗蛮争蜗角中；一饭丘山重，睚眦刀兵痛，世路石尤风，移山何用。飘瓦虚舟，不碍松风梦，君看尔我恩仇总是空。

扰扰匆匆，遮莫晨鸡与暮钟；梵呗无须唪，公案何劳颂，早觅主人公，风幡不动。放下机关，圆破蒲团梦，君看万法无常总是空。

尤侗联迹

这"十空"看似信手拈来，随意挥洒，形式自由，语言轻灵，却把人唱得心也空，魂也空了。但云空未必空，"空"有时是用来安慰和调节人的心理的。尤侗虽把"十空曲"唱得痛彻心肺，却仍做不到"目空一切"。

毕竟他还是朝廷命官，几千年遗传下来的忠君思想促使他不由自主地忧国忧民。清开国时，达哈嘛与有功，于是专权放恣，舆论哗然，圣祖恒忧之。又满洲亲王贝勒都喜唱戏，某旦供奉掖庭，交结官宦，为人买官缺。对此，尤侗常忧虑不已，于是作了一副对联：

世界小梨园　率帝王师相为傀儡　二十四史　演成一部传奇
佛门大养济　收鳏寡孤独为丘尼　亿万千人　遍受十方供给

对联传到圣祖耳中，遂把他召入大内问其出处，尤侗对曰："'梨园小天地'，虞长孺语也。佛门者，朝廷之养济院，陈眉公语也。"圣祖遂悠然心会，默然无语。

辞归后，尤侗在家乡过着悠然自得的名士生活，但这时也没有忘却皇恩。康熙游江南时，他曾两次接驾并献诗，康熙晋升他为翰林院侍讲，并亲题鹤栖堂匾额以赐。

尤侗一生著作颇丰，有《西堂全集》、《西堂余集》、《鹤栖堂稿》、《西堂杂俎》等数卷。而尤以诗文著名。沈德潜在《清诗别裁》中赞其诗"诚天地间别开一种文字也"，"少时专尚才情，诗近温、李；归田以后，仿白乐天"。且观其《题韩蕲王庙》：

忠武勋名百战回，西湖跨蹇且衔杯。
英雄气短莫须有，明哲保身归去来。
夜月灵旗摇铁瓮，秋风石马上琴台。
千年遗庙还香火，杜宇冬青正可哀。

这是凭吊南宋将领韩世忠庙的诗。诗中用典精巧自然，词旨浅显，竟真有白乐天遗风。

尤侗还写了传奇一种：《钩天乐》，杂剧五种：《读离骚》、《吊琵琶》、《桃花源》、《黑白卫》、《清平调》。多取材于历史故事或唐传奇，曲辞典丽，用语妩媚，非常动人，是案头不可多得之书，只不太适于实际演出。这些剧作多是罢官后作，因此其中寄寓了很多感慨，如传奇《钩天乐》中写科场事，主考何图，谐音糊涂；三鼎甲即贾斯文、程不识、魏无知，而真正高才博学的沈白和杨云反而名落孙山，后沈白终在天界中举。在沈白的身上，就可以寻见尤侗当年的影子，因此当王渔洋赠诗给他时，他感动得泣下。下面引此诗，也可加深对尤侗的了解：

> 南苑西风御水流，殿前无复按梁州。
>
> 凄凉法曲人间遍，谁付当年菊部头。
>
> 猿臂丁年出塞行，灞陵醉尉莫相轻。
>
> 旗亭被酒何人识，射虎将军右北平。

康熙四十三年（1704 年），八十七岁高龄的尤侗，带着他的"老名士"的头衔，向三生石上去了。

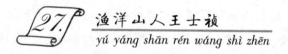

27. 渔洋山人王士祯
yú yáng shān rén wáng shì zhēn

院子里有座新修的凉亭，众人正团坐在里边饮酒赋诗。吟到高兴处，一位清癯的老者站起身来，提笔挥写起扇面来。众人环绕过来，赞叹之声不绝。这位老者便是王士祯的叔祖王象咸，以草书著名于世。和他并肩而立的另一位老者是王士祯的祖父王象晋，明万历间的进士，在前明时候做过浙江右布政使，曾著有《剪桐载笔》和《群芳谱》。王象晋接过扇面玩赏了一番，也来了兴致，便把包括王士祯在内的孩子们都召集过来："我给你们出个对句，对得好的就把扇面奖励给他！"他出的上联是：

> 醉爱羲之迹

孩子们顿时陷入沉思，客人们好奇地期待着，原本热闹的院落一下子变得鸦雀无声。只有王士祯略一思忖，便开口打破了这沉寂：

闲吟白也诗

王象晋听后惊喜不已，连声称赞："对得工致！实在工致！"客人们也纷纷颔首叹服少年王士祯敏捷的文思。这是顺治初年的事情，当时王士祯只有十一岁。

王士祯（1634—1711年），字贻上，号阮亭，晚号渔洋山人，山东新城人。小时即灵悟不俗，以至有人说他的前身是高丽国王。他的长兄王士禄就极富诗才，有《十笏草堂集》行世。王士禄见他六岁时学《诗经》就能领会诗意，便让他手抄韦应物、柳宗元等人的诗学习。兄弟间感情很深，用王士祯的话说就是"文章经术，兄道兼师"（《书考功年谱后》）。王士祯幼时就有《落叶》诗数首，表现出不凡的才华，中有"已共寒江潮上下，况逢新燕影参差"的诗句，又有"年年摇落吴江思，忍向烟波问板桥"之语，皆极感慨苍凉之致。他十五岁时就有《落笺堂初稿》，由王士禄为之作序并代为刻印。顺治八年，他得中顺天乡试，顺治十二年中会试，因为喜欢古文诗词，就没有参加殿试。顺治十四年八月，王士祯游济南，邀集诸名士于大明湖，在水面北渚亭中把酒高吟。绕亭杨柳千余株，略染微黄之色，枝叶披拂水面，此次集会因之定名为"秋柳诗社"。王士祯即景赋《秋柳诗》七律四首，前面有《小序》，中有"仆本恨人，性多感慨。寄情杨柳，同《小雅》之仆夫；假托悲秋，望湘皋之远者"等语，约略透露其心意。此处选录其中两首：

其 一

秋来何处最销魂，残照西风白下门。

他日差池春燕影，只今憔悴晓烟痕。

愁生陌上黄骢曲，梦远江南乌夜村。

莫听临风三弄笛，玉关哀怨总难论。

其 四

桃根桃叶镇相连，眺尽平芜欲化烟。

秋色向人犹旖旎，春闺曾与假缠绵。

新愁帝子悲今日，旧事公孙忆往年。

记否青门朱络鼓，松枝相映夕阳边。

此诗很快传遍大江南北，海内名士唱和者不计其数，一时成为文坛盛事。如冒襄、顾炎武、朱彝尊都有和诗，唱和的甚至有闺秀，多达百数十家。有人说此诗是王士禛在济南遇见一个流落此处的南明福王宫中歌女郑妥娘，伤感于青春的流逝，因此诗中颇有"白头宫女说玄宗"的怅然。此说可能有些道理。不过明亡时王士禛毕竟只有十岁，对易代的苦痛少有铭心刻骨的激愤，而较多沧桑变幻的感慨，那是很自然的。后来有许多人以"帝子"、"王孙"等语作为证据，想将王士禛罗织入文字狱，结果廷议时以为穿凿，将其驳回。汪琬《说铃》中评价这四首《秋柳诗》"风调凄清，如朔鸿关笛，易引羁愁"，还是很精当的。但也有些人对《秋柳诗》不屑一顾，如朱庭珍《筱园诗话》以为它"不过字句修饰妍华，风调好听而已。神骨不峻，格意不高。"沈德潜编《国朝诗别裁集》时竟将它弃置不录，说它"不切题"。秉持肌理说的翁方纲也很不喜欢这几首诗。我们说，如果摆脱诗学观点的成见而公正地看待它，则苏渊雷先生说它"以诗格论，真是渔洋全体披露、笼罩一切的杰构"，诚属的论。此时的王士禛只有二十四岁，诗已卓然成家了。

顺治十五年，王士禛进京补殿试，居进士二甲。次年揭选，授扬州推官。从此王士禛在扬州任职五年，平反冤案多起，结大案八十三件。扬州积欠赋税二万多两，官府为此大肆捕人，牢狱皆满，百姓为避祸只得逃往他处。王士禛见后叹道："此沟中瘠耳，虽日鞭扑，何益？"命令将牢中人犯全部释放。他号召官员捐出俸禄，并劝商人也捐钱为民偿税，其余的则上书请大中丞予以减免。他每天早晨坐堂审案，放衙后便召集客人饮酒赋诗。客人无不惊叹："王公真天才也！"吴伟业甚至因他能"日了公事，夜接词人"而将他比做东晋的刘穆之。这期间王士祯曾结交了许多诗人，包括脾气古怪而隐于市井的吴嘉纪、孙枝蔚，都被他的谦虚和诚挚所打动。其实王士祯的文坛领袖地位这时已经得到了确认。康熙元年（1662年）的三月三日，王士祯与扬州的诗人名士在扬州虹桥行修禊之礼，并写了冶春词二首，众人纷纷唱和，宗元鼎有诗："五日东风十日雨，江楼齐唱冶春词。"再度传为文坛盛事。太湖中有座渔洋山，深得王士祯的喜爱。他为自己取的"渔洋山人"之号就是由此得名。

康熙三年王士祯被升为礼部主事，后来迁到户部郎中，这中间做过四川乡试的主考官，还曾丁母忧归，又补原职。这些都是部曹小官的苦差，比起扬州推官的洒脱生涯，实在是差得多了。但王士祯在京城诗名极高，以"丰神妙悟"著称，大学士张英对他的诗极为推崇，并在入值南书房时在康熙皇帝面前说了王士祯的许多好话。康熙也听说过王的大名，便召他入宫，出题面试。据说王士祯本来有"诗思迟滞"（《啸亭杂录》）的弱点，再加上紧张，一个字也写不出来。张英见状便为他代作一诗，团成纸团悄悄放在他的案边。王士祯忙照着抄上交卷。康熙看后笑着对张英说："人都说王诗有'丰神妙悟'，怎么一点都看不出来，反倒诗风整洁，像是你的风格？"张英忙推辞说："此诗乃诗人之笔，比我的诗强多了。"这样，康熙就把王士祯调入翰林，使王成为清代由部曹而改任翰林的第一人。王士祯从此终生感激张英。同样是因为紧张而无法运思成篇，吴兆骞因之流放边地，而王氏却幸运地得以高升，这就不能不说是命运的力量了。

康熙十九年（1680年），王士祯升为国子监祭酒，此后官运亨通，在皇帝身边侍讲，又任编纂类书《渊鉴类函》的总裁，一直到康熙三十八年（1699年），升任刑部尚书，时年六十六岁，到此时王士祯仍可谓仕途一帆风顺。但他性情正直不阿，徐乾学曾经送来华贵的金笺，请他作阿谀之诗，为权相纳兰明珠献寿，被他严词拒绝："曲笔以媚权贵，君子不为！"（王应奎《柳南随笔》）结果康熙四十三年时，王士祯终以事被罢官。

关于王士祯的逸事极多，比如他的爱士就是出了名的。汪琬、朱彝尊、宋琬、施闰章、洪升等人都与他有过唱和。据说康熙初年士子挟诗文入京城，必定先投龚鼎孳，再分别投往时任户部主事的汪琬、时任吏部郎中的刘体仁和时任礼部主事的王士祯。诗人陈维崧的弟弟陈维岳初到京师，也照习俗准备好了三份诗文。有朋友说："我可为你预测结果：汪琬读后一定会找出瑕疵批驳一番；刘体仁一定稍一浏览就扔在一旁，不置可否；而王士祯定会从中找出警策之句褒扬一番。"后来结果真就恰如此说，一时传为笑谈。由此也可想见王士祯对后生的大力提携。但王士祯的官越做越大，普通士子要想见到他也并不容易。有人探听到王士祯爱书，每逢慈仁寺庙会必到那里的书摊"淘书"，就专门等在那里，把诗递到他的手上。对王士祯的这种"奖引气类"（王士祯《香祖笔记》）的精神，好友施闰章曾经提出异议："你这样表奖后生，自然是美德，可是年轻人学问文章都还没有什么成就，得到你的一句夸奖，就自诩为名士，不再虚心请教学习，你这不是害了他们吗？"其实王氏对后进的"奖引"也并不是没有分寸的。钱谦益的孙子钱锦城，从小就有诗才，曾拿着诗集一卷到京城请王士祯指正。王士祯见到诗集前面有钱家的一位布政使所作序言，就说："钱家而今还有才子钱陆灿在，却请布政使作序，这是以爵位看人啊！可见其诗格调必定不高！"说着便把诗集掷到一边不看了。王士祯去世后，他的门人私下给他定谥号"文介"，便是总结他的刚介性格而言，闻者无不赞同。

王士祯作诗标举"神韵"，其实是对司空图的"远韵"和严羽"妙悟"的综合。因为清初诗坛对明代前后七子的"肤廓"之病正深恶痛绝，"神韵"说的提出实在正当其时。王士祯在扬州时曾选唐人绝句而编《神韵集》，晚年又编《唐贤三昧集》，推崇王维、孟浩然和韦应物，而把李、杜、韩、白关在门外。由此可知他的"神韵"说是以空灵淡远的诗风为宗尚的，所谓"味外之味"大概就是指的这种含蓄深蕴的诗风吧。当时诗坛领袖钱谦益对他的诗论颇为欣赏，曾以"与君代兴"之语相期；康熙皇帝甚至手书一副堂联赠给他：

烟霞尽入新诗卷

郭邑闲开古画图

此联意境颇得"神韵"义谛，王士祯自然感激不已。

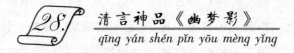

清言神品《幽梦影》
qīng yán shén pǐn yōu mèng yǐng

　　花不可以无蝶，山不可以无泉，石不可以无苔，水不可以无藻，乔木不可以无藤萝，人不可以无癖。

　　同样，清言小品不可以无《幽梦影》，清言大家不可以无张潮。

　　张潮，字山长，号心斋，新安（今安徽歙县）人，生于顺治七年（1650年），卒年不详。张潮出生在一个书香门第，父张习孔，曾任刑部郎中、山东督学金事。善诗，与当时著名文学家周亮工相交甚厚，著有《诒清堂集》、《云谷卧余》等作品。张潮受父亲的耳濡目染，自幼刻苦习文，长进飞速。但由于他常在文学上标新立异，不落俗窠，对八股科制很不满，而终科场不利。自康熙十年（1671年）起，一直侨居扬州，广交同好，以读书、著述自娱。康熙三十年援例捐纳京衔，以岁贡生授翰林院孔目，但未赴任。张潮四十九岁时（一说五十岁）遭难，具体原因无从查考，似乎是受一事件牵连，更遭某"中山狼"诬陷，备受冤屈。康熙四十年，复遭不幸，无力刊行其著作，贫病交加而卒。看来不只是红颜薄命，多情才子亦薄命！

　　张潮一生著述颇丰，其主要作品有《心斋诗钞》、《心斋聊复集》、《酒律》、《玩月约》、《贫卦》、《花鸟春秋》、《花影词》、《幽梦影》等。辑有文言短篇小说集《虞初新志》，还主持编辑刊印了《昭代丛书》和《檀几丛书》。其中多写一般士大夫认为不登大雅之堂的文字，对小说、戏曲、民歌、小品文及其他杂著有浓厚的兴趣，自称"平生无所嗜好，唯好读新人耳目之书"耳。

　　张潮生在那个崇尚性灵，个性自由舒张的年代，他对前朝袁宏道、陈继儒、汤显祖、屠隆等人非常敬慕，晚明小品文的轻灵纤巧深入他的文心。张潮性情旷达，交友很广，与他交往的前辈文人有黄周星、冒襄、余怀等，同辈好友有孔尚任、王晫等，晚辈张竹坡也与他相交默契。这么多诗意的人在一起唱和酬答，诗酒往来，彼此愉悦心性，实是一大快事，也促使张潮的人格和文格的成型和成熟。

清言神品《幽梦影》该是张潮的力作。这是一部以文艺格言为主的笔记随感小品集，共收录格言、箴言、哲言、清言、韵语、警句、语录二百一十九则，内容精彩深邃，行文洒脱轻妙，意境清新隽永，在历代文人心中都引起了强烈的共鸣。有人称之为"快书"、"趣书"，有人说其"所发者皆未发之论，所言者皆难言之情"，很多人纷纷为其作序、题辞。甚至朱锡绶还写了《幽梦续影》，现代的林语堂先生在《生活的艺术》中写道："这一类的集子（指文艺格言集）在中国很多，可是没有一部可和张潮自己所写的比拟。"可见《幽梦影》在人们心中的位置。

《幽梦影》究竟有何魅力，引无数文人为之拍案叫绝，低吟浅唱呢？不妨先欣赏一下其中的佳句：

> 楼上看山，城头看雪，灯前看月，舟中看霞，月下看美人，另是一番情境。

> 美人之胜于花者，解语也；花之胜于美人者，生香也。二者不可得兼，舍生香而取解语者也。

> 闻鹅声如在白门，闻橹声如在三吴，闻滩声如在浙江，闻骡马颔下铃铎声如在长安道上。

> 云之为物，或崔巍如山，或澎湃如水，或如人，或如兽，或如鸟毳，或如鱼鳞。故天下万物皆可画，惟云不能画，世所画云亦强名耳。

这些语句清新隽丽，辞义风流宛转，仿佛作者就是它们的朋友：云、花、草、雪、月、霞、美人皆可做知音，与它们对话，当有无限的情趣。

《幽梦影》中还有劝诫的言语，或论文武，或品炎凉：

> 武人不苟战，是为武中之文；文人不迂腐，是为文中之武。

> 情必近于痴而始真，才必兼乎趣而始化。

> 延名师训子弟，入名山习举业，丐名士代提刀，三者都无是处。

> 多情者必好色，而好色者，未必尽属多情；红颜者必薄命，而薄命者，未必尽属红颜；能诗者必好酒，而好酒者，未必尽属能诗。

凡此种种，当是张潮有亲身的体验，不身临其境，则无法写出如此亲切、透彻、善解人意的文字来。

如此神妙文字，引得许多人争相作注，这些注释并非一般的解释，而是浸透了译者对张潮的理解，对文字的感悟。

> 赏花宜对佳人，醉月宜对韵人，映雪宜对高人。

对此语，多人都有诠释。余淡心曰："花即佳人，月即韵人，雪即高人。既已赏花、醉月、映雪，即与对佳人、韵人、高人无异也。"江含徵曰："若对此君仍大嚼，世间哪有扬州鹤。"张竹坡曰："聚花月雪于一时，合佳韵高为一人，吾当不赏而心醉矣。"如果说张潮的文字字字珠玑，声声泣血，这些知己的鉴赏该也能引得人清泪横流吧！

余淡心《幽梦影序》中说道："其《幽梦影》一书，尤多格言妙论，言人之所不能言，道人之所未经道。展味低徊，似餐帝浆沆瀣，听钧天广乐，不知此身之在下方尘世矣。"杨复吉的《幽梦影跋》中亦写道："……洵翰墨中奇观也。书名曰梦曰影，盖取六如之义，饶广长舌，散天女花，心灯意蕊，一印印空，可以悟矣。"这些都是与张潮相交契阔、心意相通的言语。

一本好书，当如春花秋月、如空谷幽兰高山积雪，品玩不尽。任何介绍性的文字都只能是块"砖"，作者抛出这块"砖"，让聪慧的读者自己去寻找那书页中的"美玉"吧！

29. 顾贞观的《金缕曲》佳话
gù zhēn guān de jǐn lǚ qū jiā huà

人生难得风雨故人来，患难之中的真情谊往往会演绎成传世的佳话。清代极负盛名的词人顾贞观（1637—1714 年），虽然单凭他惊人的才华就足以使后人倾倒，但更因着他的侠肝义胆，人们在对之无限景仰倾慕的同时总是怀有一种充满温情的感动。他的《金缕曲》佳话也在彼此相轻的士林风气中显得卓然不群、格外亮丽。时光漂洗消磨了历史的旧迹新痕，但斯情斯谊却莹洁如初、愈久愈醇。

在诗人会因吟诵了"清风不识字，何故乱翻书"的句子而掉脑袋的清朝，以蛮夷入关的爱新觉罗氏的最高统治者们对中原文化都格外地敏感和关注，即使被史家誉为开明圣君的康熙皇帝也不例外，故而文人们的日子较之以往的朝代越发地不好过了。文人们最怕的就是与文字狱沾边，一不小心可能就会遭至灭顶之灾，甚至即使加尽了小心也还是会被卷入令人谈虎色变的文字狱涡流。这些文人所遭到的惩罚是极其无情和残酷的，尽管灾难降临得可能有些莫名其妙。

曾与顾贞观齐名诗坛、并称"二妙"的吴江才子吴兆骞（1631—1684 年）就成了清廷首次向中原文士发威的牺牲品。吴兆骞字汉槎，幼年时便因出色的才情而蜚声故里。顺治十四年，他踌躇满志地赴顺天府应乡试，一举得中举人，如花似锦的前程已经顺应人愿地在眼前铺展开来。然而平地里风波起，两位主考大人左必蕃、赵晋被人告发，丢掉了性命，得中的举人们自然也成了嫌疑分子，他们被集中到气氛森严的殿廷复试，旁边站立着两名手执大刀，充满杀气的兵士，谁还能有从容行文的心境，才华横溢的吴兆骞最后交上的是空无一字的白纸。这还了得，于是龙颜震怒，吴

被遣戍塞外冰天雪地的宁古塔，一去二十三年，从青春到白头，一个诗人生命中的黄金岁月，就这样被消耗在漫漫风雪之中。此即为有名的"江南科场案"。

流放，在当时是比较严酷的重刑之一，东北尚是未被开发的蛮荒之地，寒林漠漠，虎豹横行，被流放的人多半在路上便受尽折磨而死，能活着到达目的地就算不幸中的大幸。但生者所面临的，是更加苦不堪言和漫漫无期的磨难，一如吴梅村在《悲歌行赠吴季子》中所言："山非山兮水非水，生非生兮死非死。"

清代株连之风最盛，对于被祸的人，人们一般是唯恐避之不及，但作为诗人生平挚友的顾贞观却不然，他一方面为好友无辜受累而愤愤不平，一方面深知江南才子的文弱之躯怎堪酷寒的侵凌，于是为营救老友百般呼吁，多方奔走。但如此干系重大的事，没有通天本领的人谁敢轻易应承，因此纵使达官贵人们同情吴的遭际，感于顾的义气，但也只得纷纷表示爱莫能助。此时唯有权倾朝野的"相国"纳兰明珠能促成此事，彼际顾贞观因才名而深受明珠赏识，是纳兰府的上宾，且与明珠的长子——因《饮水词》而名满天下的纳兰容若相交极厚。他于是求之于纳兰容若，但此事实在非同小可，公子容若也不敢轻易答应。顾贞观无奈之下拿出自己因思念塞外老友吴汉槎的两首词给纳兰公子看，这两首词就是著名的《金缕曲》：

> 季子平安否？便归来，平生万事，那堪回首。行路悠悠谁慰藉，母老家贫子幼。记不起、从前杯酒。魑魅搏人应见惯，总输他、覆雨翻云手。冰与雪，周旋久。　泪痕莫滴牛衣透，数天涯，依然骨肉，几家能够？比似红颜多命薄，更不如今还有。只绝塞，苦寒难受，廿载包胥承一诺，盼乌头马角终相救。置此后，君怀袖。

> 我亦飘零久。十年来，深恩负尽，死生师友。宿昔齐名非忝窃，试看杜陵消瘦，曾不减，夜郎潺愁。薄命长辞知己别，问人生，到此凄凉否？千万恨，从君剖。　兄生辛未吾丁丑，共此

时，冰霜摧折，早衰蒲柳。诗赋从今须少作，留取心魂相守。但愿得、河清人寿。归日急翻行戍稿，把空名料理传身后。言不尽，观顿首。

两词纯以心血性情写成，全无半点敷衍人事的杂质。声声关切声声悲，充溢着感天动地的至情。同是性情中人的纳兰容若读后声泪俱下，评价说该词足以同西汉李陵诀别苏武的《河梁诗》和魏晋向秀的《思旧赋》齐名，并称世间生离死别的三篇传世之作。并对顾贞观所求之事慨然允诺："此事三千六百日中，弟当以身任之，不俟兄再嘱也。"但顾贞观担心饱经摧残的老友已无法再耐得十年的风霜，遂苦求以五年为期，容若含泪应允。男儿膝下有黄金，尤其文人，更把尊严看得比性命还重，但为了营救吴兆骞，顾贞观竟在纳兰明珠面前长跪不起，真挚的友情终于感动了这位当朝太傅，答应为之尽力。

在纳兰父子的大力斡旋和众多文士的鼎力协助下，五年之后，吴汉槎终于从冰雪绝域生入玉关，在众多流放者当中有此幸运的，只他一人而已。在接风宴上，他的朋友感慨地吟咏道："廿年词赋穷边老，万里冰霜匹马还。"数百年后的今日，仍可从这两句诗中想象出，那该是一种怎样悲喜交集的场面。

吴汉槎当时澎湃的心情已无法查知，但据记载，吴兆骞竟得生还后，曾到过纳兰容若的府上，见到一间屋子的墙壁上写着几个大字："顾梁汾（即顾贞观）为吴汉槎屈膝处。"吴兆骞不禁痛哭失声。或许，在无辜获罪，皇帝一声怒令下达时，他不曾哭过；或许，在流放坎坷而艰苦的恐怖长途中，他不曾哭过；或许，在酷寒难当、生存环境恶劣的绝地宁古塔，他也不曾哭过。但斯时斯地、斯情斯景，面对如此一份惊天地泣鬼神、深重到让脆弱善良的心灵几乎无法承受的珍贵友情，他任由热泪奔流，激动的情肠使得所有表情达意的文字都显得苍白无力。

顾贞观这一曲，谱出了足令万世动容的侠义情肠；顾贞观这一跪，跪出了堪为千秋表率的忠烈肝胆。

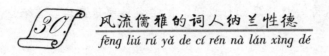

30 风流儒雅的词人纳兰性德

fēng liú rú yǎ de cí rén nà lán xìng dé

　　填词作为文人的一项雅事，在宋代发展到了全盛状态，但盛极必反，文弱书生们将之挥洒到了极端之后，长短句便因过分地流于纤巧感伤迷离而日趋衰微，在元、明两朝已是一蹶不振。到了清代，声势渐弱的词又重新流转出崛起的迹象，且面目焕然一新，颇有旧瓶装新酒的意味。这与满族的民族特点不无关系。满族是塞外黑土上的土著，恶劣的生存环境反而造就了这个民族旺盛强健的生命力。当骑射健儿们接触到了中原文化，立刻为它深悠醇厚的魅力所倾倒，他们迅速溶入其中并在这个本已五色缤纷的舞台上作了毫不逊色的精彩表演。同时满民族的特点和心理传统又使他们没有迷失在迷宫般的中原文化中，民族的生命力造就了满族词人与众不同的风格。

纳兰性德画像。他是权倾朝野的大学士纳兰明珠之子，况周颐称他为"国初第一词人"。

　　谈到满族的词和词人，就不能不提到纳兰性德（1654—1685 年）。纳兰性德本名成德，字容若，号椤伽山人，是满洲正黄旗人，他的父亲纳兰明珠是权倾朝野的武英殿大学士，深受当朝皇帝的宠信。明珠本人很有才学，又颇好延交文人雅士，在他的家里，清雅的文士往往被奉为上宾，极受优礼。作为明珠长子的纳兰性德自幼便熏沐在这样一种风气中，自然深得父风，出落得俊朗清秀、风流儒雅，更以才名、义名博得天下盛誉。

纳兰性德的词风独成一家，其来有自。我国近现代之交的著名学者王国维在他的《人间词话》中给了纳兰性德以极高的评价："纳兰容若以自然之眼观物，以自然之舌言情。此由初入中原，未染汉人风气，故能真切如此。北宋以来，一人而已。"唐宋之际能以长短句寥寥数十语淋漓尽致地表达自己的一生感遇和心灵深处的深哀巨痛的，莫过于南唐李后主。李煜正是纳兰容若最为崇尚的词人，二人性情也颇为相近，纳兰的命运虽不曾李煜那般大起大落，跌宕起伏，但他们心灵的敏感、性情的率真以及逼人的灵气却几乎如出一辙。故而纳兰性德也深得李后主语出天然、自然率真词风之三昧。

纳兰性德的词以哀感顽艳而动人，真切入微，常于春花秋月之夕引起人们悲情的共鸣。但一个生活优越的贵族公子从何而来这样寥落廓朗的愁思呢，仿佛独得茫茫宇宙中亘古恒常但微纵即逝的玄机。他自幼聪明机敏，有过目成诵之誉，且少年得志，"十七岁为诸生，十八岁举乡试，十九岁成进士，二十二岁授侍卫，拥书万卷，萧然自娱，人不知为宰相子也"。性德又从不因家世清贵、自负奇才而骄人傲人，常对有才的直士、贫士鼎力相助，以朋友之务为己任，当年顾贞观以吴兆骞事相求，纳兰感于其义，决心排除万难玉成其事，并允诺为吴奔走的十年之内还负责他十年的家用，其肝胆沥沥可鉴。士林中一大批优秀的人才倾慕他的才华和人品而环拥在他的周围，不得志的文人也往往依附于他。占尽了天时、地利、人和，他本可优游于士林之中，无忧无虑，甚至很可能入了纨绔一道，但容若的词却幽怨凄黯，读之令人伤情断肠。这固然与他爱妻早逝的爱情悲剧有关，更直接的原因还是他生就了一颗多愁善感、敏感通幽的性灵之心。临风洒泪、对月伤情，天性使然。

人间最苦是情种，过于重情的人往往容易被一个"情"字摧折心神，一生孤郁，如丧妻后终身不复再娶的傅青主，如为情而死的蒋春霖，皆是此中人。情深之至转恨多情，正是由于陷于情迷于情自知却不能自拔。词人纳兰性德更有"人到情多情转薄，而今真个悔多情"的深刻而独特的体

验和感悟，他的爱情悲剧堪称千古绝唱。

纳兰性德"天分绝高"，作词"纯任性灵"，这与他丰富真挚的情感和多思善悟的心灵不无关系。花凋柳残、秋风落叶，无不能拂动他纤弱脆敏的心弦，演奏出哀婉凄绝的心声。他重亲情，重友情，同情弱者，倾力扶助落拓之士，他对爱情的忠贞则是情中之情。

青年纳兰性德的生活几乎是完美无缺的。显赫的家世，家族的希望，父亲的掌上明珠，皇帝的一等侍卫，文士中的众星所捧之月。本人丰神超逸、品度雍容、才华绝世，令人疑为神仙中人。

纳兰二十一岁时初娶大家闺秀卢氏，这是一个圆满得令人艳羡的爱情佳话。卢氏仪容秀美，风致嫣然，不但德、言、容、功皆备，而且颇有咏絮之才。新婚之夕，二人一见钟情，从此异常恩爱亲敬。然而这对金童玉女式爱情童话中的男女主人公却既未能如西方模式中那样"生活在一座美丽的城堡里，直至白发千古"，也未能如传统的东方模式中那样"如影随形，终生厮守，做一对神仙眷侣"。夫妻二人都有着不食人间烟火的气质，但却无法摆脱十丈轻软红尘，过那逍遥自在、超凡脱俗、餐诗饮赋的日子。贵族家庭给了他们无限的荣华，同时也束缚了他们的自由天性。满族大家庭中的长门少奶奶可不是好当的，非有三头六臂、七窍玲珑心如贾府的王熙凤是决难应付自如的，而自恃精明强干的王凤姐终于也只落得个心力交瘁，何况资质柔弱，只宜于闲卧闺中赏月吟花的卢氏。这位少女不得不年年月月为各种琐屑的家务事劳心劳力。本来还可以聊以自慰的是终于"厮配得才郎仙貌"，深情款款的纳兰容若使她无怨无悔。纳兰也深有同感，从此将一世痴情寄予给爱妻卢氏，他们都是彼此爱情阳光下的唯一沐浴者。但纳兰性德身为一等侍卫，公务累身，要时常随王伴驾，自然不能与妻子朝朝暮暮相守于闺中，有时二人竟然经月不得一见。辛劳的家事和寒夜独挑银灯的凄苦相思，使卢氏悒郁成疾，结缡仅三载，一点痴灵，便魂归离恨天。康熙十六年（1677年）的夏日，纳兰生命中最明媚灿烂的太阳陨落了，卢氏的亡故对他来说是致命的打击。痛失佳偶是导致他英年早逝的一个重要原因。富贵荣华，终于无奈死神何，纳兰从此生活在对亡妻的深深怀念与追忆中，为之倾尽情泪。同年，他的父母深知爱子性情，见儿子迷于深情不能自拔，日复一日哀毁骨伤，长此以往，恐有不测，于是强迫纳兰性德迎娶吴兴名媛沈宛。沈宛字御蝉，也是位才貌双绝的女子，只无奈纳兰的一腔缠绵情思全都倾注在亡妻身上，再也分不出半点心力移情于她。这位沈宛后来终遭休弃。她心中固有无限哀怨，但也只能顾影自伤，别无他计。

伤痛欲绝的纳兰性德为卢氏写下了大量的悼亡词，篇篇心血，字字情泪，是词坛上的上乘佳品。词人在妻子生前已是关爱备至，但到此仍"只向从前悔薄情"，为亡妻题照时忍不住含悲吞声，企望"凭仗丹青重省识"，但却"一片伤心画不成"，爱妻"盈盈"丰神岂是人间技法所能描摹的？"卿自早醒侬自梦"，伤感的词人竟由痛惜亡妻进而全面否定了人生和现实。

康熙二十一年（1682 年），清圣祖玄烨前往长白山祭祀，作为侍卫的纳兰性德自然得从驾随行，朔风呼啸的北行途中，他写下了那首有名的怀乡小令《长相思》：

> 山一程，水一程，身向榆关那畔行，夜深千帐灯。 风一更，雪一更，聒碎乡心梦不成，故园无此声。

小令的特点便落在"小"上，故词人们往往用它来抒发些晶莹轻灵的心曲。而驭词高手纳兰性德却在这则精短的小令中描绘了"夜深千帐灯"的宏大场面，千帐灯火，风雪漫漫，更平添了身在异乡的迷离哀愁。乡心聒碎，无限的凄清与苍凉，尽付与榆关那畔广袤深杳、不可测知的夜空中。出语自然质朴，正应了那句"清水出芙蓉，天然去雕饰"。卧于塞外荒野的帐中，聆听天籁，归梦难成，一则短令中构建了一个多层次的心灵世界，词风自成、令人难以望其项背。

纳兰词虽清新隽秀、自然超逸，但多伤情忆语，别有一种令人不忍卒读的凄婉，是第一流的婉约文字。他的豪放词虽只是偶见一二，但其刚健豪迈却并不逊色于东坡、稼轩。〔金缕曲〕《赠梁汾》是纳兰赠给好友顾贞

纳兰性德墨迹

观的词作，其中豪气毕透，为时人"竞相传写"：

> 德也狂生耳！偶然间、缁尘京国，乌衣门第。有酒惟浇赵州土，谁会成生此意？不信道、遂成知己。青眼高歌俱未老，向尊前，拭尽英雄泪。君不见，月如水。
>
> 共君此夜须沉醉。且由他、蛾眉谣诼，古今同忌。身世悠悠何足问，冷笑置之而已！寻思起，从头翻悔。一日心期千劫在，后身缘、恐结他生里。然诺重，君须记。

词人视赀财富贵为过眼浮云而以友情为重的磊落肝肠跃然纸上。爽透直率，令人神交之意顿生。一扫文人赠友词的低回凄迷之风。然而词中的"后身缘、恐结他生里"被时人看做不祥之兆。顾贞观的答词里也有"托结来生休悔"的句子，果然一语成谶，一年后，纳兰性德以 32 岁的华年撒手人寰。他的友人们心摧欲绝，总认为他的一点精魂是不会散去的。纳兰死后，痛失知音的顾贞观黯然归乡。一夜，纳兰入梦，倾诉了恋恋不舍之情。此夜，顾的爱姬生了一个儿子，顾贞观急忙看视，小婴儿清秀的眉目竟同纳兰性德一般无二，心中顿悟是纳兰后身。婴儿满月后，梁汾又梦见纳兰前来作别，惊痛而醒，立刻询问，得知小婴儿已死去了。碌碌红尘，到底留不住这位来去匆匆的才子。然"此身虽异性长存"，他的词仍以真挚的情感滋润着世人的心灵。

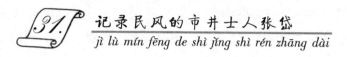

31. 记录民风的市井士人张岱

jì lù mín fēng de shì jǐng shì rén zhāng dài

行走在明末清初时节的江湖，扑面而来的是一如所有改朝易代之际的纷乱飞扬的气息。在烽烟四起和民不聊生的世情两端，一边是"忽喇喇似大厦将顷"，另一边是"天已降大任于斯人也。"王气黯然而收的明王朝犹在醉生梦死，而独邀天宠的爱新觉罗部族早已磨刀霍霍，一个王朝的衰世图景与另一个王朝的初代气象微妙而又不容置疑地交叠在一起。历史注定要在这里挽下一个奇异的情结，繁华的没落与荣光的幻灭中，明王朝的上层与下层承担着同一种命运，也呼吸着同一种亦甜亦腥的空气。此时江湖上文人们的歌吟，也附丽着一种别样的风情。江山代有人才出，在乱世的十字街头，走来了磊落清雅、霁月胸襟的张岱（1597—1689 年）。

张岱是出身豪门的贵公子，当乱世的浮光掠过，他已成长为一个地地道道的市井士人，在苍凉时世中独树一帜，领袖群伦。

明末士风喜游赏，重享乐，市井中风气亦然，士风与民风在这个特殊的历史时期觅到了最佳的契合点，达到了前所未有的暗合与沟通。古来便自诩清高、傲视庸民，视万般皆为下品的书生相公们此际浸染在世风的温情与明媚中，在以寄情山水为日常课业的生涯中，在繁华笼罩下的都

张岱画像

市人情中，文人们的胸中点墨也日渐染上了温润的红尘气息。固然这昙花

一现的荣华幕后便是狼烟滚滚，但历史兴亡早已昭示人们，王朝可以有更迭往复，而一个人的一生却只能有一次，因此他们忘乎所以地任情任性着。故而晚明的市井竟热闹非凡，不协调地洋溢着穷欢极乐的盛世气息。

张岱张宗子，绍兴望族的嫡长子，幼有补天之才。其家累世学者，张岱这样一个聪敏绝顶的神童也自然而然地出落成为性情中人。张岱虽也被家族寄予了建"千秋之业"的厚望，他本人也曾有过一鸣惊人、鸿鹄展翅的理想追求，但家中满蕴着自由宽厚意味的文艺传统和新的启蒙思想的冲击使得他注定不会成为一个急功近利之徒。应试失意之后，他没有像范进那样屡败屡战，在乏味的八股文字中耗尽自己的青春岁月，而是毅然舍弃了这条人们孜孜不倦，前仆后继经营了千百年的科举道路，转而用毕生精力去追求生命中真正有价值的东西。可见张岱并未受到太多的科举之累，在年少时节，他除了尽情发展文学才华之外，便一如所有出身名门望族的纨绔子弟一样，徜徉在世俗的享乐与精致的淘气中。梨园、鼓吹、古董、花鸟等纨绔子弟中流行的雅致的诸般爱好，他无不精通博知，堪称行家里手。同时他游刃有余地穿梭在市民社会中，游山玩水的嬉旅生涯更是使他熟稔熙熙攘攘的众生，了解世俗风情和市井人物，在他们的喜、怒、哀、乐中深入到市民阶层的思想和精神。

张岱结交了许许多多的市井朋友，他的交友原则是："人无癖不可与交，以其无深情也；人无疵不可与交，以其无真气也。"他的朋友来自三教九流，官吏、文士、工匠、伶人，甚至和尚、道士、妓女、童仆，皆是各行各业中有高风亮节的奇才异志者。广泛的交游，独特的艺术天赋，张岱在达到物质与精神双重享受的制高点的同时，博采众长，形成了自己富有灵气和情性的艺术风格，逐渐完成了由贵公子到市井士人的过渡。

国亡家破的大命运完成了对张岱的最后推动，他真正沦为市井中的一员，他的情感体验也更为真切深入。在传世名作《陶庵梦忆》中，张岱舒展开市井风情画卷，山川、人物、风俗、方物，文虽精短，情却深远，充满了无限的追怀与感伤。他以"奇情壮采"追忆着，元宵的张灯，清明的踏青，端午的竞渡，市井中种种可敬可爱的人物……它们象征着美好的往昔。在《扬州清明》中，张岱描绘了一幅空巷游春，"舒长且三十里"的踏青盛景：

> 长塘丰草，走马放鹰；高阜平冈，斗鸡蹴鞠；茂林清樾，劈阮弹筝。浪子相扑，童稚纸鸢，老僧因果，瞽者说书，立者林林，蹲者蛰蛰。

一支生花妙笔，写尽了人世间清媚的欢乐，安详与繁荣。三月的晴空，芳草芊芊，绿野长铺，春光四溢，平民百姓的极致追求莫过于开平的世道里这样一个美好的春日。极短的一段文字，已隐隐透射出张岱年少时的身影。这样轻朗愉悦的清明时节，有什么人会不悠然神往呢？而这样的美好时光的永远幻灭，有什么人会不黯然销魂呢？

张岱本人极喜热闹繁华，他笔下的民俗中也笼罩着一层温馨的、欢悦的、令人如醉如狂的轻烟。他对当时追求物欲享受的风俗习气积极地肯定和支持。他曾在《张灯致语》中号召人们"三生奇遇，何幸今日而当场；百岁难逢，须效古人而秉烛"，理由是"莫轻此五夜之乐，眼望何时；试问那百年之人，躬逢几次？"颇有人生得意须尽欢的洒脱，热情地赞颂和肯定人们喜好娱乐的自由天性。他的整个身心都贴近了市井。

妓女是三教九流中的最底层人物，历来是文人狎嬉的对象，而张岱却充满敬重与倾慕地描写了勾栏名妓王月生：

> ……矜贵寡言笑，女兄弟闲客多方狡狯嘲弄嚎咻，不能勾其一粲……南京勋戚大老力致之，亦不能竟一席……月生寒淡如孤梅冷月，含冰傲霜，不喜与俗子交接，或时对面同坐起，若无睹者。

这位我行我素的烟花女子深为张岱钦佩，后又为其赋诗云"狷洁幽闲意如水"，"余惟对之敬畏生"。张岱对其笔下形形色色的市井人物有种种不同的描写，但对他们人格的尊重和才华的钦敬却是一个共同的基调。

繁华过后成一梦，但正因为这个梦太完美、太绮丽、太绚烂、太理

想，所以张岱对于他的梦境得以寄生的时代也就永远不能忘怀。市井之奇妙种种构成了他缤纷的梦境，流离后的他真正归于市井，于此中追忆前尘。是耶？非耶？似梦？非梦？多少苍凉的心曲，借着山川日月、风俗景致，于闲闲的笔调中蜿蜒绕来。

32. 《长生殿》：洪升曲终人不见
cháng shēng diàn: hóng shēng qū zhōng rén bù jiàn

在清初剧坛，浮起两颗耀眼的明星，那就是被称做文坛"双子座"的"南洪北孔"——洪升和孔尚任，他们分别以一部力作《长生殿》和《桃花扇》奠定了他们在文坛的地位。其中的《长生殿》比《桃花扇》还要早十年。洪升一生衷情于《长生殿》，为之魂牵梦绕、反复增删，历时十五年方最后定稿。而后又因此书而获罪下狱，"可怜一曲《长生殿》，断送功名到白头"。最后洪升的死也与《长生殿》有着直接和间接的关系，恰恰是"曲终人不见，江上数峰青"了。

洪升（1645—1704年），字升思，号稗畦，又号稗村、南屏樵者，浙江钱塘人。洪升出身于一个日趋没落的世胄名门，他的曾祖父洪瞻祖在明朝曾官至右都御史，他的父亲也"才绝时人，文倾流辈"，外祖父黄机是当时有名的学者，任文华殿大学士兼吏部尚书。家中藏书丰富，素有"学海"之称，是当时有名的书香门第、官宦人家。

按说洪升生长在这样的人家该是很幸福的，可事实恰恰相反，洪升在未出生时便已罹难。"母氏怀妊值乱离，夙者为余道辛苦。一夜荒山几度奔，哀猿乱啼月未午。野火炎炎照大旗，溪风飒飒喧金鼓。费家田妇留我居，破屋覆茅少完堵。板扉做床席做门，赤日荧荧梁上吐。是时生汝啼呱呱，欲衣无裳食无乳。"（《燕京客舍生日作》）洪升一生下来就在无衣无食的状态中煎熬。虽然他的家境非常显赫富厚，但并未给他的一生带来好运。

康熙七年（1668年），二十四岁的洪升为了求取功名，来到北京，虽裴马豪雄，但自伤不遇，情绪始终抑郁。一年后返回钱塘，不久便遭"家难"。据章培恒《洪升年谱》考订，是指洪升夫妇与父母不合。洪升生母黄氏，为侧室，乃大学士黄机之女，妻黄兰次，又是黄机的孙女，与洪升同年，但比他迟生一日，二人是表兄妹，从小青梅竹马，长大后缔结婚约。但二人婚后却不得意于大母，不得不与父亲和生母长期分居，依附在黄机门下，关系更加恶化。后来带着一家大小，流落飘零，衣食交迫，度过了一段艰苦困顿的生活。

清代康熙稗畦草堂刻本《长生殿》。洪升的《长生殿》和孔尚任的《桃花扇》是康熙时期最有影响的作品。洪升因《长生殿》被革除了监生资格，孔尚任因《桃花扇》而罢官，但都没有影响人们对两剧本的赞赏。金埴题诗云："两家乐府盛康熙，进御均叨天子知。纵使元人多院本，勾栏争唱孔洪词。"

洪升家学渊源，小时聪慧好学，提笔即能成文，十五岁时便能做得一手好诗，如"西陵路下草粼粼，怅望斜阳思不堪。蝴蝶那知花落尽，还随春色到天涯。"洪升先后拜毛先舒、陆繁昭、沈谦、朱之京等人为师，同时又与中下层文人、优伶、隐士、僧道等有广泛的联系，这些人或有儒道正气，或有故国之思，或有宦海浮沉的慨叹，这些都对洪升的创作和人生态度产生了很深的影响。尤其在北京的那段时间，亲眼目睹新贵的豪华和没落的衰颓，更使他有一种悲凉的兴亡之感，这种感伤力透纸背。

洪升一生著述颇丰。其中有传奇九种：《长生殿》、《回文锦》、《回龙记》、《锦绣图》、《闹高唐》、《孝节坊》、《天涯泪》、《青衫湿》、《长虹桥》；杂剧一种《四婵娟》。同时洪升又是一位才华横溢的诗人，留有《啸月楼集》、《稗畦集》及《稗畦续集》，其他诗稿《幽忧草》和词集《啸月词》、《昉思词》已佚。另外著有《诗骚韵注》却仅剩残稿了。

在所有的作品中，最有成就的当然是这部《长生殿》了。它是敷演历史传统题材中唐明皇和杨玉环的爱情故事。在《长生殿》之前，亦有很多人写过这个题材，如白居易的《长恨歌》，陈鸿的《长恨歌传》等等。但洪升的处理很是别出心裁，剧中的杨玉环乃是蓬莱岛太真宫中仙女，因过错托生人间，与唐明皇李隆基发生了哀婉缠绵的爱情故事，后来安禄山起兵，玉环被迫缢死马嵬坡，但天上人间的距离也割不断这风流皇帝和多情仙女的相思，他们的真情终于感动了月中嫦娥，安排他们在月宫相会，永享天年。

洪升作《长生殿》，历时十五年，三次删改。康熙十二年（1673年）开始动笔，写成《沉香亭》传奇，康熙十八年，改成《舞霓裳》，直到康熙二十七年，又"念情之所钟，在帝王家罕有"，乃"专写钗盒情缘"，并最后定名为《长生殿》。

《长生殿》传奇，由一首词引出一个"情"字，由一个"情"字又引出一个故事。在这个故事里，情动处总有深沉慨叹，总有泪眼婆娑。

杨家有女初长成，一朝选在君王侧。杨玉环以"德性温和，丰姿秀丽"打动了唐明皇，被册为贵妃。明皇以金钗、钿盒相赠，愿取"情似坚金，钗不单分盒永完"。唐明皇很宠这位杨贵妃，玉环春日高睡，明皇怜玉惜香，由她长睡不起。又怕她神思困倦，有伤身体，因带她四处游玩散心。明皇与玉环携三国夫人，同游曲江，其盛况空前："春色撩人，爱花风如扇，柳烟成阵。行过处，辨不出紫陌红尘。"

但却也因这次"禊游"，闹出了一场事故：明皇竟有意于玉环的姐姐虢国夫人，玉环气愤独自回宫，而明皇第二天方才回来。玉环赌气跑回娘家，却放心不下，望着皇宫的方向，终日以泪洗面。"凭高洒泪，遥望九重阁，咫尺里隔红云。叹昨宵还是凤帏人，冀回心重与温存。天乎太忍，未白头先使君恩尽。"这种相思之苦实在让人伤心。可喜的是明皇也有悔改之意，让高力士来传达，玉环也忍痛剪下一缕青丝以表悔意："好凭缕缕青丝发，重结双双白首缘。"感动明皇，将玉环复招回宫，二人别后重逢，相拥而泣，"这恩情更添十倍。"从此恩爱有加，曾共同制谱《霓裳羽衣曲》，享尽人间乐趣。

然而一波才平，一波又起。杨玉环始终担心的一件事终于发生了。唐明皇旧情未断，暗地里召幸已失宠的梅妃江采苹。玉环望穿双眼，圣驾就是不到西宫，玉环不免又珠泪涟涟，"闻言惊颤，伤心痛怎言。把从前密意，旧日恩眷，都付与泪花儿弹向天。"一怒之下，闯入翠阁，与明皇大闹一场。幸喜明皇懂得"情深妒亦真"，忍下性子，向玉环赔情，拿出定情信物金钗、钿盒重表深情："朕和你两人呵，情双好，情双好，纵百岁犹嫌少。怎说到，怎说到，平白地分开了。总朕错，总朕错，请莫恼，请莫恼。"

经过两次妒案，唐明皇看出了杨玉环是用难得的真心在爱他，他也被玉环的真情打动，遂收了心，不再在其他女人身上用情，二人的爱情到此更加真挚、纯粹。七夕之夜，明皇与妃子同拜天孙，订下海誓山盟：

（生上香揖同旦福介）双星在上，我李隆基与杨玉环，（旦合）情重恩深，愿世世生生，共为夫妇，永不相离。有渝此盟，双星鉴之。（生又揖介）在天愿为比翼鸟，（旦拜介）在地愿为连理枝。（合）天长地久有时尽，此誓绵绵无绝期。

此情此景，直可感天地，泣鬼神！

然而，好景不长，正当唐明皇与杨玉环沉溺在爱河，卿卿我我、恩爱缠绵之际，灾难到来了。"渔阳鼙鼓动地来，惊破霓裳羽衣曲"。安禄山起兵谋反，进逼长安城。明皇携贵妃出逃，怎奈六军不发无奈何，宛转蛾眉马前死。死前二人情难割、意难舍，珠泪横飞：

（缕缕金）魂飞颤，泪交加。（生）堂堂天子贵，不及莫愁家。（合哭介）难道把恩和义，霎时抛下！（旦跪介）臣妾受皇上深恩，杀身难报。今事势危急，望赐自尽；以定军心。陛下得安稳至蜀，妾虽死犹生也。算将来无计解军哗，残生愿甘罢，残生愿甘罢！

杨贵妃华清出浴图。李隆基和杨贵妃的爱情故事，成为文人吟诵不尽的题材，《长生殿》即取材于此。

像玉环这样宁死为明皇开脱，为社稷是假，为明皇排忧解难是真，其情何等炽烈。而在这矛盾冲突的高潮明皇也同样是声泪俱下："妃子说哪里话！你若捐生，朕虽有九重之尊，四海之富，要他则甚！宁可国破家亡，决不肯抛舍你也！"做皇帝做到如此，也真是难得了。"情"字不是说出来的。而是在紧要关头，通过一些决定表现出来的。这种真情，一望便知。

玉环死后，魂归天界。剩一个唐明皇孤家寡人，在长生殿里感物伤情，情动处又是一段神伤。第二十九出"闻铃"有一段唱词更是哀婉悱恻，凄凄凉凉：

〔前腔〕渐渐零零，一片凄然心暗惊。遥听隔山隔树，战合风雨，高响低鸣。

一点一滴又一声，一点一滴又一声，和愁人血泪交相迸。对这伤情处，转自忆荒茔。白杨萧瑟雨纵横，此际孤魂凄冷。鬼火光寒，草间湿乱萤。只悔仓皇负了卿，负了卿！我独在人间，委实的不愿生。语娉婷，相将早晚伴幽冥。一恸空山寂，铃声相应，阁道崚嶒，似我回肠恨怎平！

这"一点一滴又一声"竟是离人血泪，闻此语怎不让人肝肠寸断，痛哭失声！

洪升两年后，举家迁回杭州。回南后，洪升因《长生殿》名声大振。又因康熙帝不满的事未曾公开，因此他所到之处，都大受欢迎。康熙四十三年（1704年），驻在松江的江南提督张云翼把他请去，演出《长生殿》。江宁织造曹寅（即曹雪芹的祖父）听说后，又把他请到南京，也举行盛大宴会上演《长生殿》，共演了三昼夜，并请了很多名士观看，盛况空前。

但从南京还乡时，经过乌镇，当地朋友请他赴宴，酒后回船时，失足落水，又恰巧风把蜡烛也吹灭了，漆黑一片，船上的人无法救他，于是洪升就淹死了，这一天是阴历的六月初一，恰是杨贵妃的生日。

《桃花扇》：孔尚任因戏丢官

táo huā shàn：kǒng shàng rèn yīn xì diū guān

孔尚任（1648—1718年），字聘之，一字季重，号东塘，别号岸堂，自称云亭山人，山东曲阜人，是孔子的第六十四代孙。因为是"圣裔"，所以属于官庄户。

孔尚任为人忠厚、方直，不辱圣门。但他并不精于儒家经典之学，也没有什么治国平天下的抱负，平生所好全在诗词曲律而已。不过这寄情诗文的雅致也与他的仕途不得意有关。

孔尚任年少有才，想进取功名但乡试多年均告落榜。康熙十九年（1680年），清廷为筹募军需开捐纳事，孔尚任"尽典负郭田"，在第二年捐了个国子监的头衔。后来在给友人的信中谈及此事，孔尚任自己也颇觉无颜，竟说"倒行逆施，不足为外人道"。康熙二十三年，康熙南巡，返回途中特意到曲阜"朝圣"。衍圣公孔毓圻留孔尚任组织训练祭祀时的乐舞仪式，并叫他负责在御前讲解《大学》首章。孔尚任讲经时态度雍容端庄、典雅大方，即使讲案和御案近在咫尺，他也毫不惊惶，确有不凡之气度，康熙由此对他颇加赏识。在《出山异数记》里，孔尚任还曾记：康熙游览"圣迹"，孔尚任始终陪其左右，康熙对他很注意，竟"一日之间，三问臣年，真不世之遭逢也"。不久，孔尚任被破格提升为国子监博士，赴京就职。这无心而得的风光显赫一时真有点让孔尚任飘飘然了。

孔尚任诞生在清初，那时山东地界虽已基本恢复了和平，但民间对于离此不久的亡朝旧事仍然耿耿于怀。孔尚任有个族兄孔尚则在崇祯朝和弘光朝都做过官，清朝建立后不仕，胸中的明末遗事非常多。李香君为抗强暴，以头撞地，血溅扇面，杨龙友借势点染而成桃花扇一事，并不见诸文献记载。孔尚任就是通过孔尚则知道这段故事的。他深深地被这个故事打动，从那时起便萌发了创作一部《桃花扇》传奇的构想。

康熙二十五年（1686 年），孔尚任随工部侍郎孙在丰到淮扬一带疏通黄淮河道，一呆就是三年多。河务之余，孔尚任广交江南名士，包括很多前朝遗老，比较有名的如黄岗诗人杜浚、南京四公子之一的冒襄，从他们那里，孔尚任知道了侯方域、李香君、柳敬亭、杨龙友等人的许多旧事。就这样孔尚任在明末陈迹中越陷越深，流连忘返，越来越多的细琐小事终于连成一片，《桃花扇》的故事孔尚任已经成竹于胸了。

康熙二十八年夏，孔尚任来到南京，访问了隐居于栖霞山白云庵的明朝旧臣张瑶星，收益颇丰。张瑶星的形象后来也被写入了《桃花扇》中。昔日可称南京风流繁华之地的秦淮河是孔尚任追抚往事的必去之所。泛舟于秦淮河上，孔尚任慨叹神伤，浮想联翩，写下《阮岩公移樽秦淮河舟中同王子由分韵》：

> 宫飘落叶市生尘，剩却秦淮有限春。
> 停棹不因歌近耳，伤心每忘酒沾唇。
> 山边水际多秋草，楼上船中少旧人。
> 过去风流今昔问，只疑佳话未全真。

其中种种世事沧桑催人泪下。

江淮几年，风流唱酬不少，公务方面却毫无成效。疏浚下河的事议竟发展为两股派系之争，工程时干时停，治河官员们依旧宴乐挥霍，进行着无谓的勾心斗角。刚到任时，孔尚任还意气轩昂，"踟蹰何计救桑麻，立马堤头唤渡槎。"但周围的官僚习气和腐败作风终于消磨掉了他的锐气，他感到无聊，对这个政权感到失望。对比明末种种堕落情事，敏感的孔尚任已感觉到了盛世图景背后流露出的些许衰亡气息。那么《桃花扇》中处处体现出的悲凉幻灭之感又何尝不是孔尚任对人心堕落、封建社会气数将近的忧虑情怀的寄托呢？

回到北京后，孔尚任不再思动，甘心做起他的闲官"国子监博士"来了。为避开躁动多事的官场纠纷，孔尚任在宣武门外海波巷里租了个民舍，称为"岸堂"，暗示自己厌倦宦海起伏而宁愿脱离静观的心态。他吟诗交友、栽种花草、收藏古董，颇有怡然自得之趣。其间，他还和顾彩合作一部传奇《小忽雷》。"小忽雷"是孔尚任当时得的一件名贵古玩，传说是唐代画家韩滉自制的一把胡琴。以之为线索，孔尚任写了一对恋人梁厚生与郑盈盈的爱情离合故事。此剧虽影响平平，但却是孔尚任创作《桃花扇》前的一次练笔。

《桃花扇》作为一部历史剧，说的是"明朝末年南京近事"，皆是"实事实人，有凭有据"。复社人士侯方域与秦淮名妓李香君一见钟情，订下终身。只可惜身处动荡之秋，燕尔新婚便被逼散去。两人的相见、离别再到最后的团圆，正经历了明朝覆灭、弘光小朝廷兴起旋即灭亡的全过程。

以这两个人物为线索，一系列的重要历史事件与历史人物贯穿其中，从而使此剧显出了前所未有的大气磅礴之势。《长生殿》是浪漫的，《桃花扇》则是深沉的、理智的。孔尚任曾长期在江淮一带居留，察访那个时代的亲历者，全身心地去体验清军南下后，江南一带由繁华瞬间而为焦土的巨大变故。这些都可以使他清醒地认识到在一个地覆天翻的时局下，个人小我的喜乐哀怨都是如此的脆弱与不堪提及。所以孔尚任才能为男女主人公安排了一个意想不到的结局。清兵南下之际，侯李二人为避难均逃往栖霞山，在那里不期而遇。惊喜之情未定，老道士张瑶星扯破桃花扇，呵斥他们道：

呵呸！两个痴虫，你看国在那里？家在那里？君在那里？父

在那里？偏是这点花月情根，割他不断么？

一番话点破沧桑，恰如当头棒喝，侯李二人登时"冷汗淋漓，如梦忽醒"，断然撒手，各入空门。《长生殿》中，唐玄宗与杨贵妃真情动天，两人在天宫美满团圆；《桃花扇》里，侯李二人经过人生大起大落，在人间都参透世情，这两者之间差异是多么大！

在《桃花扇》里，孔尚任实际是在淡化爱情。关于两人的情感缠绵几乎没有什么经意的渲染，文章中的精彩之处其实在于孔尚任对巨大社会变革中不同人物形象的精确刻画和对那个特殊历史时期的准确把握。超越了爱情，孔尚任的眼界更远了。他在《桃花扇小引》中明确道出了他创作这部剧的意旨所在：

> 《桃花扇》一剧，皆南朝新事，父老尤有存者，场上歌舞，
> 局外指点，知三百年之基业，隳于何人？败于何事？消于何年？
> 歇于何地？不独令观者感慨涕零，亦可惩创人心，为末世之一
> 救矣。

所以说，《桃花扇》是一部名副其实的兴亡悲剧。

康熙三十八年（1699年），《桃花扇》一问世，京城便为之轰动。康熙得知，竟也连夜找孔尚任索本，要在宫内演出。据说康熙在看到剧中"设朝"、"选伏"两出时，竟也心有所动，皱眉顿足叹道："弘光！弘光！虽欲不亡，其可得乎？"足见这部戏的史诗魅力。

不久，孔尚任由户部主事升为户部广东司员外郎，但旋即又被罢了官。罢官的原因说得很含糊。人们很容易联系到是受了《桃花扇》一剧的影响，因为当时确有很多明代故臣看过演出后，"灯熄酒阑，唏嘘而散"，长久埋藏心间的亡国之痛再度被其唤起。因此有人猜测康熙是因不满于《桃花扇》中透出的怀念旧朝之情所以罢免了孔尚任。但也有人推测他被罢官是因为"性耽诗酒，好为词曲，怠于政务"，若是这样，倒也算是个符合实际的理由。

　　孔尚任对自己莫名其妙的丢官感到很委屈，他在京城又住了三年，想等一个满意的结果，或至少是个清晰的结果，但最后还是失望地回到故里去了。晚年的孔尚任耐不住寂寞，四处周游，多受到较高的礼遇。到七十一岁时（1718 年），孔尚任去世。其时离上元日不远，好友颜光敏之女颜恤讳题挽诗，其一云："打鼓吹箫掩旧听，家家罢却上元灯。梨园小部人何在？扇里桃花哭不胜。"

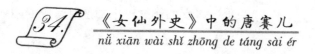

34. 《女仙外史》中的唐赛儿
nǔ xiān wài shǐ zhōng de táng sài ér

　　《女仙外史》的作者吕熊（约 1640—约 1722 年）出生于明末清初这一动荡的时代。他的父亲吕天裕是一位爱国志士，富有民族气节，告诫他以医为业，书固然要读，但不许去应清朝的考试，做清朝的官。这些都对他的思想与创作产生了很大影响。吕熊"性独嗜诗文、古文及书法，博习不厌"（《昆山新阳合志》），陈奕禧在《女仙外史序》中说他学识渊博，"文章经济、精奥卓拔"。他性情孤傲，倜傥不群，学问虽好，却一直只是幕友。因治河有功，直隶巡抚于成龙要题授他为通判，他也坚决辞谢了。

　　然而与许多无意做官、也不曾出仕的饱学之士一样，吕熊也愤世嫉俗并有济世的热情。这在他晚年撰写的《女仙外史》中充分展现，正所谓"平生学问心事，皆寄托于此"（刘廷玑《在园杂志》）。他在《女仙外史》自序中云："夫建文帝君临四载，仁风洋溢；失位之日，深山童叟，莫不涕下。熊生于数百年之后，读其书，考其事，不禁酸心发指，故为之作《外史》。"此中足见《女仙外史》是作者有感所发，寄寓其"平生学问心事"，而并非一时遣兴之作。

　　《外史》以明初燕王朱棣同建文帝朱允炆叔侄争夺皇位的斗争为背景，讲叙农民起义女领袖唐赛儿"起兵勤王"的故事。这唐赛儿起义就如《水浒》中的宋江起义一样，是有历史根据的。明代沈德符《野获编》就有记载。

此外，在《明史·成祖纪》、《通俗编》中关于唐赛儿起义也都有记载，彼此有些出入，但万变不离其宗，即唐赛儿揭竿起义，细民数万翕然从之，尽管起义失败了，却使明成祖万分惊恐，视其如洪水猛兽，为擒得

清康熙间刻本《女仙外史》书影

作乱"妖妇"，竟下令"尽逮山东、北京尼及女道士"，而后又尽逮天下出家妇女。正是这被统治者咒骂为十恶不赦的"妖妇"的唐赛儿，在《女仙外史》中却是月宫中的翩翩仙女嫦娥下世。全书写明永乐时，山东蒲台女子唐赛儿是嫦娥下世，自幼聪颖，习文修道，惠济一方，后得天书，习谙法术。燕王朱棣，本为天狼星投生，起兵叛乱，篡位登基，迫使建文帝逃离京城。唐赛儿"起义勤王"，天上诸仙，如鲍姑、曼陀尼、聂隐娘、公孙大娘等，纷纷下凡相助；剎魔公主与之结义，也前来参战。唐赛儿屡败燕军，威震天下。明廷震动，想要聘赛儿为正宫，被其回绝。后朝廷集重兵镇压，义军失败。小说结局燕王猝然身亡，燕太子继承帝位，赛儿重返月宫。

小说把威行中原的"摄政帝师"唐赛儿纳入"忠义"英雄的范畴，描写她赫赫勋业的一生。作者如此肯定造反英雄，为之著书立说，这显然与清初倡导的纲常名教背道而驰。而小说题为《外史》，可见其旨本在背离纲常，与"正史"相抗。

小说的历史背景是朱棣起兵叛乱，取代其侄建文帝。建文帝与朱棣之间的斗争本质是统治集团内部削藩与反削藩的斗争。朱棣一旦成了胜利者，登上王位，即利用手中权力控制言论，把反叛粉饰为意在"清君侧"，把忠于建文帝支持削藩的大臣诬为"奸臣"，而自己窃取帝位也成了"受天之命"。他这套扬己抑人的矫饰之辞流行明代二百多年，成为定论，写

入"正史"。然吕熊则在这部《女仙外史》中大胆翻了三百年的旧案。在《外史》中，作者本着"褒忠殛叛"的创作主旨，不承认朱棣的合法性，在他登上帝位后仍称之为"燕王"，依附于朱棣的文臣武将则被斥为"叛臣逆子"，与之相对，对于忠于建文帝的"忠臣义士"则大加歌颂。这里，吕熊悖逆了"成者王侯败者寇"的封建传统逻辑。

此外值得注意的是根据史实，唐赛儿起义与朱家叔侄争夺天下一事前后相差近二十年，这当然并非作者无知，而是其苦心经营，有意借燕王朱棣来影射清朝，借建文帝朱允炆来影射南明的反清诸王。作品中极力鞭挞从北方南下的燕军，充分褒扬以金陵为根本的"王师"，这也很容易使人联想到北下攫取全国政权的清军与坚持反清二十年的南明政权。

作者甚至于遗憾自己生晚了，未能参加抗清斗争，遂禁不住"过屠门而大嚼"的情感冲动，索性化身为吕律，进入书中当了唐赛儿的军师。

《女仙外史》独尊魔道，这是吕熊区别于一般士大夫的一番新的见解，使小说不同于以往的神魔小说，于释道两教窠臼外，又添一魔教，且魔教超过释道。魔教原型实即始终为正统势力镇压的摩尼教（明教）。第三十一回，在十八位女仙作诗之后，魔教教主剎魔公主题诗说："一拳打倒三清李，一脚踢翻九品莲。独立须弥最高顶，扫尽三千儒圣贤。"此中魔教把儒释道三教都压倒了。且以仁、义、礼、智、信为五贼，五贼亡，才能有大作为。作者借魔以讽世，其中"不颠倒一世不止"的反叛精神也跃然纸上。正如佛经《大智度论》中云："问曰：何以为魔？答曰：'夺慧命，坏道法功德善本，是故名为魔。'"

对于魔教的崇尚与对魔教这一造反人物的歌颂，这显然是作者背离纲常的表现；而创作中以"褒忠殛叛"为主旨，自又如杨颙所言：小说之旨在"扶植纲常"。可见，作品中存在着深刻的矛盾。而矛盾的症结在于唐赛儿起义旨在"勤王"，所以所谓起义与叛逆，其终极目的却仍是维护传统意义上的中央集权，忠义才是最高的道德标准。这当然是不可否认的作者思想上的局限性，但在清初纲常名教高压统治的时代，能够在作品中表露出这种离经叛道的思想，已经是吕熊对世人的一大贡献，同时也成了

《女仙外史》"触当时忌"的重要原因。

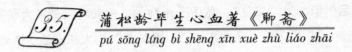
35. 蒲松龄毕生心血著《聊斋》
pú sōng líng bì shēng xīn xuè zhù liáo zhāi

山东省淄川县蒲家庄外的十字路口上,有两棵老柳树。酷暑难当,老柳树匝下一地荫凉。树荫下铺着一张席子,席子上端坐着一位须鬓萧疏的老头。每有南来北往的路人经过,老者便招呼他们过来歇脚,并从旁边早已准备好的一口缸里舀出一瓢绿豆汤,给饥渴的人喝。但要求他们喝完后必须讲一段稀奇事,老者边听边点头,然后回到家中,笔走龙蛇把这些事情记下来。

这位老者便是清代著名的短篇小说家蒲松龄,行人们讲给他的各种稀奇事就成了他笔下精彩的神鬼故事,传说《聊斋志异》的创作素材就是如此得来的。

蒲松龄(1640—1715年),字留仙,一字剑臣,别号柳泉居士,明崇祯十三年四月十六日,诞生在淄川县城东约七华里的蒲家庄。蒲松龄兄弟四人,他排行第三,也是兄弟行中最聪慧最出色的,十一岁起便从父读书。其父蒲槃,"少力学","操童子业",按《蒲氏族谱》,蒲松龄的高、曾、祖、父四辈亦颇多儒生,可称得上是书香门第了。

然而围绕着蒲松龄的民族问题,却历来争论颇多,在学术界已成为一桩公案。关于蒲松龄的民族属性,竟有四种说法:女真族、蒙古族、回族和汉族。蒲松龄的远祖不是汉族,这在学术界早有议论,议论的根据是蒲松龄自己作的《族谱序》。

持"女真族说"的人尚有一条补证:《元史》卷六有"甲子,以蒙古人充各路达鲁花赤,汉人充总管,回回人充同知,永为定制。"蒲氏远祖既为般阳总管,当为汉人,而当时所谓汉人,也包括女真族。而且"蒲鲁浑"是金女真人习用的名字,这在《金史》中可以查见。

持"蒙古族说"的似乎证据单薄一些,因蒲鲁浑像个蒙族的汉译名,就推断蒲松龄是蒙古族。又有《蒙古族简史》认为："蒙古族文学家蒲松龄，把采自民间的鬼怪故事编写成《聊斋志异》，借以反映社会现实，内容生动有趣。"但这种说法并无具体的考证，似乎不能为人所信。

坚持"汉族说"的则认为，"根据淄川地区民族聚居的特点——这里为汉族世居之地"。又："淄川的蒲氏后裔，无论其散居天涯海角，并没有一个人承认自己是少数民族。他们数百年来对自己是汉族人，一直笃信不二。"但他们的理由似乎猜测的成分大了些。

最可信的应该是"回族说"。理由如下：一、"蒲"乃阿拉伯语的汉译，意为"尊者"、"父亲"，从宋代以来定居在中国的阿拉伯人和波斯人，其中一些便以"蒲"为姓。二、蒲松龄的祖上蒲鲁浑系阿

《聊斋志异》作者蒲松龄画像。这位当了几十年私家塾师的贫寒书生，成为清代著名的小说家。

拉伯人名的汉译，《古兰经》第一百一十一章中即有此名。三、据《八闽通志》卷二十七记载，蒲居仁曾任元代都转运盐使，此职多为回族人担任。四、福建《蒲氏宗谱》云："世秉清真教，天下蒲皆一脉。"据此，蒲松龄应是回族人的后裔无疑了。

但不论蒲松龄的民族背景如何，他的生平经历却与此无关，蒲松龄的平生也是充满了苦难的。蒲松龄自幼读书，少年得意，十九岁初应童子试，便"以县、府、道三第一，补博士弟子员，文名籍籍诸生间"，颇受

当时的山东学政、大文豪施闰章的赏识。尽管蒲松龄也曾苦攻经史、八股，但毕竟与科场无缘，直到七十二岁，才得了个岁贡的功名，但自己也觉得"腐儒也得宾朋贺，归对妻孥梦也羞"了。

蒲松龄一生坎坷，历尽贫穷困顿。成年后不久，因难免有妯娌不和之事，四兄弟分家单过。蒲松龄只得薄田二十亩，农场老屋三间，"旷无四壁，小树丛丛，蓬蒿满之……一夜中触雨潇潇，遇风喁喁，遭雷霆震震谡谡；狼夜入则埘鸡惊鸣，圈豕骇窜。"而且妻子刘氏共生三子一女，生活更加艰难。为维持生计，蒲松龄被逼无奈，做了一年的幕宾。一年中蒲松龄曾南游至宝应县，离家在外，又是思乡，又是感伤，伤的是落拓不遇。为幕仅一年，蒲松龄便辞职返家，但生计仍无着落，不得已，蒲松龄开始了长达四十年的坐馆生涯。曾先后在王敷政、唐梦赉、高珩、毕际有等几家望族教家塾，蒲松龄曾做俚曲《学究自嘲》来描述他当孩子王时的生活："墨染一身黑，风吹胡子黄。但有一线路，不作孩子王。"

做孩子王的生活境遇虽然艰辛，但幸喜这几家主人思想尚开通，允许并支持蒲松龄搜集奇闻怪事，写作《聊斋志异》，如唐梦赉曾为此书作序，毕际有还给蒲松龄提供写作素材，实属不易。蒲松龄在三十一岁前后便已开始动笔写作，至花甲之年《聊斋志异》初具规模，直到七十多岁，才最后完稿。《聊斋》的写作几乎贯穿了蒲松龄坐馆的四十年历程，这与各馆主人的鼎力支持也是分不开的。

《聊斋志异》尚未成书时，便已受到社会各界人士的欢迎，各种手抄本被广为传看。传说蒲松龄有个老同学祝枝柳在京为官，一天上朝时，因读此书过于专注，康熙皇帝来了他都没有察觉。康熙皇帝把书拿走，读罢也被其中的故事深深吸引，并亲笔题写了书名。这只是一种民间传说，未必真实，不可轻信，但也足见时人对此书的喜爱。

蒲松龄终生受科举所累，因此在《聊斋》中，记述了很多与科举有关的故事。可堪代表的有《贾奉雉》，写贾奉雉"才名冠一时，而试辄不售"。精心构筑的文章不受青睐，而胡乱连缀的一篇文章竟使他"中经魁"。当他重阅此稿时，冷汗淋漓，深为自己写出这样的文章而感到羞愧，遂抛弃已到手的功名，而隐遁山林。这科场世界是如何的美丑颠倒、黑白倒置，竟使许多屡试不中的读书人产生了畸形、变态的心理，像梦中翰林、闹出笑话的《王子安》，郁闷至死的叶生，《于去恶》中的陶圣俞和于去恶，《素秋》中的俞慎和俞士忱等。《三生》中的兴于唐与千百个鬼魂大闹阴司，要求阎王拘摄考官，"抉其双睛，以为不识文之报"，结果考官被剖腹挖心，"众始大快"。想必读者读到此处亦会拍手称快。

蒲松龄曾做过一年的幕僚，坐馆时亦与官场有不断的联系，因此他对官场的一些事情十分谙熟，这在他的故事中不时地流露出来。《聊斋》中有贪赃枉法，有卖官鬻爵，有贿赂公行，有草菅人命；又有土豪劣绅的横行乡里、仗势欺人，为富不仁等等。第七卷中有《梅女》一篇，写了一个冤枉倒霉的梅家女子："……梅氏故宅，夜有小偷入室，为梅所执，送诣典史。典史受盗钱五百，诬其女与通，将拘审验，女闻自经。"堂堂国家官吏，仅为了五百钱，便逼死了一条人命，这天理何

清人绘聊斋故事

在？但后来这典史也受到了惩罚：他的妻子顾氏夭亡而为鬼妓，一次二人竟撞见，顾的娼母怒斥典史："汝居官有何黑白？袖有三百钱便尔翁也！神怒人怨，死期已迫。汝父母代哀冥司，愿以爱媳入青楼，代汝尝贪债，不知耶？"骂得典史狗血喷头，真是痛快淋漓。而梅女也"从房内出，张目吐舌，颜色变异，近以长簪刺其耳。"由是典史当天夜里便死了。这个故事在一定程度上体现了善有善报，恶有恶报的因果观念，寄托了作者和

读者的理想，尽管大家都知道这样的事是根本不可能发生的。

蒲松龄写《聊斋》，不仅批判了那些不合情、不合理的社会现象，而且对人性中的各种缺点也有揶揄和讽刺，像《雨钱》一篇，就毫不留情地讽刺挖苦了贪财虚伪的书生：一书生颇以高雅旷达自居，一老翁慕名而来，书生留其居住。有一天书生竟求老翁资助，老翁施法术，洒下漫天钱雨，书生大喜。可等他取用时，钱已化为乌有。书生不满而责怪老翁。翁气愤地对书生说："我本与君文字交，不谋与君做贼！便如秀才意，只合寻梁上君子交好得，老夫不得承命！"其言听之，荡气回肠，正义凛然，不知蒲松龄先生是否也以此语训斥过想以金钱与之交的人。

《聊斋志异》中记述的，尽是一些新奇的故事，其中也有因社会动荡，兵匪猖獗时发生的一些巧合。卷六有《乱离》篇，便记载了两件这样的巧事：刘家有女，许配戴生，尚未出阁，值北兵入境，刘女被一个牛录掠去，被迫嫁给牛录的义子，新婚之夜，发现这个丈夫即是戴生，原来戴生也是被牛录抢来做义子的。又有陕西某公，因家乡遭盗贼骚扰，妻离子散，无处寻找，后调任京都。他有个老仆人丧偶，无钱娶妻，公便给了些钱让他到市上去买个女人。结果第一天买回个老太太，竟是此公的老母；第二天买了个三十多岁的漂亮女人，又竟是此公的妻子，于是此公一家团聚。这真是："无巧不成书"了。

《聊斋志异》不只是一本故事集，竟也是一部民俗方面的百科全书，其中各种礼节、习俗、风物应有尽有。

康熙五十四年（1715 年）正月二十四日，蒲松龄于窗前坐化而去，享年七十六岁。

36. 奇人石成金与奇书《传家宝》
qí rén shí chéng jīn yǔ qí shū chuán jiā bǎo

清代康熙、雍正年间，文字狱最盛。多少读书人、著书人偶因一字之差，导致颈上人头搬家，午朝门外冤鬼群号，向宁古塔去的路上哀鸣遍野。像洪升为《长生殿》断送功名到白头，孔尚任因《桃花扇》丢官，此类事屡见不鲜。文人们害怕了，于功名利禄的心思也逐渐淡漠，遂把乐趣转向一些有趣的杂事，而把"莫谈国事"的牌子高高地悬起。蒲松龄著《聊斋志异》，托情于鬼怪，怕也有这样的意思。而雍正年间，又出现了一位奇人，一本奇书，那就是石成金的《传家宝》。

石成金（1659—1739年），字天基，号学海，又号惺斋，江苏扬州人。生于清世祖顺治十六年，卒年不详，但据考证，乾隆四年二月十五日（1739年3月24日），石成金八十岁时，还曾为作品《俚言》题写《自叙》，可见他肯定活到八十开外。石成金少年时也致力于科举，并曾在康熙四十五年（1706年）考中进士，授宝砥知县。石成金如此长寿当然有他的秘诀，据说他一生放旷、胸怀坦荡、磊落无私，事亲以孝，交友以信，以诚笃称，又虔信佛教。时人称其"志在诗书，虽年至耄耋，而未尝废图书笔墨；情娱花酒，纵时当寒暑，而亦不惜杖履，悠游四方。"可能也正因此，他才能著出传世名作《传家宝》。石成金著作甚多，除《传家宝全集》外，尚有《石成金医书六种》、《养生镜》、《长生秘诀》等流传后世。

《传家宝全集》共收录《笑得好》、《俗语正讹》、《传家宝俗谚》、《五更调》等等，洋洋百万言，像一部大百科全书，包括了被历代人普遍关注的各种人生问题。据石成金在《俚言·自叙》中所指出，他作此书的目的，乃是"正心敦伦"，以警醒世人。全书多用俚语，词句浅显、通俗易懂，这是此书的风格，也是作者的主张："天下人众，以大概论之，读书明道之通士，仅未小半，而不读书者、少读书之常人，转多大半。若以深奥文言，与常人谈说，犹方底圆盖，不能领略，说如不说同也。"所以，《传家宝》读者甚多，流传甚广。

由于作者石成金事亲至孝，因此在《传家宝》中，劝人孝敬的篇幅很多，书中写道："你仔细想，你身体是何人生出来的？就知道父母大恩了。你仔细想，你乳哺饥寒是何人抚养的，就知道父母大恩了。你仔细想，你今知南知北，识长识短，是何人指教的，就知道父母的大恩了。要知父母一团心血，完全放在儿子身上，然后才得长大成人，是以父母大恩比同天

地高厚，并非虚言。予有常歌云：我能数尽青丝发，只有亲恩数不来。因其恩多难尽也。"作者能深深地体谅父母的辛劳和苦心，对不孝的子孙感到痛心疾首，并一一历数如何孝顺父母，从饮食起居，到疾病护理，并为父母排忧解愁等，其心细如发，真情感人。

《传家宝》不只对正心修身、待人接物等有详细的解释和规定，而且还具体生动地阐明了士、农、工、商、医等各行各业的经营诀窍，并对花鸟鱼虫等自然风物均有研究，又详录了许多药方、药膳，甚至美容养颜的具体方法，诸如白肌肤法，面手如玉法、桃花娇面法、去面上粉痣法，甚至女人初束脚不疼痛法等，妙趣横生。而最重要的是《传家宝》一书通过对人的遭际、命运、得失、成败、穷通，祸福的见解，体现了作者对人和人性的哲学思考，它可以作为一个时代的思想潮流，并不断地给后人以启发和思索。这在石成金撰写的一些歌谣上可以看出来，如他的《天基快活歌》中有一首《楚狂歌》，借楚狂的口吻唱出了作者的见识：

> 八句诗吟穷了贾岛，一盘棋看老了王樵。哪里能钓东海鳌，哪里能缚南山豹。哪里管玄都观里桃，哪里管周子窗前草。哪里去听王子晋的凤箫，哪里去做陆龟蒙的茶灶。悬甚么黄金印，穿甚么蟒龙袍；系甚么吕公绦，戴甚么毗罗帽；做甚么诗词歌赋，写甚么行真隶草；习甚么弓箭拳棒，舞甚么剑戟枪刀。也不上万言书，也不奉金銮诏；也不炼九还丹，也不唱阳关调；也不向赤壁游，也不泛江东棹；也不学天文地理，也不讲三略六韬；也不求仙去邯郸道，也不同卜走洛阳桥。漫把名利抛，闲共烟霞啸。这现在的青山绿水不用笔描，这自然的异木奇花不用水浇；这眼前的风月不用费钱买，这案上的诗书不用动手抄。望孤峰，冲汉霄；看青松，常不老。无忧无虑乐逍遥，无荣无辱醉酕醄。钓竿上的风月多，酒瓮里的是非少。两扇门紧闭着，犹恐怕白云来搅扰。头枕溪山半个瓢，不惹事的先生醉了，醉了。任红尘世上飘，任儿童拍手笑。黄粱梦尽着你英雄闹，叹人生怎么睡不到晓？

　　诗中看破了利禄功名，向往着自然风貌，无忧无虑快乐逍遥。其中"也不上万言书"，"不惹事"等字词语意当与时代背景有关，而末句"叹人生怎么睡不到晓？"则旨在点醒世人，莫痴莫嗔，且歌且笑。这种主张并非消极意义上的避世，而是中国几千年文化遗传下来的隐逸的、风流的人格的化身，它与中国传统文化中的节奏合拍。

　　《传家宝》中还有《真福谱》、《真福谱续集》，在《真福谱续集·自叙》中，作者指出："真福多在眼前，只要人能知足知止，并不远求难致。"在作者看来，幸福在于存心快乐常知足，少思少言少色欲，怡情静坐无尘俗，居住朝南精洁屋，清晨一餐滋润粥，明窗净几娱心目，满架诗书随意读，但有隙地栽花竹，早完赋欠免催促，对酒狂歌田野曲等。这些该是上文歌意的延续。又有《高赏集》，是改编高子的散文，但也颇见意趣，诸如《苏堤看新绿》：

　　　　三月中旬，堤上桃柳新叶，黯黯成阴。浅翠娇青，笼烟惹湿。一望上下，碧云蔽空。寂寂撩人，绿浸衣袂。落花在地，步蹀残红。恍入香霞堆里，不知身外更有人世。知己清欢，持觞觅句。逢桥席赏，移时而前，如诗不成，罚以金谷酒数。

　　可见石成金虽处处以俗标榜，但其弦歌雅意也是掩饰不住的，常常不经意地流露出来。毕竟石成金也曾饱觅诗书，他得中进士想也不是偶然。

　　《传家宝》一书内容太广，条目甚多，难以一一计数，读者只有自己去潜心研读，才能体会个中乐趣，然后拍手称快。此书被前人誉为"虽然游戏三昧，可称度世金针"，并非虚传，而石成金之"点石成金"，以语醒人的本意该也不是虚名了。

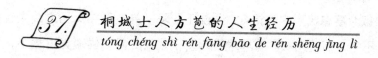

37. 桐城士人方苞的人生经历
tóng chéng shì rén fāng bāo de rén shēng lì

　　方苞（1668—1749年），字凤九，号灵皋，晚年自号望溪。方苞出生在一个士大夫家庭，有很深的家学渊源。曾祖方象乾，曾任明崇祯按察司副使；祖父方帜，是清朝的芜湖县学训导；父仲舒，国子监生，有诗名，尝与杜□、钱饮光等人诗酒唱和，其诗很有气节：

> 两代遭逢成汉魏，半生踪迹各西东；
>
> 今朝共醉非容易，故国风云在眼中。
>
> ——《逸巢焚余稿》

可见他还是在眷恋故国，事清乃是无奈。

由于家庭的遗传和耳濡目染，方苞很小的时候便已初露文学才能。四岁时，父亲以"鸡声隔雾"命他对句，他脱口而出"龙气成云"。五岁时，其父便口授他经文章句。除父亲外，兄长方舟方百川对方苞的影响也非常大，群疏的注疏部分，都是方舟为他讲解。方舟是当时有名的时文大家，方苞对这位长兄很是崇拜：

> 八九岁诵左氏、太史公书，遇兵事，辄集录，置裕衣中。避人呼苞，语以所由胜败。时吾父寓居棠邑留稼村。兄暇，则之大泽中，召群儿，布勒左右为阵。年十四，侍王父于芜湖。逾岁归，曰："吾向所学，无所施用。家贫，二大人冬无絮衣。当求为邑诸生，课蒙童，以赡朝夕耳。"逾岁，入邑庠，遂以制举之文名天下。

有这样一位懂事又有学问的兄长对他教育和呵护，方苞实在是受益匪浅。

方苞幼时贫困是确实的。当时全家九口都寄居在外祖吴家，在方苞六岁那年，搬回南京老宅，生计更加困顿，已到了衣食无着的地步。对此方苞在《弟椒涂墓志铭》中有记载："自迁金陵，弟与兄并女兄弟数人皆疮痏，数岁不瘳，而贫无衣。有坏木委西阶下，每冬月，候曦光过檐下，辄大喜，相呼列坐木上，渐移就暄，至东墙下。日西夕，牵连入室，意常惨然。"（《方望溪先生文集》）

　　这段困顿的生活经历无疑对方苞影响很大，以至于他常有意无意之中谋稻粱之需，当然这是人之常情，也可以理解。后来方苞曾富裕过，在他由秀才而举人而进士的二十年内，用其积年束脩，在江宁置地一百五十亩，在高淳置田二百亩，并把他曾祖在南京的另一所老宅赎回来，还新建了花园，这时的方苞已可以衣食得安了。

　　方苞的宽裕的生活环境是他用才气和文名换来的，在他二十二岁中秀才之后第二年，随学使高某进京，进入国子监，声名鹊起。他的古文评价甚高，被称为"韩欧复出"，"北宋后无此作"。当时的许多文学、理学大家也很推崇他，李光地对他的提携和帮助就特别大。听着大家的频频赞许，方苞未免有些飘飘然，因此恃才旷物，目中无人。史载方望溪为诸生时，即名动京师，当时李光地以直隶巡抚入相，则前往贺之，问："自本朝以来以科举升到您现在的位置的大概有多少人？"李光地屈

方苞《硕果图》

指数得五十多人，方公说："甫六十年，而已得五十余人，其不足重明矣，愿公共求其可重者。"口气如此狂妄，令在座宾客张口结舌。

　　方望溪的狂妄也遇到过对手，当时的李绂就很瞧不上他。一次，方携所作曾祖墓志铭给李看，李才阅一行即还之。方很愤怒，让他说出道理，李绂说："今县以桐名者五，桐乡、桐庐、桐柏、桐梓，不独桐城也。省桐城而曰桐，后世谁知为桐城者。此之不讲，何以言文？"这话未免有些狡辩的嫌疑，但也把方苞问得哑口无言，可他仍不肯改。

　　方苞的狂傲这一点虽不可取，但他似乎也有资格自命不凡。康熙五十年（1711年），戴名世《南山集》案发，方苞曾为此书作序，因遭池鱼之殃，被判处死刑。亏了他的古文早已"简在帝心"，又有李光地为其求情，

因此只在刑部大牢关了十五个月就放出来了，不仅无恙，反而因祸得福，康熙帝下"方苞学问天下莫不闻"的御诏，将其召入南书房。第一天命作《湖南洞苗归化碑文》，第二天作《黄钟为万事根本论》，第三天作《时和年丰庆祝赋》，这三篇文章深得康熙的赏识和认可，也为他以后的仕途铺下了基石。在以后的三十年官宦生涯中，历任武英殿总裁、翰林院侍讲、内阁学士直至礼部侍郎，七十五岁才告老还乡。

方苞主要以古文闻名，据说他年轻时也写过一些诗，但查慎行劝诫他说："你的诗不好，白白浪费了你的才力，不如专心写古文吧！"于是他从此不再作诗，不知他是否为没能遗传父亲的诗才而遗憾！

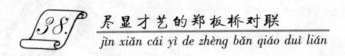

38. 尽显才艺的郑板桥对联
jìn xiǎn cái yì de zhèng bǎn qiáo duì lián

乾隆十八年（1753年），清代名士郑板桥自山东潍县解官后回原籍江苏兴化，免不了大宴扬州一带的宾朋。恰逢他的好友、扬州名士李啸村在座。郑板桥指着李对大家说："啸村韵士，必有佳语。"果然，李啸村当场即出一上联：

三绝诗书画

用唐玄宗评价画家郑虔的成句，将郑板桥的成就总结得极为精当。座中的文士于是纷纷交头接耳，却苦于想不出一副贴切的下联。郑板桥哈哈一笑，不疾不缓道出下联：

一官归去来

以陶渊明的典故形容郑板桥的解官，举座为之称绝。一副五言短联足以概括郑板桥的一生，又不同于五律的格式，而极富于楹联文体独具的内在节奏，实在堪称佳构。

郑板桥（1693—1765年），名燮，字克柔，号板桥，少时家贫，从二十六岁起就设馆授徒以糊口。他科场并不顺利，到四十岁才在南京乡试中考中举人。从此在镇江焦山上潜心苦读，四年后考中进士。但由于他的倔强的性格，到四十九岁才先后到山东范县、潍县做县令。辞官之后在扬州以卖画为生。他不仅喜欢以联会友，自己还作过许多脍炙人口的名联，人每以联坛李杜誉之。郑板桥的楹联传说极多。如江苏民间传说，两江总督唐亦贤到扬州巡视，托一姚姓盐商请郑写副对联。姚姓盐商想借此讨好总督大人，便特地定制两张一丈长、六尺宽的宣纸，派人去请郑板桥写一副特大的对联。郑先是不答应，来人无奈，只好请姚加价，一来二去加到一千两，郑板桥却非二千两不写。他见来人软磨硬泡，索性提笔写出上联：

乡里鼓儿乡里打

然后就搁笔不写了。来人见状十分着急，郑板桥却说："本来我说好二千两银子才写，你却只答应给一半，当然我只能写一半了。"来人求情无效，只好一五一十回去汇报。姚姓盐商一听，知道上了郑的圈套。如果不再出一千两，一来得罪总督，二来前面的一千两也白废了。想来想去，只好忍痛再送一千两银子给他。郑板桥接过钱，高兴地说："我郑板桥可不是任你们财主摆布的！"说着拿给他写好的下联：

当方土地当方灵

这副对联后来收入《扬州画舫录》，也有说是给如皋的土地庙写的，但远不似这一传说更富寓意。

郑板桥画像

传说郑板桥曾到通州游玩，因为应酬太繁，就央求朋友将他送到一个清静点的地方躲躲。朋友们为他在通州城西南的西寺租了一间房子。当家和尚不认识郑板桥，见他穿戴普通，以为是个穷酸书生，便暗中吩咐小和尚粗茶淡饭待之。每顿只有一碗糙米饭、一碗少油的白菜洒几粒粗粒青盐；喝的茶连茶叶也不放，只是开水上飘几朵菊花。郑板桥却并不在乎，直到十天后他的朋友们来看他，当家和尚方才如梦初醒。为挽回面子，便请郑为后园新砌的凉亭题联。郑板桥笑着写下：

　　白菜青盐粞子饭

　　瓦壶天水菊花茶

将老和尚羞得满面通红。不过郑板桥在镇江焦山后山的别峰庵借住时，就和庵中唯一的一位老和尚相处得很好。这座庵在后山的深处，只有几间破屋，可每天郑板桥帮助老和尚收拾打扫，倒颇有幽雅的情致。他曾为此庵题过一副对联：

　　室雅何须大

　　花香不在多

此联意境幽远，因此流传甚广，至今居家仍多有张挂者。郑板桥还有赠这位焦山长老的：

　　花开花落僧贫富

　　云去云来客往还

联意洒落自在，且能够将自家"贫富"当做"花"的开落一般看，又无心于人来人往的岁月变迁，实在颇得僧家机趣。此联属于偏对（又称异类对），而且径自以死字（形容词）"贫富"对活字（动词）"往还"，却益发和谐自然，足见郑板桥的楹联已经突破束缚，达到变化不居的自由境界。

　　郑板桥的楹联擅长对景致的点染，如他在山东潍县任知县时，为所居官舍所题：

> 霜熟稻粱肥　几村农唱
>
> 灯红楼阁迥　一片书声

日常景色的淡雅描绘中融注了作者多少深挚的爱民情性！乾隆十五年（1750 年）郑板桥在潍县曾作一饶有情致的春联：

> 秋从夏雨声中入
>
> 春在寒梅蕊上寻

和西诗"冬天来了，春天还会远吗？"（雪莱）有异曲同工之妙。再如他为镇江焦山的自然阁所题：

> 汲来江水烹新茗
>
> 买尽青山当画屏

此联在扬州的小金山也有悬挂。青山秀水的优美背后是人生境界的从容。郑板桥晚年在扬州优游诗酒，自谓"而今老去知心意，只向精神淡处求"、"七十老翁淡不求，风光都付老春秋"，因此多有意境恬淡自由的联作。如他晚年家居时的自题堂联：

> 古鼎藏书　百年相伴
>
> 名花美酒　四季皆春

再如他在临终前不久为自己那梧桐树环抱的清幽院落题写的门联：

> 百尺高梧　撑得起一轮月色
>
> 数椽矮屋　锁不住五夜书声

郑板桥有些言志的对联直接就是他独到的人生哲学的凝练的诗化表达。典型的例子有：

> 富于笔墨穷于命

郑板桥联迹

老在须眉壮在心

体现了他对通达而清新的生命意境的体证与寻求。再如：

> 虚心竹有低头叶
> 傲骨梅无仰面花

郑板桥在做县令时就是出名的"强项令"，他坚持对苍生有悲悯、对权贵不屈服的处世态度，以自己的整个生命实现了"虚心"境界与"傲骨"精神的统一。这令人神往的人生智慧当然是来自他平日持练有素的养心功夫。有联云：

> 慧里聪明长奋跃
> 静中滋味自甜腴

他的书法融篆隶入行楷，号称"六分半字"，鲁迅先生《准风月谈》称为"叉手叉脚的，颇能表现一点名士的牢骚"。关于书法，郑板桥也有楹联论及：

> 二三星斗胸前落
> 万花飞舞圣人书

以书法为生命力量的自由挥洒，颇具意态纵横之感。郑板桥平生最擅画的就是兰花，自称"七十三岁人，五十岁画兰"。他曾有题画兰的对联：

> 处世总无穷竭处
> 看花全在未开时

恬淡的词句中跃动着青春的灵魂。章太炎先生高足马宗霍曾谓郑板桥诗文"有三真：曰真气，曰真意，曰真趣"。这一论断移来评价他的楹联也至为切当。他主张诗文"本无定质"，全然"视人之用之者如何"，认为诗文的妙处"不但于有字句处观看，尤须于无字句处求之"。郑板桥所谓诗文当然也包括楹联。这些性灵的主张无疑可视为他的洒脱自如的楹联创作的理论升华。郑板桥又有一副题画室的联，因为揭示了艺术创造的本质规律而脍炙人口：

　　删繁就简三秋树
　　领异标新二月花

精炼而有新意正是郑板桥楹联的风格所在。

楹联文体的发展由短联而长联，实为大势所趋。郑板桥著名的六十自寿联即是每边十一句，一百零四言，不仅是清代楹联史上从金埴到孙髯翁的转折点的标志，而且是他一生事迹心情的绝妙概括：

　　常如作客，何问康宁，但使囊有余钱，瓮有余酿，釜有余粮，取数页赏心旧纸，放浪吟哦，兴要阔，皮要顽，五官灵动胜千官，过到六旬犹少；

　　定欲成仙，空生烦恼，只令耳无俗声，眼无俗物，胸无俗事，将几枝随意新花，纵横穿插，睡得迟，起得早，一日清闲似两日，算来百岁已多。

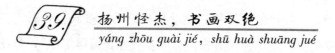

39. 扬州怪杰，书画双绝
yáng zhōu guài jié, shū huà shuāng jué

郑燮郑板桥是著名的"扬州八怪"之一，其诗怪、字怪、画怪、人更怪。清末有一位四留老人曾作诗咏板桥："狂狷真名士，子予怪县令。画法参书法，竹情见人情。断狱袒寒士，求赈忤大公。怒掷乌纱去，一笑两袖清。"此诗是郑板桥的真实写照。

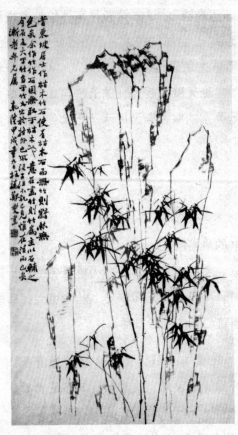

《竹石图》是郑板桥六十二岁时所作

一日板桥夜卧，以指画席作书势，误触其夫人，夫人嗔怪道："人各有体，胡为犯我？"板桥大悟，从此立意追求自己的体式，独创了一种"板桥体"书法，他自己称之为"六分半"，意思是此体比古代之八分书体，尚欠一分半，这种书体参考了真、草、隶、篆四种体式，笔力雄浑，力透纸背。同时他还别出心裁，把画法融入书法，更显得气韵流动，飘逸绝俗。板桥又一书体称"柳叶书"，落笔处如风摆柳叶，飘然欲动，独具神韵。乾隆朝蒋士铨作诗赞道："板桥作字如写兰，波磔奇古形翩翩；板桥写兰如作字，秀叶疏花见姿致。

下笔别自成一家，书画不愿常人夸；颓唐偃仰各有态，常人尽笑板桥怪。"板桥的怪书法，堪称一绝。

板桥罢官回乡之际，有扬州李啸村赞他"三绝诗书画"，板桥挥笔对曰："一官归去来。"板桥的画是第二绝。板桥之画，多画兰竹石，其兰"叶尚古健，不尚转折，用笔直来追去，却逐步顿挫，留得笔住"，其花亦"雄浑挺拔"，与众不同，于兰中可见娟娟烟痕，萧萧雨影。其竹也怪，有时寥寥数笔，似惜墨如金，"一枝竹十五片叶"，有时又泼墨如雨，满眼是竹，竹叶密匝匝不透风。有时立根于破崖之上，桀骜不驯；有时于暴风骤雨之中，傲然挺拔。有时以兰、竹、石交相辉映、变化多端，各尽其妙。板桥的画，别人只能欣赏，却学不来，堪称空前绝后。

板桥诗更绝。其中很大一部分是题画诗，与其兰竹石相映成趣。他的题画诗也怪得很，例如："一二十片叶，三四两竿节""一节一节一节，一叶一叶一叶"，用词用韵都古怪。有些题画诗风趣诙谐，令人绝倒：

> 老干霜皮滑可扪，娟娟小翠又当门；
> 人间俱庆图堪画，却是家公领阿孙。

又有些诗是板桥托物而言其"青云之志"和放诞不羁的感情。如"老老苍苍竹一竿，长年风雨不知寒；好教直节青云去，任尔时人仰面看"。后两句似有李白"仰天大笑出门去，我辈岂是蓬蒿人"的遗风。又有"世人只晓爱兰花，市买盆栽气味差；明月清风白玉窟，青山是我外婆家"，极言板桥之志素在明月清风，山中幽兰，而不喜世俗的龌龊。又有"此身愿劈千丝篾，织就湘帘护美人"之句，是他七十岁时作，如此雅兴、闲心、绮语，令人莞尔。

板桥人如其字、如其画、如其诗，不脱放浪不羁的潇洒气，又常有诚恳真挚处，但多的是幽默诙谐。板桥曾刻一印，曰"徐清藤门下走狗郑燮"，敢把自己称作走狗的，大概只有他一人了。

板桥行事也非常古怪，任县官时，邑之崇仁寺与大悲庵相对，有寺僧私尼，为人发现，缚之见官。板桥见僧尼年纪相仿，遂令他们还俗，配为夫妇，并作诗以记之：

> 一半葫芦一半瓢，合来一处好成桃。
> 从今入定风波寂，此后敲门月影遥。
> 鸟性悦时空即色，莲花落处静偏娇。
> 是谁勾却风流案，记取当堂郑板桥。

诗意诙谐，但其中亦有真诚在内。而如此判案法，也足以让人叹为观止了。

由于板桥的诗书画绝妙，因此前来求索的人特多。板桥往往依人而论，依心情而论，并不计贫富。如果遇到他喜欢的人，他可以不要一纹

郑板桥书法。板桥书法诡形奇制，自成一格。是郑燮跌宕人生感悟与独特审美情感的寄托。

银，甚至主动给人作画写诗。若索画的人是那些为富不仁的达官和财主，他一般不给，即使给了也要捉弄他们以取乐。一次有个豪绅新楼落成，大宴宾客，请郑板桥题写匾额。板桥欣然写了"雅阁起敬"四字。后来暗中关照制匾的油漆匠："雅"、"起"、"敬"字上油时只漆左边，而"阁"字只油外框。一段时间后，由于没上油的部分褪色，"雅阁起敬"变成了"牙门走苟"，如此智慧，令人绝倒。

但板桥虽多智谋，也不免被人暗算，孙静庵《栖霞阁野乘》中就记载了这样一则轶事：板桥嗜狗肉，谓其味特美，若有人给他狗肉吃，辄作书画小幅报之。时扬州有一盐商，求板桥书不得，虽辗转购得数幅，但没有上品，于是想出了一个办法。一日板桥出游稍远，闻琴声，循声找去，见竹林中一大院落，颇雅洁，入门见一人须眉甚古，危坐鼓琴，一童子烹狗肉刚熟。板桥大喜，老人邀他共吃狗肉，板桥为谢他，主动给他作画。署款时发现这是盐商的名字，但老人辩曰："老夫取此名时，某盐商尚未生，且同名何伤，清者清，浊者自浊。"板桥也没在意。后来盐商宴客，强请板桥光临，才发现自己上当，然已无可奈何矣。

40. 徐大椿：名医、诗人、水利家
xú dà chūn：míng yī、shī rén、shuǐ lì jiā

在清代的大医学家里，徐大椿是可以无愧地居于泰斗之高位的。徐大

椿（1693—1771 年），字灵胎，原名大业，晚号洄溪道人。祖籍浙江嘉兴，后举家定居于江苏吴江。

徐大椿治病方法多不合定规，可却常显奇迹。民妇任氏患风痹，两腿如针扎般疼痛。徐大椿让人拿厚被将病人裹住，叫一强壮女子紧紧抱住她。任氏疼痛难忍，大声呼号，挣扎扑打，徐大椿也不让人放开她。闹了半日，不觉发出许多汗来，汗一出疼痛立即消除，就这样患者未服一剂药而自然痊愈。

某村生一婴，竟没有皮肤。家人为之惊骇伤心，想要把孩子丢弃掉。徐大椿得知忙赶去救治。他根据以前医书中的医治方法加以创造，把极细的糯米粉洒在婴儿身上，用丝绸轻轻包裹好，置一土坑中，再用薄薄的细土覆盖，照常喂奶。二日后，婴儿竟奇迹般地生出了皮肤。

中医是门非常神奇的学问，它不仅是药方，不仅是身体伤病的修复，它更有一套玄奥非凡的生命理论。它是中国传统文化精神在生命科学上的映现。本着天人合一的宇宙规则，中医认为人生的存在形式本应顺应阴阳谐和、生生不息的自然之理，所以中医不是技艺，而是哲学。徐大椿的医学著作甚丰，著名的有《医学源流论》、《兰台轨范》、《神农本草经百种录》、《伤寒类方》等。书中徐大椿多有医理的阐发，而且都是他自己的实践、参悟所得，并非简单地因袭前论。《四库全书总目提要》里称他的书"持论多精凿有据"，盖非虚言。元气论可说是徐大椿生命哲学的一个根基，他在《医学源流论·元气存亡论》中阐发此理曰：

> 盖人之生也，顾复虫而却笑，以为是物之生死，何其促也，而不知我实犹是耳。当其受生之时，已有定分焉。所谓定分者，元气也。视之不见，求之不得，附于气血之内，宰乎气血之先。其成形之时，已有定数。譬如置薪于火，始然尚微，渐久则烈，薪力既尽，而火熄矣。其有久暂之殊者，则薪之坚脆异质也。

此段论述行文优美朴素，而且还富有哲理，从中可见中医重体悟、重超越的特点。从这一点上说，中国传统医学的精神意境和古典诗学的审美

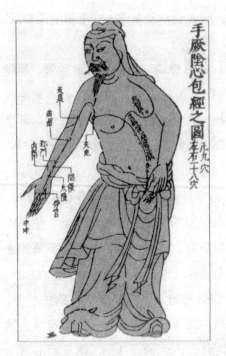

11世纪的古针灸图。图中标出了人体的脉络及穴位，时至今日针灸仍发挥着神奇的疗效。

境界也是豁然贯通的。徐大椿是名医，同时又是个诗人，当然也就可以理解了。

医理并非空谈，实际应用时自然效果非凡。史书记载沈德潜未遇时，徐大椿为其号脉，并由此预言他终将大贵，后来沈果真成了乾隆的宠臣。乾隆二十四年（1759年），大学士蒋溥患重病，徐大椿第二年应诏入京为他诊病。号过脉后，徐大椿断言已无可挽救，去世的那天当是立夏后的第七日。后来事实的发展又被徐大椿言中了。看来徐大椿的医术高明并非虚传，乾隆于是召他入太医院，大椿却辞谢而归，仍旧做他的布衣去了。乾隆三十六年（1771年），皇帝再召，七十九岁的徐大椿入京，是年冬去世，诏赐"白金"。

性灵诗人袁枚曾左臂患疾，专程乘船到洄溪找徐大椿医治。二人都是性情中人，一见即有投缘之感。徐大椿年过古稀，仍神清气盛、谈论生风，给袁枚留下了深刻的印象。后来袁枚还著《徐灵胎先生传》以纪念他。徐大椿的文才也令袁枚赞赏，《随园诗话》中记有徐大椿的一句诗"一生那有真闲日，百岁仍多未了缘。"也确是了透世情，意蕴丰厚的佳句。

徐大椿出身于书香门第，自幼聪颖过人，可是却甘心以布衣而终老，以医术而活人。终其原因，实是徐大椿自由旷达、洒脱倜傥的个性与当时科举考试的刻板无味之气不能相融之故。在徐大椿的时代，科举考试实际已变成了单纯对考生文字技艺的极端苛求。徐大椿考举人，在卷后题诗曰："徐郎不是池中物，肯共凡鳞逐队游？"从此便再不屑去考场了。

徐大椿行医，一生往来于吴淞、太湖一带。闲暇时，广览杂学，样样精通。他研究过《易》学，喜读黄老和《阴符》之言。性通敏，喜豪辩。于天文、地理、文辞、音律、击技都无师自通。同时他还是个民间水利家。雍正二年（1724 年），清政府在吴江境内开塘河；乾隆二十七年（1762 年），江浙发水灾，江苏巡抚开港泄太湖潴水入海。这些工程中，徐大椿都积极进言，提出合理的施工意见，治水者采纳后都取得了非常好的效果。

晚年的大椿，性情益发旷达。他喜爱上了道情这种民间说唱文体，于是各体诗文怠作，而专著道情。袁枚《随园诗话》中说："灵胎有戒赌、戒酒、劝世道情，语虽俚，恰有意义。"大椿是个大俗大雅的人，他曾说：别看道情俗，精也不易。只有情境音词，处处动人，方能有醒世意义。徐大椿的《洄溪道情》中共辑录了他的道情诗三十余首，皆情文并茂，且不忌时俗，其中多骂世之语。对于八股考试的弊病，徐大椿的《刺时文》讥刺得最为辛辣：

> 读书人，最不济，背时文，烂如泥。国家本为求才计，谁知道，变作了欺人技。三句承题，两句破题，摆尾摇头，便道是圣门高弟。可知道三通、四史是何等文章？汉祖、唐宗是哪一朝皇帝？案头放高头讲章，店里买新科利器：读得来肩背高低，口角唏嘘，甘蔗渣儿嚼了又嚼，有何滋味？孤负光阴，白白昏迷一世。就教他骗得高官，也是百姓朝廷的晦气。

张维屏评此诗说："此虽有激而言，然世间但熟几篇时文，幸获科第，便自以为能读书者，不可不内省而自愧也。"除《洄溪道情》外，徐大椿还有诗集《画眉泉杂咏》、《管见集》。《乐府传声》则是一部历来被戏曲界重视的著作。这位博学多才、医术精湛的布衣隐士，死后也受到人们的爱戴，据说他的墓至今保留完好，墓前有徐大椿自题的对联：

满山芳草仙人药

一径清风处士坟

其超然脱俗的品格宛然可见。

41. 即兴成文、到处留墨的乾隆
jí xìng chéng wén、dào chù liú mò de qián lóng

乾隆皇帝书写图

乾隆皇帝在楹联方面用力极勤，留下的作品和传说也最多，流连山水之际，周游胜迹之时，无不挥笔题联；从故宫各殿到热河山庄再到各地行宫，也都留下了他亲书的楹联。乾隆的联作和他的诗比起来，著作权的归属显然要更可靠。因为题联之时往往要求有面对眼前之景即兴成文的才思，单纯靠别人捉刀，恐怕是来不及的。以往的研究者常被乾隆作品惊人的数量吓住，以主观推想而斥其为平平；其实即使从质上考察，其中也不乏上乘之作。而且在楹联史上，由于帝王（如朱元璋）的大力提倡，上行下效，使楹联的创作愈发繁荣，这已经成为规律。乾隆皇帝对楹联这一文体的酷爱确使他大家迭出、佳构泉涌，一举步入高潮。不论以自身的创作实绩论，还是以其产生的影响论，称之为撰联的"大手笔"都不为过。

乾隆有许多联作是他的内心世界种种渴望与梦想的真实流露。他的心灵常处在躁动不安的状态，但却强烈渴求淡泊宁静的精神生活。如其为景福宫题联：

每闻善事心先喜

或见奇书辄手抄

意境清雅可喜。再如他在其读书的处所三希堂题联云：

深心托毫素

怀抱观古今

上联引用南朝颜延之的成句，以表明自己对笔纸生涯的热爱向往。下联表达了作者对开阔放达的精神境界的追求。他还曾在河北三河县烟郊行宫中的眺远楼题联：

目同碧宇朗无尽

心与白云散似闲

可见乾隆皇帝也常有心境宁静悠然之时，"碧宇"、"白云"的情景犹如画面，不禁令人神往。乾隆皇帝有时亲自动手象征性地做点农活，从中体味宋儒天地万物一体的乐趣，如其为圆明园北远山村所题：

鱼跃鸢飞参物理

耕田凿井乐民和

简直生机盎然。乾隆早期对佛教持平淡的态度，但后期信仰密宗，与奸臣和珅为同修。他曾为嵩山少林寺题联：

玉岫香云开法界

珠林花雨静禅心

联意超拔而美丽，被推为"第一流佳作"。他有些联作流露出极深的洋洋自得之情，语言又极质朴生动，实在称得上亲切有趣，如他在七十岁生日时自题的寿联：

七旬天子古六帝

乾隆画并题诗《老松图》

五代孙曾予一人

此联是说，从古以来，七旬天子一共只有六位：汉武帝刘彻，寿七十一岁；梁武帝萧衍，寿八十六岁；唐高祖李渊，寿七十一岁；唐玄宗李隆基，寿七十九岁；清圣祖康熙玄烨，寿七十岁。但五代儿孙同堂之事则属亘古所未有。

乾隆生性喜爱山水风光，不仅因此而多次南巡，而且在他的皇家园林中也营造了许多别致有味的景致。他有许多状写景物的楹联写得颇有性情天趣，如他为故宫御花园的绛雪轩（内室）所题：

花初经雨红犹浅
树欲成阴绿渐稠

辞意深美清幽，若许之为得唐人的遗风也并不过分。再如题颐和园玉澜堂联：

绿槐楼阁山蝉响
青草池塘彩燕飞

也属那种在短小的篇幅中融入无限画意诗情的绝妙好联。乾隆在涿州行宫的西轩题联云：

农桑宛如豳风景
游豫还同夏谚情

此联用《诗·豳风·七月》的典故，又以夏代诗谚"我王不游，我何以休；我王不豫，我何以助"来比拟自己深受子民爱戴的情事。帝王口气，甚为贴切。在无锡的锡山，有乾隆亲笔题写的五言短联：

断续听啼鸟

飘摇惜落梅

更展现出诗人的敏感心性和柔软心肠。据说乾隆在南巡时微服私访，路过浙江嘉兴一个山庄酒馆，见其生意清淡，就写下一副店堂联交给店家：

东不管西不管酒管

兴也罢衰也罢喝吧

并为之题下"东兴酒家"的匾额，从此这家小店生意大兴。此联今天还有许多酒家张挂，足见其影响之深广。

据传说，乾隆皇帝很喜欢考人对联。江西人刘凤诰貌丑而才高，殿试得中探花。乾隆召见时发现他不仅长相丑陋，而且还是独眼人，一时心中不悦，对刘的才学也产生了怀疑。沉吟片刻，出对道：

独眼不登龙虎榜

刘凤诰对曰：

半月依旧照乾坤

自尊和倔强的性格溢于言表。乾隆不禁为之一震。但为再试试他的才智，又出对道：

东启明　西长庚　南箕北斗　朕乃摘星汉

结果刘又从容应对曰：

春牡丹　夏芍药　秋菊冬梅　臣是探花郎

乾隆皇帝得遇旗鼓相当的联友，当然十分开心。由此故事，也可窥见帝王的提倡与文体的兴替之间的深刻关系。

沈德潜：深受乾隆喜爱的诗友
shěn dé qián：shēn shòu qián lóng xǐ ài de shī yǒu

乾隆大概算是个最有福分的皇帝，他自己也洋洋自得地称自己是"十全老人"。这十全中一全便是他洋洋十万首的诗作，当然是创了中国诗人作诗最多的记录。不过这十万首里也确有很多是臣子的代笔，其中最有名的捉刀诗人就是沈德潜。尽管乾隆非常自信自己的风流与诗才，他的诗还是因为产量太高而终于流于平庸。而且和他仁厚的祖父康熙不同，乾隆是个生性自负任性的皇上。只要他愿意，他就可以随心所欲地作诗，就创它个"乾隆体"又有何妨？无论好坏人们也都会视若珍宝。只是这种"乾隆体"给捉刀者出了不小的难题。口吻上要像，格律也要如乾隆亲笔那样的随意与平滞。一个诗人越有个性越难胜任此重任。可沈德潜却在乾隆身边有十年之久，而且相处得非常融洽。沈德潜之后，还有个协办大学士彭元瑞，诗、联均是高手，也曾是个令乾隆很满意的捉刀诗人，纪晓岚还因此戏称他"圣手书生"呢。

沈德潜（1673—1769年），字确士，号归愚，江苏长洲（今属苏州）人。早年生活非常贫困，十六岁中秀才后，就一直科场不利，一直到六十五岁，才考上个举人。第

乾隆皇帝的书法

二年举进士，虽中了殿试二甲，但毕竟此时大半生的时间都已蹉跎。若不是沈德潜长寿，就不能在晚年受用乾隆皇帝十年的恩宠。

沈德潜作为一个诗人所受到的厚待真是举世罕见的。他被召对论历代诗歌源流升降，擢礼部侍郎，成了乾隆身边最如意的台阁体诗人。乾隆常称他是"江南大诗翁"、"朕之老诗友"，待之如密友一般。沈德潜呈上的诗赋唱和，乾隆都表赞赏。乾隆十一年，皇帝从沈德潜新呈的诗中读到一首《夜梦俞淑人》，是悼亡妻的诗，乾隆于是特准假让沈德潜回家料理。沈德潜回家后，又向朝廷为父母乞诰命，乾隆竟也欣然应允，赐沈家三代封典，这可真是诗家之大幸，在当时文坛也称为盛事。侍郎钱陈群就在诗中不无妒忌地说："帝爱德潜德，我羡归愚归。"

乾隆十四年（1749 年），七十七岁的沈德潜告老还乡。临行时乾隆赐诗给他，其中一句是："高尚特教还故国，清标终惜去朝班。"乾隆十六年，乾隆南巡时沈德潜赶去迎候，乾隆又赐诗；十七年，乾隆为沈德潜诗集作序；二十二年，乾隆再次南巡，加沈德潜礼部尚书衔；二十七年，乾隆又南巡，又赐德潜诗一首；三十年南巡，德潜被赐以太子太傅。乾隆三十四年，沈德潜以九十六岁高龄寿终，乾隆赐他太子太师，加谥号文悫。

乾隆在给《归愚诗钞》作的序中，称沈德潜是"非常之人然后有非常之遇"，这"非常之遇"果然不同一般。而沈德潜敦厚宽容的诗品与人品正是他深被乾隆喜爱的原因。"乾隆体"很蹇涩，能作好的人当然不多。可沈德潜个性本来忠厚老成，精神气质上倒也有与"乾隆体"的些许相通之处，再加上他深厚的诗学功底，才使得由他捉刀的御制诗既酷肖"乾隆体"，但又不致过于愚拙，乾隆皇帝当然会满意了。

在沈德潜未出仕的前六十七年中，虽然始终默默无闻，可因为个人遭际的坎坷，种种民生疾苦多于此时见之。而且不必像以后在皇帝身边时那样拘谨，可以自由抒怀，所以一些有价值、有功力的诗多集中在这一时期。《夏日述怀》五律六首就被公认为是沈德潜的代表作。其五云：

　　身世空搔首，茫茫总不堪。

多金高甲第，无食贱丁男。

救弊须良策，哀时敢戏谈。

传闻鸿雁羽，肃肃去淮南。

此诗意味隽永，颇有唐诗风韵。据说他还曾有一幅自题门帖为：

渔艇到门春涨满

书堂归路晚山晴

从这副楹联来看，沈德潜大半生的淡泊生涯也并非牢骚满腹、郁郁不乐，倒很有自得其乐的悠闲了。

沈德潜生时的荣耀显赫全是仰赖乾隆的垂青，可在他死后，乾隆又一怒之下夺回赐他的官衔与谥号，拉倒墓碑，开棺斫尸，落得个身败名裂的结局。这真可谓荣辱俱系于一人。沈德潜不工心机，以诚实的性格而深得乾隆喜爱，可最终却又因此得罪了乾隆。在他八十八岁那一年，沈德潜上京呈给乾隆皇帝他新编的《国朝诗别裁》（即《清诗别裁》），还想请乾隆为之作序。但他却没有料到他把钱谦益的诗列在全书之首，竟会让乾隆大发脾气。钱谦益是"贰臣"，聪明人都知评价他时得多加小心，沈德潜却独不知这个道理。乾隆命人撤去集中钱谦益的诗，销毁了原版，并且斥责沈德潜"老而耄荒"，这可能还是沈德潜第一次亲身经历乾隆的喜怒无常。

乾隆四十三年（1778年），沈德潜去世已有九年。江南举人徐述夔所著《一柱楼诗集》被告发。因集中有"明朝期振翮，一举去清都"的诗句，寓有复明灭清之意，于是酿成一段文字狱案。徐述夔被锉碎尸体，枭首示众，子孙也都被处死。沈德潜因为有一篇为徐所作传记录于集内，自然脱不了干系。他在传中称赞徐品行文章皆可法，乾隆得知后骂他是"昧良负恩"、"卑污无耻"，正因为此事沈德潜才在死后受到了严酷的追惩。

不过据《清朝野史大观》，沈德潜得罪乾隆的真实原因还不在上面说的两件事，而是因为他在诗集《归愚诗钞》中把以往替乾隆写的捉刀诗全都收录了进去，丝毫也不加避讳。乾隆明知这是揭自己的短，却又不好发作，必然怀恨在心。沈德潜还有一首《咏黑牡丹》，其中一句为："夺朱非正色，杂种也称王。"乾隆有汉族血统，对满汉之间的界限本来就敏感，当然怀疑这首诗又是在骂他。所以他最终找了个理由，对沈德潜以戮其尸来泄恨。沈德潜当年归家前，在为乾隆整理书稿时，乾隆还曾亲密地说："朕与之以诗始，亦以诗终。"后来的事竟真被这句话言中，只不过这终究是个悲剧性的终结。

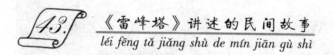

43. 《雷峰塔》讲述的民间故事
léi fēng tǎ jiǎng shù de mín jiān gù shì

《雷峰塔》说的是民间流传已久的白娘子和许宣的故事。白娘子是蛇精，许宣是佛前持钵童子，二人在凡间堕入情海，颠沛波折而情缘不断。禅师法海佛力广大，拆散二人，将白蛇镇于雷峰塔下。所以世人多怪法海多事，坏人夫妻美满生活。

据考证，历史上确有法海其人，而且是一个德高望重的名僧。法海原名裴头陀，法名法海，是唐朝大臣裴休之子。法海在镇江金山修炼，刚到时环境很恶劣，庙宇皆毁坏，他只有居于山洞之中。现在到金山，还可见"法海洞"，就是法海的最初居所。法海每日垦荒披荆，决心靠自己的力量修复寺院，吃了很多苦也无退缩之意。一天，法海在江边竟挖得黄金数镒，他不动贪财之心，把黄金如数送交官府。当朝皇帝得知，就把黄金赐给法海作修庙的费用，并敕名"金山寺"。法海佛学造诣很深，是一代高僧，后人还称法海为"开山裴祖"。

白娘子本是妖怪，在故事的流传中慢慢被赋予了人的性情。这就使白娘子的形象人妖混杂，也使人们对《雷峰塔》传奇的主旨的把握变得困难起来。

许宣和白娘子的聚散好合反反复复，从而使全剧跌宕生姿。因为一开始已经知道了不久将由法海来点破二人间的迷津，但观众偏又料不到法海将在什么时候出现，所以很能吊住大家的胃口，使观众专注地看着许宣和

杭州西湖的雷峰塔

白娘子关系的一次次危机和化解。在法海出现之前，许、白两人之间共有过四次冲突，正是在冲突中，情节被推动发展，同时这些冲突也为法海的出现暗中做好了铺垫。

从第七出"订盟"到第十一出"远访"，是许宣和白娘子刚刚"舟遇"互相爱慕之后的第一次感情风波，而且直接威胁到白娘子的真实身份。为帮助许宣请媒婆说亲，白娘子将从官府偷来的银子取出两锭送给他。许宣姐夫在官府任职，得知此事后，认定白娘子和青青是偷官银的罪魁祸首。许宣为避祸逃往苏州投奔姐夫的好友王敬溪，不久又收到姐夫的信告知白娘子和青青是两个妖怪。可白蛇和青青随后就追到苏州，一番巧言诡辩弄得许宣难分真伪，二人终于和好。这第一个矛盾使得观众在此剧的一开始就强烈地感到人妖间距离的存在，同时也使人能够预感到：这种人妖之恋的前程必将还会有不尽的坎坷与痛苦。

第二次是非是由许宣到神仙庙上香引起的。主持魏飞霞看出许宣眉间有黑气，许宣于是说出缘由并请求魏飞霞降妖。但白娘子在家中已掐指算出了事情的发展。等许宣回到家里，白娘子就和青青一起审许宣、逐道士，颇是闹腾了一场。许宣又经过一番由惊恐到为难的波折，最终还是相信了白娘子。白娘子却因为道士险些坏了她和许宣的恩爱生活而恼恨难平。

眼看端午到来，按习俗，家家当饮雄黄酒。雄黄酒有驱虫解五毒之功效。蛇既是五毒之一，蛇精变成的白娘子当然也对之唯恐避之不及。怎奈许宣再三劝酒，白娘子推将不过，也是因为她对许宣的爱意深厚，竟冒险饮下雄黄酒。不料这一杯酒酿成大祸，白蛇显了原形，许宣一见即被吓死过去。为了救许宣，白娘子冒不测之险，远赴嵩山求药，经过一番苦斗和乞求，终于要得灵草，救活了许宣。"其对许宣之忠贞，可谓生死以之。"（《中国十大古典悲剧集》评）许宣还魂后已不记得曾发生的那一幕，这对于白蛇无疑是一件值得庆幸的事。这是许、白二人的第三次矛盾，着实惊动不小。

第四次波折祸起于白娘子。原来白娘子手下小妖偷得吴县萧太师府中一幅"八宝明珠巾"，许宣不知来由戴着它去虎邱赏桂花，被巡捕抓获。幸亏总捕李老爷曾经手官府库银被盗一案，知道白蛇的来历，就把许宣送到镇江去了。许宣虽没受牢狱之苦，然而亲历与妖怪同居数月，又险遭飞祸的奇事，一朝大梦方觉，心灵承受的震动当然是很大的。所以他才唱道："这萧墙祸奇，一朝三褫，不逢明镜妖难避。"白娘子痴心不改，又引出了第二十一出"再访"。她一见许宣，脱口而出就是："官人，你吃了苦了！"可见她对许宣的深情。许宣却惧道："这冤孽为甚的时时紧从？"最后是白娘子不惜以投江相逼，才使破裂的姻缘又得以聚合。

回顾一年来，许宣和白娘子真是一波未平一波又起，两人都受了不少折磨。许宣为避妖妻，终日辗转迁移，心境在恐慌与信任间来回动荡；白娘子则是爱得极苦的，她必须时时注意掩藏自己的真实身份，一旦露了馅就得百般周旋，甚至要冒生命危险来挽回一时的疏忽。在第十三出"夜话"里，白娘子的一段唱词可看做是她的内心独白：

〔下山虎〕暗思掷果，好事多磨，行藏每怕人瞧破。纵欣女萝，

　得附乔松，尚愁折挫。慢道恩情忒煞多，猛然念故我，似孤子闲

涧过。一自因缘合，叶辞故柯，未识将来事则那。

其时正是新婚不久，只因许宣不在身边，白娘子才得以在月下向青青讲述内心隐忧。本是前途未卜，可退一步又不甘心，遥想当年山中修道时了无挂碍的自由时光，白娘子不由得黯然神伤。青青问她为何峨眉山中修炼得好好的，却"忽动红尘之念"？她竟也被问住了，只是说："欲罢不能，教我也没奈何了。"被情欲所困，想挣脱又不能，这正是白娘子心中最苦的感受。

待到法海出现，便是到了许宣和白娘子的缘尽之时。许宣皈依佛法，愿把旧情抛却；白娘子却执著更深，拼死与法海一战，逃跑后断桥遇许宣爱恨交加，更是历尽折磨。等她生下孩子后，法海又来，终于把她镇在雷峰塔下。许宣本已饱经情欲的纠缠，白娘子的被收服更使他看到了世间种种的虚幻易逝，悟道："恩怨相寻，一场幻梦，我于今省悟了也。"白蛇在塔下情感经历由恨到悔的转变，苦头就吃得更大了。二十多年过后，法海又奉佛旨来到雷峰塔下，放出白蛇，许宣升往忉利天宫，从而使全剧有了个皆大欢喜的结局。

最后一出戏《佛圆》一抛前面的人间恩怨之情，满目皆是清静祥和欢喜之境。

(外)少年一段风流事，只有佳人独自知。你两人的情事，都放下不用说了。(生、旦微笑介)禅师，放下个甚么？

[胜如花] (外)真堪唭，实可怜，没事寻丝做茧。……(合)猛回头笑煞从前，猛回头笑煞从前。

可见这时许宣、白蛇、青蛇再相聚，均已非昔日之"我"，全如洗心革面一般了。这一出与此剧开头处佛在天上付钵给法海的情节前后照应，具有光明美好的气势。而它又是和全剧主体许、白情事有机相合、不可分割的。如惑于世情、执迷不悟就必然为物所累；跳脱情丝纠缠、悟得空幻之理，方得真性解脱，这一生命真谛的参悟正是《雷峰塔》字句后面隐藏的灵机妙旨。若依今人局限于人间世的狭小视野立论，将此剧首尾置之不问，则终难自圆其说。其实全剧的尾声一段就把《雷峰塔》的主题说得再明白不过了：

> 叹世人尽被情牵挽，酿多少纷纷恩怨，何不向西湖试看那塔势凌空夕照边。

然而故事在民间流传的时间长了，慢慢地也就发生了变化。人们不满足于它只是个高僧捉妖精的故事，他们想借蛇妖的放肆和妄为来抒发对人间率真执著的爱情的歌颂，当然这也和那个时代三纲五常过于桎梏人性有关。于是白蛇精越来越有人情味了，它聪明能干，也不无缘无故害人，对许宣也是百般爱护、坚贞不移，成了世俗所谓"贤妻良母"式的人物。乾隆年间著名伶人陈嘉言父女二人改编的《雷峰塔》传奇中，白娘子的形象已基本定型了。民间很欢迎这样的"白蛇传"，以至这一题材"盛行吴越，直达燕赵"。

今天所见的《雷峰塔》传奇定稿是在乾隆三十六年（1771 年）由方成培完成的。方成培，字仰松，号岫云。他在《雷峰塔》的自叙中说明了自己再写此剧的目的：他认为陈嘉言父女的"梨园抄本""辞鄙调讹"，难登大雅之堂，于是"遣词命意，颇极经营，务使有裨世道，以归于雅正。"经过方的修改，《雷峰塔》确实在结构形式上益发完备、庄正，因而流传得更广了。人们尤其喜欢其中"盗草"、"水斗"、"断桥"等几出重头戏，这些段落在许多地方剧种中至今还上演不衰。

通过"雷峰塔"故事的一系列复杂的演变过程，可知最终定稿的方本《雷峰塔》其实已经具备了双重的价值观。一个是通过如来佛命法海指点迷津，使许宣与白娘子终于得归仙境圣土，来劝诫世人万事皆有因缘，不必过分痴迷；另一个是由白娘子对许宣的一往情深，表达了一种人间至情。白娘子是人间"情"痴的代表，法海则是超离红尘悟"空"见性的象征。所以法海在《雷峰塔》中绝不该被误会成是什么丑恶势力的化身。

在此剧的一开始，首先介绍的不是白娘子或许宣，而是庄严美妙的佛净土和法力无边的释迦牟尼佛。法海奉佛旨来拜，释迦佛为其点透许宣与白蛇的因缘，命其在两人缘尽时收服白蛇，指引许宣脱离苦海。此处绝非赘笔，而恰是全剧精神的关键所在。它使人们知道，原来在白蛇与许宣的人间故事开始之前，确实已有超脱凡尘的觉者洞悉了一切前后因果。

《水斗》一出法海和白娘子直接交锋，可视做是全剧的最高潮。白蛇不顾一切、软硬俱施，定要讨回许宣。法海却并不气恼，也不主动出手，颇有佛门弟子的虚静广阔胸怀，不仅如此，他甚至还劝白蛇道：

〔南滴滴金〕劝伊行不必心焦躁，似春蚕空吐情丝白缠扰。夫
妻恩爱虽非小，你丈夫呵，悟邪魔在山中藏躲着。你便是钟情年
少，何须恁般殷勤来细讨。掘树寻根，枉想在这遭。

由此可见，方成培虽真情看待白娘子，但也绝无贬低法海之意。到此剧结局处许宣与白蛇各自归天而去就更是法海之功了。

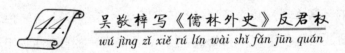

44. 吴敬梓写《儒林外史》反君权

wú jìng zǐ xiě rú lín wài shǐ fǎn jūn quán

吴敬梓（1701—1754 年）乃旧时代一特别人物，雍正七年（1729 年）夏天，他去滁州应科考，考试前后与友人闲聚小酌，出言略有"出格"之处，险些被黜落，理由即为"文章大好而人大怪"。"文章大好而人大怪"是对吴敬梓其人颇精到的概括。然这所谓"人大怪"也绝非一日而就。

吴敬梓的《儒林外史》旨在抨击封建社会对人性的摧残，对"八股取士"进行了根本的否定，可他毕竟身处科举制度盛行的时代，况且世代望族、自其曾祖起科第不绝，又自幼接受封建正统教育，故一度执意赴试。

雍正元年，其父病中命敬梓前去应试，敬梓匆匆赶往滁州，由于父亲病危，未待完卷即赶回南京。待他考取秀才的消息传来，其父却与世长辞，那一年吴敬梓二十二岁。考取秀才是他一生中最高的功名，然父亲去世，及不久后嗣父的病逝对他打击很大。亲眼目睹族人瓜分、侵夺财产的

争斗，又使他感到人情的凉薄，一并看清了封建家族伦常道德的虚伪。于是肆意挥霍财产，涉足花柳风月之地，又一向乐善好施，很快"千金散尽"，随即变卖祖传的田地、房产。其间又屡次参加乡试而不能中举，如此更受

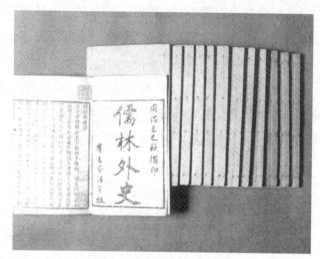

清同治年间《儒林外史》刻本书影

乡人歧视，以至有"乡里传为子弟戒"之说。

开篇提到雍正七年吴敬梓应试由于"大怪"而险些被黜落，只是当时学使宽容，破格入取，但终又在当年乡试中在劫难逃，再度铩羽而归。这次落第结束了他的"赶考生涯"，开始了人生的一次重要转折。而且科举的失败也引发了他"秦淮十里，欲买数椽常寄此"的念头。雍正十一年，吴敬梓携家眷背井离乡，定居南京，把宅邸落在秦淮水亭，附近六朝遗迹斑斓点缀。敬梓素来熟稔六朝文史，推崇魏晋名士，此际更是如鱼得水。由此日渐进入南京文人圈子，广交文酒之士，吟酒作诗，凭吊古人，豪放洒脱。

在《儒林外史》第三十四回中借高先生之口对杜少卿的评说，吴敬梓生动地描绘了自己独到的面貌：

> 他这儿子就更胡说，混穿混吃，和尚道士、工匠花子，都拉着相与，却不肯相与一个正经人。不到十年内，把六七万银子弄得精光。天长县站不住，搬在南京城里，日日携着乃眷上酒馆吃酒……

在吴敬梓此时眼中，这番世道即所谓"正经人"的自然人心已被功名富贵和虚伪道德所吞噬，倒是"和尚道士、工匠花子"生活得具有盈盈太初本色。

虽说吴敬梓在南京生活得超逸无羁，可是绝不阔绰，直至修葺先贤祠，他不惜"售所居屋以成之"（《儒林外史跋》），此后愈发窘迫，以卖文和朋友接济勉强度日。好友程晋芳在《文木先生传》中有这样的记叙："冬日苦寒，无御寒之具，敬梓乃邀同好乘月出城南门，绕城堞行十里，……逮明，入水西门，各大笑散去，夜夜如是，谓之'暖足'。"

作为时代"怪人"，吴敬梓的辞世也可谓不拘一格。乾隆十九年（1754年）十月一天在扬州，吴敬梓莫名地倾囊买来酒茶，与朋友宴欢，席间醉意阑珊，反复吟诵张祜的诗句："十里长街市井连，月明桥上看神仙。人生只合扬州死，禅智山光好墓田。"在座人都有几分诧异。几天以后敬梓猝然病逝。检点其遗物，除了典当衣服的钱还剩少许，已经一无所有。程晋芳事后所作《哭吴敬梓》中写道："涂殡匆匆谁料理，可怜犹剩典衣钱。"

吴敬梓一生著述颇丰，而真正的传世之作却是为当时正统文人所鄙薄的《儒林外史》。南迁后，进入不惑之年的吴敬梓以科举制度的失败者与批判者的双重身份开始了《儒林外史》的创作。经过十四五年的写作、修改、补充，约在乾隆十三年（1748年）到十五年成稿。这部《外史》当时并不为人所理解重视，连好友程晋芳也未能成为知音，他有诗云："外史纪儒林，刻画何工妍。吾为斯人悲，竟以稗说传。"《儒林外史》开宗明义第一回，吴敬梓为我们重塑了元朝末年的诗人和画家王冕，具有历史的预言意味，王冕其人即成为笼罩全书的理想人物。王冕有才能学问，"天文地理、经史上的学问无一不贯通"，又有主张"以仁义服人"，是为真儒；而他偏又不肯出来做官，为躲避朝廷征召，连夜逃往会稽山，直至悄然辞世。而且，吴敬梓又有意隐却史实中王冕屡试科举不中的经历，使其超越于科举制度之外，特写其少年时"牧童画荷"的图景，更使他有如一枝凌波高举的荷花，清新高逸，具有魏晋名士之风范。

寄托着吴敬梓的人文理想的真儒名贤即由此开篇，挥洒开去，演义了一批理想人物，他们名教精神与六朝风流兼而有之、融会互济，使其倜傥风流之超凡境界绵延至千古。

然而，《儒林外史》却以其反君权的不群视角与深刻的文化内涵流传于世。吴敬梓对中国科举制度的百年反思直至今日仍别有一番意蕴。

讲到《儒林外史》的文化思考，其锋芒自是指向科举制度。而事实上这种批判意识在明末清初的一些小说中已初显端倪。蒲松龄的《聊斋志异》中专写儒生的篇章中，对科举制度流露不满；清前期《女开科传》、

《儒林外史》作者吴敬梓画像。生活上的困苦并未消磨他的意志和创作的才华，一部《儒林外史》使他成为清代著名小说家之一。

《终须梦》等凡笔涉儒生，也都贬抑科举；至于话本小说中反映儒林生活者颇多，其间关于科场的黑暗、八股取士的弊端也都有所反映。然这种批判意识往往只是星散其间，直至《儒林外史》方具洋洋大观。而且吴敬梓又不拘泥于一味地揭露，而是在警醒的反思中，探寻儒林中人的人生佳境，通过笔下理想人物寄托憧憬。《儒林外史》反君权也区别于以往的造反，而是以对世俗富贵功名的不以为然给君权统治以绝妙的一击。

何以谓之"外史"，"儒而不儒"遂为"外史"，题目即已点破儒生发

生了质变。科举制度使数代文人不顾"文行出处",症结之一即儒林中的精神荒芜。

讲到无知无识之士,行文中可谓俯首即是。家喻户晓的中了举的范进,做了山东学道,却不知苏轼何许人也,以至闹出"不见苏轼来考,想是临场规避"的笑话。匡超人,在秀才岁考中取了一等第一,肆意吹嘘北方五省读书人都礼拜"先儒匡子之神位",当场被人嘲笑,告之"先儒乃已经去世之儒者"。作者在此设下绝妙一笔,除笑其无知,也叹其虽生犹死,说是"先儒"倒有几分精辟。再有进士出身的汤知县与举人出身的张静斋,二人煞有介事地争执本朝开国元勋刘基在洪武三年开科取士时是第三还是第五,并张冠李戴地把宋代赵普的故事安在刘基身上,说刘基由于受了贿赂而贬为青田县知县赐死。刘基其实分明是元朝至元年间的进士,他们却说是明朝洪武三年的进士,况且刘基不仅是辅佐朱元璋平定天下,被朱元璋称为"吾子房也"的勋臣,而且是明代科举制度的制定者。偏这些科举制度的热衷者却连其"祖师爷"也不甚了了,倒以莫须有的奇谈怪论贬损其人格,而同席的进士、举人却又都信以为真,这其间的反讽意味令人叹为观止。

与精神荒芜不无联系而又足可另辟一说的即是这般伪儒之行为的无聊。在此亦可重提范进,范进侥幸中举后,其母因"受宠若惊"而一命呜呼。范进却得以巧借安葬老母的题目,跑到汤知县那儿打秋风。在汤知县设的酒宴上,作者有这样一段精彩描写:

> 范进退前缩后的不举杯箸,知县不解其故。静斋笑道:"世先生因遵制,想是不用这个杯箸。"知县忙叫换去,换了一个磁杯,一双象箸来,范进又不肯举。静斋道:"这个箸也不用。"随即换了一双白颜色竹子的来,方才罢了。知县疑惑他居丧如此尽礼,倘或不用荤酒,却是不曾备办。落后看见他在燕窝碗里拣了一个大虾元子送在嘴里,方才放心……

范进佯装恪守孝礼,可惜这份假戏却终在大虾元子的诱惑下难于真做。

如果说范进不过是一份"假惺惺"，却也与人无碍，《外史》中道德败坏、招摇过市者也不乏其人。匡超人在此又是典型一例。匡二本也算个忠厚拙朴的后生，听了马二先生劝导，热衷举业，"有幸"受知县李本瑛赏识，成了秀才，继而从那些狗屁不通的"名士"那儿修得吹牛唬人的能势，于衙门吏役那又学会投机冒险、损人利己的伎俩。待其恩师李本瑛升做京官，遂把他提拔入京，他隐瞒了自己有妻室的事实，把结发妻子逼回乡下，以至其不久吐血夭亡，他自己却堂而皇之地做了李本瑛的外甥女婿。

《儒林外史》中刻画了一批这样的"斗方名士"，所谓"名士"，无过是些投机取巧，招摇撞骗的食客。他们形形色色，各具丑态，胡诌几句诗文，混作雅人，骗些银两。正如牛浦郎所言：

> 这相国、督学、太史、通政以及太守、司马、明府，都是而今的现任老爷的称呼，可见只要会做两句诗并不要进学、中举，就可以同这些老爷们往来，何等荣耀。

就恰是这牛浦郎把假名士的无耻行径揭露得出神入化。他出场时即以"我们经纪人家，那里还想什么应考上进！只是念两句诗破破俗罢了"这一席话讨得本也不俗的老和尚的欢心。而后即窃走老和尚诗稿，刻上自己的名字。在郭铁手、知县董瑛对其身份将信将疑时，他却不乱方寸，泰然自若地把个名士身份扮演得惟妙惟肖。而在写牛浦郎的章回里，意蕴无穷的又当数牛浦郎与盐商万雪斋的清客牛玉圃邂逅之后的一系列事件。"二牛"在安东路偶遇，老牛（即牛玉圃）亦吹牛行骗的假名士，当时还苦于无好帮手，小牛（即牛浦郎）又恰身陷困境，见其"如此体面"，便认老牛为叔祖，"二牛"一拍即合。但很快小牛从多般蛛丝马迹看破老牛的虚张声势，却并不戳穿，反暗自随其学得更多的行骗手段。直至无意间确凿得知老牛的东家万雪斋自小是万有旗程家的书童，又知程家与万雪斋家有宿怨，心下暗自作了文章。回去学着老牛说谎，迎合老牛口味骗得他高

兴，实则暗自设下陷阱。老牛果然上当，害得被万雪斋家辞退。

"二牛"两个假名士相映成趣，把个"请君入瓮法"由小牛操作，愈发使人掩卷后仍忍俊不禁，而后又悉知作者讽刺之辛辣。

假名士中又另有聚集在娄相府公子娄三、娄四周围的湖州莺脰湖名士，杭州西湖名士景兰江、赵雪斋、浦墨卿之流。他们或是招摇豪横，或是自赏风雅，但却难免最终"一个个出乖露丑"。

"伪儒群丑图"中，有一人物马二先生或该细说。很多人将其列入"丑儒"，认为他沉迷于八股，自害而又害人。此说法自然不能说全无道理。比如"马二游西湖——全无会心"这几乎成了流行的歇后语，以此证明他迂执酸腐；又因他蛊惑年轻天真的匡超人走八股道路，冠之以"害人"。然这些罪状却又有待考究，且不说马纯上的原型是马粹上，此人"诗文有奇才，胆略过人"（《滁州志》），那所谓教唆后生的罪名也有失偏颇，其实马二无非是把社会事实、把自己半生辛酸为代价得来的经验客观地陈述给匡二，绝非有意害人，倒是有几分萍水相逢、真心相助的仗义。而且对初识的蘧公孙，他也倾囊为其销赃弥祸，即便是骗过他的洪神仙，他也仍为其捐资送殡，这都颇有几分"侠魄"的味道。

至于马二游西湖，对于眼下"天下第一真山真水的景致"，他却全无对美的感受能力，只茫然一路大嚼去，为着"颇可以添文思"，这或可谓之"伪儒丑态"中一道"风景"，而这一"丑态"恰映出了一代文人的悲哀。马二先生本性中几乎没有"丑"或"恶"的成分，却是"侠魄"成为其性情中重要因素。而当他把这一"侠魄"投入八股举业，却使其生命的价值取向及对美的感受都一并八股化了。当他的语言限定于《中庸》这等"圣贤书"中，思想即已僵死，面对西湖也自无了生动的情趣。

不惜笔墨为马二辩护，因为以马二作窥视点可以见吴敬梓绘制"群丑图"之真意所在。毋庸赘言，《儒林外史》旨在抨击科举制度，而非揭露人性中的丑恶。作者在刻画这些伪儒名士时，其实也是以其公允的态度，"憎而知其善"，把握尺度，以不同的程度、方式进行讽刺，人物并非可一并归入"反面角色"，只是从不同的角度、不同的层面上反映了读书人在当时普遍存在的精神上的空寂无聊，反笔入手，写出在科举制度与官本位的社会里社会文化的萎靡，哀叹一代文人的世纪悲凉。

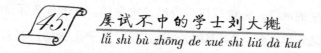

45. 屡试不中的学士刘大櫆
lǚ shì bù zhōng de xué shì liú dà kuí

在桐城"三祖"之中，刘大櫆上承方苞，下启姚鼐，是一个对桐城派以及整个清代古文产生重大影响的人物。

刘大櫆（1697—1780 年），字才甫，一字耕南，号海峰，安徽桐城人。他出身于一个以教书为业的家庭，从小就喜欢读书，会写文章。雍正四年（1726 年），二十九岁的刘大櫆出游京师。他本是去考功名，没想到还没等参加考试就以文章出众而轰动了京城。侍郎李绂看了他的文章不禁惊叹："五百年无此作者，欧苏以来一人而已！"竟然把刘大櫆和散文大家欧阳修、苏轼并列，推为五百年来散文之冠。

刘大櫆的同乡方苞以古文而负盛名，当时也在京城，刘大櫆于是拿着自己的文章去请方苞鉴评。方苞才大眼高，一般人送的文章他极少褒扬，可是看了刘大櫆送上的文稿，他却激动不已地夸道："如苞何足算哉，邑子刘生乃国士耳！"这一下，刘大櫆的文名就更响了，他在文坛的领袖地位从此也逐渐确立起来。他的学生姚鼐，是桐城派的一个中坚人物，在《刘海峰先生八十寿序》中记述："曩者鼐在京师，歙程吏部、历城周编修语曰：'……昔有方侍郎，今有刘先生，天下文章，其出于桐城乎？'"而桐城派的名称也就由此产生了。

可惜刘大櫆的科考却极不顺利。雍正七年、十年，他连续两次参加顺天乡试，却只中了个副榜贡生，并没有中举人。乾隆元年（1736 年），朝廷举行博学鸿词科考试，专为网罗未中科举的才学之士。在方苞的推荐下，刘大櫆去参加了这次考试。考官鄂尔泰本来选上了他，后来又被大学士张廷玉黜落。有人说这是张廷玉妒忌其才，故意为之，但据正史记载，当张廷玉得知是刘大櫆后也深为惋惜，只是已经迟了。乾隆十五年，清廷

又举行经学特科，张廷玉推荐刘大櫆去考试，结果又落选。这时刘大櫆已五十四岁了。

这期间，刘大櫆一直以做门客为生。他虽以文章闻名于京师，却终究没有取得与名声相称的地位，失意与伤心当然是难免的。此间他写了许多诗，以排遣胸中抑郁不平之气。《羁客叹》中写道："客子无人惜，衣衫常垢污。瓠瓜无人食，终日系门闾。"诗中的系于门闾的瓠瓜正是比喻自己怀才不遇的处境。越是这样，刘大櫆便越是看重自己的名节。他的弟弟在权臣纳兰明珠家做教书先生，刘大櫆因反感明珠的傲气，所以甘愿避居在朱瀹瀚都统家中。虽居室破壁颓垣，他却知足而乐。

既然登堂不能，又不肯长期过寄人篱下的生活，刘大櫆对于京师便也再无什么留恋。回到家乡后，他闭门不出，"率其颛愚之性，牢键一室，不治它事，惟文史是耽。"不再为功名利禄所累，刘大櫆的学问倒做得更扎实，更深厚，文章也写得更见个性风采了。六十岁之后，刘大櫆被荐充安徽黟县教谕，三年后，辞归。之后，他在歙县主讲问政学院，一时弟子如云。晚年，他继续在家乡枞阳江上讲学授徒。从学者以诗文名世者很多，可见刘大櫆的讲学之举对于"桐城派"队伍的壮大起到了相当的作用。

姚鼐就是刘大櫆晚年最得意的门生之一。姚鼐的伯父姚范，也是当时的文章大家。刘大櫆与姚范的关系很好，所以姚鼐少时即师从刘大櫆学文法，他对老师极为崇敬，不仅常去探望请益，还多有推崇溢美之辞。不过后人看来，姚鼐的文章比起乃师来则更显厚重，因此多有青蓝冰水之喻。

方苞、刘大櫆、姚鼐之间可谓代有承继，但实际上他们的文风和创作主张都存在着较大的差异。就方、刘二人而言，"苞择取义理于经，所得于文者义法；大櫆并古人神气音节得之，兼集《庄》、《骚》、《左》、《史》、韩、柳、欧、苏之长，其气肆，其才雄。"（《清史列传·刘大櫆》）方苞论文确以经学义理为宗，行文平正，纹理清畅，偏重说理。刘大櫆则一面继承了方苞的"义法说"，一面又力图突破道学重围，去探索属于写作活动自身的审美规律。

名学者与古文大家全祖望
míng xué zhě yǔ gǔ wén dà jiā quán zǔ wàng

全祖望（1705—1755 年），字绍衣，号谢山，又号双韭岷，浙江鄞县人，是清代著名的史学家、文学家。少赋异秉，四岁即能粗解《四书》、《五经》，酷爱读书，有过目不忘之才。十四岁中秀才后，从乡里的名士董次欧先生学习。少年全祖望这时就已显出大家的风度，他并不一味从师说，相反常有与老师意见不同之处，他往往为一个问题与老师争论很久，有时连董次欧也不得不叹服。十六岁到杭州应乡试时，全祖望的古文功底扎实，简洁精辟。查慎行作为考官，读了之后竟夸他是北宋著名史学家刘敞一类的人物。

二十几岁的全祖望名声已传遍浙东。雍正八年（1730年），他因被充选贡得以入京。古文大家方苞正于京中任侍郎，全祖望上书向方苞请教论礼。方苞本来为人方严，学问又大，一般人的文章他大都视为平常之作。但全祖望的这篇《论丧礼或问》文辞通畅，论证谨严，学识也甚是渊博，方苞读后也禁不住连连惊叹了。有了这位古文学派泰斗的首肯和推扬，全祖望的声名顿时轰动了京城。

全祖望画像

二十八岁，全祖望参加顺天乡试，考中举人。侍郎李绂读了他的试卷，极为钦服，叹道："此深宁、东发后一人也。"深宁即王应麟，东发即黄震，均是南宋著名学者。李绂由于对全祖望的敬佩而和他结成了忘年交。他把全祖望接到自己家中，两人每日谈经论史，友谊也日渐增进。但当时的权臣张廷玉素来与李绂不和，这也终于牵累到了全祖望，他的仕宦之途因此被阻遏了。在乾隆元年（1736年），全祖望考中了进士，选为翰林院庶吉士。稍后，朝廷举博学鸿词科，全祖望本已被推举参加考试，结果却未被准许。张廷玉曾数次邀请全祖望一见，都被全祖望推却。张廷玉当然怀恨在心，第二年翰林院散馆，全祖望并没有被安排到适合的职位上去，而是被定为末等，以知县候用。全祖望对此非常气愤，他主动辞官回到家乡，从此再不出来做官。后来李绂等很多人都曾力劝全祖望出山，并为其创造条件，全祖望都正言辞绝。人都说全祖望"负气忤俗"，由此可见。

其实全祖望似乎命中注定就该是个成就学问的人。他率性耿直，厌弃权术，每天只愿读史谈经，宦海中的风云变幻对他来说是不适合的。他入京时，卢沟桥上的税官对他随身带的四个大箱子感到奇怪。打开一看，里面装得满满的都是经史子集，弄得这个税官很是不解："我长到这么老，还从未见过这样的书呆子呢。"全祖望寄住在他的一个做医生的叔叔家，书可充栋。人来拜访他，甚至找不到个容膝之处。他在家乡时，曾多次去著名的宁波范氏藏书楼"天一阁"去读书、抄书，增长了很多的学识。做庶吉士时，他与李绂相约每天每人读二十卷《永乐大典》，并雇人对所读内容分五类抄写：一经、二史、三志乘、四氏族、五艺文。无论在家为民还是出门做官，全祖望总是把他的学问放在首位。对书的喜爱达到如此痴狂的程度，怎么能不成为一个"其学渊博无涯涘，于书靡不贯穿"的大学者呢？

南归后，全祖望开始全力地著书立说，尽管身体多病，仍笔耕不辍。全祖望成就最大的还是史学。明末清初黄宗羲著有《明儒学案》，晚年又编《宋元学案》。只因寿数有限，只完成了十七卷便告别人世而去。全祖望立志修补《宋元学案》，从乾隆十一年（1746年）到他去世前，历时十年，终于完成了一部一百卷本的《宋元学案》，这部书史料丰富准确，态度客观慎重，在史学研究上具有极高价值。同乡李邺嗣辑《甬上耆旧诗》，全祖望继承此体裁，编《续甬上耆旧诗》，并附有作诗者的小传，是研究宁波地方史的重要文献。全祖望晚年授徒，曾在绍兴蕺山书院、肇庆端溪书院讲学，弟子众多，他的著名的《经史问答》就是他回答弟子经史问题的辑录。除此之外，他的著作还有作品集《鲒埼亭集》九十八卷等共约三十余部书，可惜有部分已经佚失。

全祖望像《天一阁碑日记》（局部）

清兵南下时，全祖望的祖辈们曾避居深山以反对清朝的统治。全祖望受家庭的影响，对那些有气节的人非常敬重，对那些关键时刻丢失操守的人非常鄙视。十四岁时，他就曾把乡贤祠中供着的献城投降的变节者的牌位丢入池中。所以在全祖望治史时，明清换代时期江浙一带的巨大变故和人们在武力面前呈现出的或屈服或坚强的态度，就成了他始终关注的重点问题。他竭尽全力去搜求那时的遗文轶事，他的弟子蒋学镛曾记："先生念自明迄今又百余年，不亟为搜访。必尽泯没，乃遍求之里中故家及诸人后嗣。"如果有的人不愿出示那些材料，全祖望就长跪以请。有很多散失的零星材料，全祖望也要从"织筐尘壁之间"搜得。经他这样忘我的努力，晚明清初的历史终于渐渐清晰，并被全祖望整理和保留了下来。

为了弘扬忠义之正气，全祖望用作为史家所特有的翔实和冷静的笔法，为那些有民族气节的人立传或撰写碑铭。他们或是明末、南宋的民族英雄，或是清、元之初的遗民。《鲒埼亭集》中，竟有一半都是这样的篇章，也正是这些文章，体现出了全祖望除了是一个名学者外，在文学上还是一个古文大家。如《阳曲傅先生事略》、《厉樊榭墓志铭》、《梅花岭

记》，都是历史价值与文学价值俱佳的名篇。

乾隆二十年（1755 年），贫病交加的全祖望病逝，终年五十一岁。家人为给他下葬，忍痛变卖了他的万余卷藏书。就其个人来说，全祖望的一生失意居多，然而他却为中国文化作出了巨大的贡献。在清代学术史上，他上承黄宗羲、万斯同，下启章学诚、邵晋涵，是一个非常重要的中坚人物。直到今天，我们还可在他众多的著述中看到他生命的光辉，从而使他短暂的生命有了儒家所说的"立言"之不朽的价值。

47. 似梦非梦的《红楼梦》

shì mèng fēi mèng de hóng lóu mèng

英国人腓利普曾在康雍之际来中国南京经商，此间的种种经历都记录在他的孙子温斯顿所著《龙之帝国》里面。据书中记载，他在南京期间有缘结识了年轻的江宁织造曹𬨎。曹𬨎盛情邀请腓利普为其属下的纺织工场传授先进的编织工艺，两人间的感情至为深厚，曹𬨎常为腓利普"即兴赋诗"，腓利普也为他说些《圣经》中的道理。只是织造府上不免规矩森严，"听众之中却无妇孺"。一次腓利普正在绘声绘色地为曹𬨎讲述莎士比亚戏剧故事，一个怯生生的清秀男孩闻声跑来，躲在门后偷听。谁知听到精彩处，激动的男孩不小心弄出了动静，惊动了严厉的曹𬨎，竟致当场遭到一顿没头没脑的"笞责"。这一极具专制色彩的场景当然给来自欧洲的腓利普留下了难以磨灭的印象。《龙之帝国》中这个可怜而又好奇的男孩就是曹雪芹，后来以八十回《红楼梦》而令芸芸众生长久为之"饮恨吞声"的那个人。

曹雪芹（1715—1764 年），名霑，字芹圃，后取号雪芹，别号梦阮，祖籍河北丰润，明永乐年间迁居辽宁辽阳。祖上曹锡远曾任明朝沈阳中卫的地方官，努尔哈赤攻陷沈阳，曹锡远被俘，成为"包衣"（奴仆），编入满洲正白旗。

人世间总有些奇情是凡夫俗子们无法全部领略的，但却被因缘不凡的人倾尽毕生的心头血、眼中泪去演绎。《红楼梦》所写的是一个痴人的梦境，它是痴人写就的梦，也是写给痴人的梦。记梦的人，梦中所记的人，以及后世中迷于此梦并企图破解梦境的人，他们的品质中有着一个相通的契合点，就是情性的空灵。

清代伟大作家曹雪芹画像。他创作的《红楼梦》是中国古代小说的巅峰之作，已成为千古流传的不朽巨著。

一个封建大家族的盛衰，真是一部苍凉的传奇。从"白玉为堂金作马"到"蛛丝儿结满雕梁"，从钟鸣鼎食到"寒冬噎酸齑，雪夜围破毡"，从"温柔富贵乡、花锦繁华地"到"白茫茫大地真干净"，从"家富人宁"、"生齿日繁、事务日盛"到"家亡人散各奔腾"……清贵的富丽气象中隐伏着衰败的祸根与危机，翠袖红衫的掩映中潜藏着青春和美的幻灭。社会的变迁被真实地浓缩在小小的大观园中，《红楼梦》实际上是一部具有浓重写实风格的作品。但在大观园的竹林流水间，在红楼女儿的眼角眉梢间，却氤氲流动着空灵奇幻的云气。就在最现实的，杀机四伏的生存环境中，一群痴儿女以水晶般美妙透明的纯情经营着一点不食人间烟火的情肠，守望着绝美而无助的青春岁月。一组浸透着宿命气息的梦境交织在这部写实主义巨著中，构筑成现实与超现实的多重空间。

曹雪芹笔下的梦之种种并不是凡俗意义上的迷梦，而恰恰是指点迷津的玄机，最隐伏着宿命与轮回因缘的天机。然而，这些几乎泄露了天机的梦却并未点醒千古梦中的人，唯在红尘大梦幻灭后，此生因缘才有了它注定的结果。梦是一个契机，种种灵透奇幻的梦境构成了一个瑰丽神秘的超

出自清民间画工之手的《大观园》

验世界，在《红楼梦》中散发着永恒凄美幽艳的魅力。

姑苏乡宦甄士隐的朦胧一梦引出了那块来到凡间历幻的通灵宝玉以及发端于西方灵河岸上三生石畔的神瑛、绛珠情缘，亦即远非偷香窃玉、暗约私奔的风月故事可比的木石前盟。离恨天上经由灌愁海水滋润的还泪盟约为宝黛缠绵悱恻的相爱奠定了悲情的基调。甄士隐于偶然间得见那块非凡的鲜明美玉，并窥知不可轻泄于凡人的仙机一二，因果轮回的天机不是凡人之躯所能承载的。天灾人祸接踵而来，本来乐天知命的甄老先生转瞬间一无所有，沦为赤贫，饱尝了世间的炎凉冷暖。跛足道人的一曲《好了歌》点醒了幼秉宿慧的甄士隐，彻悟之下，撒却轻软红尘，径自飘飘而去。

甄士隐的梦牵引出了通灵宝玉的宿命，而通灵主人的沉沉一梦中，又揭示出金陵诸芳的命运伏笔。第五回中，衔玉而诞的贾府少主宝玉神游太虚幻境，警幻仙姑将其引入那"厚地高天，堪叹古今情不尽；痴男怨女，可怜风月债难偿"的孽海情天，意在完宁荣二公灵魄之托，以情欲声色等事警醒"禀性乖张，生情怪谲"的贾宝玉，好使其归于正路，承继祖业。

宝玉生平最喜骨格灵秀的女儿，认为唯有女儿清净纯洁，是造物的宠儿，男子们不过须眉浊物而已。而在太虚幻境中，天下女儿的命运却归于痴情、结怨、朝啼、暮哭、春感、秋悲各司。在薄命司中，宝玉得以见到金陵十二钗的册簿，其中乃是他生平所历诸多女儿的命运玄机。薄命司的匾旁题着一副对联："春恨秋悲皆自惹，花容月貌为谁妍。"于是红颜薄命就成了金陵群芳命定的生命主题。看完册籍，众仙子又为贾宝玉演唱了十二支"怀金悼玉"的《红楼梦》新曲，暗示了繁华终将随云消散，纯情的女儿们终将在短暂的生命春天过后凋零，真挚的爱情不能见容于浊世，必将以悲剧告终。如此几次三番地点拨，然而宝玉生就的痴根情种，反而愈发想要领略一下何谓"古今之情"、"风月之债"，此念一出，便"把些邪魔招入膏肓了"。为彼时视做邪魔者，亦即警幻所云之意淫，亦即两情相悦的闺阁真情，醉于此情者，必将"见弃于世道"，被视为大逆。警幻见其终不能醒悟，遂将其妹"乳名兼美表字可卿者"配与宝玉，可卿"其鲜艳妩媚，有似乎宝钗；风流袅娜，则又如黛玉"，汇聚了人间天上绝伦的美艳与风华。警幻安排宝玉经历了灵肉结合、柔情缱绻的闺阁至境，欲使他明白仙阁幻境亦不过如此，何况尘境之情景，望其猛醒之后能改悟前情，从此留意于孔孟之间，委身于经济之道。然事与愿违，宝玉非但没有迷途知返，反而自此深堕情之迷津。而迷情，却恰恰是宝玉当时心目中的正业。此梦并未曾使宝玉大彻大悟，但却为宝玉历幻之后的大彻大悟种下了契机。

贾氏家族的命运则是由宝玉梦中的主角即兼美者秦可卿在当家人王熙凤的梦中揭示的。秦可卿是《红楼梦》中最难解的一个谜，她的才貌情性堪称是完美女性的化身，是"重孙媳中第一个得意之人"，但她最后却因一场暧昧的情事而成为十二薄命金钗中的最早夭逝者。她在香灵渺渺之际托梦于掌权的少奶奶凤姐，告之即将到来的"烈火烹油、鲜花着锦之盛"只不过是"瞬息的繁华，一时的欢乐"，预言了家族"盛筵必散"、"树倒猢狲散"的后景，并点破了"三春去后诸芳尽，各自须寻各自门"。语言凄婉从容，满篇大气，然而王熙凤此时正如日中天、炙手可热，正醉心于

权力与财富的诱惑，如何能于此际退步抽身。或许唯有到了"哭向金陵事更哀"的终局时分，她才会细细思悟秦可卿的梦中所言。

秦可卿所说的即将到来的"非常喜事"，指的是贾政长女、宝玉胞姐贾元春晋封为贤德妃之事。元妃的晋封无疑加重了贾府政治天平上的筹码，但"大厦将倾"的败运已无可挽回。元春是另一种意义上的悲剧人物，她贵为皇妃，是深为宝钗辈艳羡的榜样，但却并无多少青春的欢乐可言。省亲时她始终是满脸泪痕，并言称皇宫是"见不得人的去处"，心境的凄苦与处境的艰险可想而知。这位为了家族的命运而在深宫之中葬送了青春和欢乐的女子最终也还是被卷入政治斗争的涡流，成为无辜的牺牲品。据考证，元春并非如续书所述，是因圣恩隆重，发福太过，触发痰疾而死，而是死于不测。七十二回中凤姐自言梦见一人，"他说娘娘打发他来要一百匹锦。我问他是哪一位娘娘，他说的又不是咱们家的娘娘。我就不肯给他，他就上来夺。"这个梦正暗示着宫闱之中出现了一个更强有力的竞争者在与元春分宠，并且在此番较量中元春居于弱势。很显然，宫内的斗争象征着宫外的斗争，元春的命运也就是贾府的命运。由第五回中揭示她命运的《恨无常》曲可推知，在不幸夭逝之际，元春"故向爹娘梦里相寻告：儿命已入黄泉，天伦呵，须要退步抽身早！"至此，贾府的大命运在设因之际结果便已注定，而这个果就在环环相扣的梦境中透射出来。零散的梦连缀成一个完整的家族命脉，在现实之外构成另一种超验主义的命运走势。

在共同的家族命运下，个人的命运显然也浸染着宿命的气息。宝黛之间的爱情尤为如此。钗黛二人是大观园群芳领袖，都有可能入主怡红院，成为宝二奶奶，这是局外人眼中的取舍不同所致。而局内人宝玉却从未进行过选择与取舍，人们包括同为局内人的钗黛也时时犯糊涂，难以明了宝玉的真心所在，作者在此亦吝笔如金，极少从旁稍加点拨。但"绣鸳鸯梦兆绛云轩"一回，作者却借宝玉梦呓这一神来之笔陈明了通灵主人的心迹。夏日的午后，宝玉沉沉睡去，冷美人宝钗偶然行来，坐在床边，顺手拾起了袭人未绣完的鸳鸯兜肚，自有一番芬芳幽深的女儿心事。不料才绣得两三个花瓣，不知迷于何梦的宝玉却在睡中喊骂起来："和尚道士的话如何信得？什么是金玉姻缘，我偏说是木石姻缘！"宝玉做了一个外人无由得知的梦，夙缘自此而显，悲者自悲，伤者自伤，怔者自怔，一梦而乾坤定。金玉姻无法逆转，木石盟也万难变迁，所谓悲情，尽在此中。

浮生若梦，而所梦又皆非梦。人在梦中梦着，从梦着的梦坠入醒着的梦，谁知今夕何夕，此身何身，是为《红楼梦》滋味。

宝玉的前身是大荒山无稽崖青埂峰下一块通灵的石头，偶因听人谈论红尘中的富贵温柔，不觉动了羡慕之心，执意要到凡间走一遭，于是幻形为人间的假玉，投身到"假不假，白玉为堂金作马"的金陵贾府，名曰"造历幻缘"。这样看来，红尘中的一切悲欢离合，富贵沧桑，乃至于良辰美景，赏心乐事之种种，又都不过是这块真石被"粉渍脂痕"遮污灵光后在聚散无常的人间所沉醉于其中的一场迷梦罢了。这一场繁华梦最终以一个"春梦随云散，飞花逐水流"的苍凉收笔点醒了千古梦中人，彻悟后的神瑛已不屑为人间的假玉。红尘梦醒，万境归空，他回归到为人身时曾游历过的梦境，亦即灵魂的来处，顽石的真正故乡。人间是他身为幻境灵石之际所神往的梦，而幻境是他幻形假玉寄居人间时的梦。前者是梦中之梦，后者是梦外之梦。在梦中之梦中，梦外之梦是荒唐离奇的梦；在梦外之梦中，梦中之梦是沉沦迷情的梦。但二者又并不可等同混淆。梦中之梦是此岸，梦外之梦才是真正的彼岸。宝玉身为贵公子时，从魂游幻境的梦中醒来，只是梦中的醒，并由此沦入更深的沉迷；唯有人间的迷梦幻散了，他走入曾经以为的梦境里，才能真正的梦醒，才真正完成了由此岸到彼岸的过渡与回归。

醒中有梦，梦中有醒。佛教中的色空观念搭建起一个醒梦相续的结构。

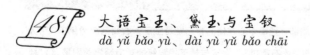

大语宝玉、黛玉与宝钗
dà yǔ bǎo yù、dài yù yǔ bǎo chāi

茫茫世间，总有一些不染尘埃、似真似幻的传奇在红尘中隐隐地流

传。云中的风，海上的雾，令人无限神往而又不胜高处的寒意。一块畸怪之石，自天上堕入凡间，便沦为宝玉，宝玉终将返回仙境中的灵魂故园，重又静默成旷古的顽石，失却尘缘，证得仙缘，是以《红楼梦》又曾名《石头记》。

这畸零之石在芹溪的笔下可大有来历，绝非寻常物事。话说在遥遥不可企及的远古时代，人类的母亲女娲氏尚形单影只地徜徉于天地之间。为了修补天空的伤痕，她觅到一处名曰"大荒山无稽崖"的苍凉的方外所在，在彼处炼成了高十二丈、方二十四丈的巨石三万六千五百零一块。其中三万六千五百块皆才尽其用，得去补天，唯有畸零者未能入选，被弃置青埂峰下。青埂者，情根也，顽石性已通灵，年年月月、世世劫劫独立苍茫，内心充溢着亘古的哀愁，无法消解。忽一日，闻听得途经峰下的僧道二人阔谈红尘中的富贵温柔，不觉私心窃慕，意欲一往，再不能安于无欲无求，心如止水之境。于是苦求两位仙师将其携入红尘。对情的执著一旦

"大观园"画局部。画面中心左侧的物无疑是宝玉，右侧则应为黛玉。"人道是金玉良缘，我却信木石前盟"，宝玉与黛玉、宝钗的爱情婚姻悲剧是《红楼梦》全书的主线。

产生，任何的警语便都如过耳之风。心灵的彻悟，是旁人的经验唤不醒的，非得身历沧桑不可。顽石于是幻形为一块鲜明莹洁的美玉，被赋予了几桩为世人称奇的妙处，随着绛珠还泪的公案得入凡间，历尽了悲欢离合、世态炎凉，终于悟透了仙师当年的劝诫之言。

一念之动，石曾为玉；一梦之醒，玉归为石。石不语，铭刻在石上的便是那一段回首相望却成灰的温柔尘梦。凝眸处，不是胭脂泪痕，不是断肠忆语，而是一首大气苍凉的偈语："无材可去补苍天，枉入红尘若许年。此系身前身后事，倩谁记去作奇传？"

赤瑕宫的神瑛侍者，也凡心初动，欲往下界历幻，投身于显赫一时的豪族神京贾氏荣国府中，即为衔玉而诞的贾宝玉。此玉恰正是那幻形而来的青埂顽石。曾蒙神瑛甘露灌溉之恩的绛珠仙子亦追随到人世间，以泪偿恩，是为木石盟约。究竟何盟何约呢？似已无须明言。在空灵的离恨天外，前缘已定三生。绛珠生为草胎木质，受天地精华，得雨露滋养，食蜜青（觅情）之果，饮灌愁海水，生而为人，便是宝玉眼中那"神仙似的妹妹"林黛玉。

面对至情至性的"草木之人"林黛玉，宝玉依然是那一块畸零之石，以他天然的本性洒脱无碍地为人处世。玉之通灵，所通正是石之天然性灵。宝玉一见黛玉，三生石畔风露清愁的记忆便被朦胧唤起，情不自禁道出似曾相识之感。他胸前所佩的通灵玉，在世人眼中是至珍至贵的宝物，但当木石的性灵清辉一朝相遇，凡俗间的光彩便黯然无光。宝玉的玉在贾府上下被视作命根子，但在他却只不过是"劳什子"，闻听得林妹妹这样的人物也没有玉，这玉越发触动他的忿激。林黛玉没有可以同人间之玉匹配的宝物，但在石灵的眼中，不食人间烟火的天然情性却是他唯一的知己。

在痴人贾宝玉看来，女儿本是集天地间精华灵秀之气而生出的人上之人——"凡山川日月之精秀，只钟于女儿，须眉男子不过是些渣滓浊沫而已。"故在他眼中心上，"女儿是水作的骨肉，男人是泥作的骨肉。我见了女儿，我便清爽；见了男子，便觉浊臭逼人。"甚至"女儿"两个字也是无上尊贵，无上清净，无论如何玷污不得的。

而在整整一部"悲金悼玉"的《红楼梦》中，分别代表着天上人间亦即中国古典女性美两种极致的林黛玉、薛宝钗，自然更是金陵诸女儿之首，大观园群芳之冠。

在作者笔下，钗黛二人俱是花中第一品，但又美得各有千秋，绝不雷同。她们分别象征着入世与出尘两种人格。

在这部自言"大旨谈情"的文字之开端，便用赫赫扬扬的一段笔墨交代了林黛玉的来历——三生石畔的绛珠仙草一株，受天地精华，得雨露滋养，食蜜青之果，饮灌愁海水，早已是通体空灵。待到下世为人，幻历情劫，当然更是尘埃弗染，不食人间烟火。

曹雪芹是细节刻画的神手，但以林黛玉之绝代姿仪、旷世风华，前八十回中却几乎通部没有对她形容衣饰的具体描写。

衣饰的例外只有第八回、第四十九回，一次是为了引出下雪和一大串关联文字，一次是为了衬托邢岫烟的寒酸，但皆是淡淡一描。白雪红妆，"没有镶滚，没有时间性"（张爱玲语），使黛玉的形象愈发不真切具体，反倒平添绰约出世之感。

形容亦是如此。说体态是"弱柳扶风"。说容貌是"罥烟眉"、"含情目"——"几乎纯是神情，唯一具体的是'薄面含嗔'的'薄面'二字。通身没有一点细节，只是一种姿态，一个声音。"（张爱玲语）

无一语实写黛玉之美，但又无一语不是盛赞黛玉之美。使人情不自禁想起金庸先生笔下的小龙女——从没有人见过天仙究竟是什么样的，但她款款出现时每个人的心底却都不约而同的浮现出四个字——"美若天仙"，是同一种无法形容、无法言说的美。

黛玉奔父丧归来，宝玉在经历了漫长的等待和相思之后细加品度，发觉她"越发出落的超逸了"。"超逸"二字是点睛之笔。

到此，便成功地皴染出"世外仙姝寂寞林"的形象，缥缈绝尘，遗世独立。

宝钗便是封建时代淑女的光辉典范。但她的来历因而也就有些模糊，大约只是绛珠神瑛情缘所勾出的风流冤家之一。宝钗是人间美的代表，她冰肌玉骨、艳冠群芳，在众女儿拈花名儿时擎到人间第一得意花——牡丹。宝钗首次亮相是在宝玉眼中，"头上挽着漆黑油光的篡儿"，身上穿着颜色质地样式皆有详尽描述的"一色半新不旧，看去不觉奢华"的衣饰。"唇不点而红，眉不画而翠，脸若银盆，眼如水杏"。作者不吝笔墨、有意推近镜头细致刻画了宝钗的容颜。宝玉屡次看得呆住，宝姐姐的美艳可想而知。

　　出身皇商家庭的宝钗此番进京乃是为待选而来，正是积极入世姿态。

　　黛玉出尘，宝钗入世。所以黛玉袖中散发着令人醉魂酥骨的天然幽香；宝钗则在病发时服食人工巧配的冷香丸。所以潇湘馆"凤尾森森、龙吟细细"、"湘帘垂地、悄无人声"，自有太虚仙境中"人迹罕逢、飞尘不到"的神韵；蘅芜苑"清厦旷朗"，及进室内，则朴肃静穆，雪洞一般。所以黛玉以诗词为本分，她的诗是心语——"孤标傲世偕谁隐，一样花开为底迟"，词是情语——"粉黛百花洲，香残燕子楼"；而宝钗则以诗词为闺中游戏，她的诗是写身份——"珍重芳姿昼掩门"，词是言志——"好风凭借力，送我上青云"。

　　钗黛二人在作者笔下处处比照，难分高下。林妹妹有咏絮之才，宝姐姐便有停机之德；有蘅芜君的得意海棠社，便有林潇湘的夺魁菊花诗；有凄美哀艳的黛玉葬花，便有如诗如画的宝钗扑蝶……

　　宝钗性格温婉和顺，随分从时，一言一行无不是仪态万方的大家闺秀风范。贾府上至贾母下至小丫头子们乃至下等婆子们都对她称赞备至。她聪敏而心思绵密，既懂得投尊长之所好，在贾母王夫人膝前"承色陪座"，日间必要省候两次，又不拿主子的款儿作威作福，对下人们极为体恤，甚至对贾府人见人烦的赵姨娘母子也看顾有加。她之得人心，远胜黛玉。宝钗有着非凡的齐家才干，但她在贾府亮出的姿态是"不干己事不开口，一问摇头三不知"，但在此之前她是"拿定了主意"的。她之所以"不开口"，一是因为不干己事，二是因为时机不到。可以说，宝钗是大观园里最杰出的政治家。

　　而黛玉并非没有料事的聪明和洞察时弊的敏锐，探春的"乖"和凤姐的"花胡哨"她一清二楚，贾府的"后手不接"之患她了然于胸，但她可从不管贾府的闲事，这除了精力和体力等原因之外，更主要的是因为她既没有入世的兴趣也没有处世的心机，林妹妹孤高自许、目下无尘，是大观园中的屈原，且她天性喜散不喜聚，她胸中没有富贵梦，因而也不会像宝钗那样试图扶大厦于将倾，去经营一个不散的华筵。

清光绪五年刻本《红楼梦图咏》中的林黛玉画像

　　黛玉以父母双亡的孤女身份依栖贾府，是"无依无靠投奔了来的"。虽曾经一度被贾母视作心头肉，奈何荣府上下人等俱是"一个富贵心，两只体面眼"。坎坷的遭际和"一年三百六十日，风刀霜剑严相逼"的环境导致了她极度的敏感和自尊。自尊使她"步步留心，时时在意"，同时她又是个生就的痴人，举手投足都出于天真烂漫之情而不是出于别有深意之心。既然不是出于有心，就难免会失之于无心。黛玉的真黛玉的痴以及由此而生的纤弱伤感的个性导致她最终失欢于尊上。

　　黛玉、宝钗皆心属宝玉，又都是宝二奶奶的候选人，一个与宝玉是姑表兄妹，一个与宝玉是两姨姐弟，一个有着来自情天的木石前盟，一个有着苦心营造的金玉姻缘。

宝黛二人，一个美玉无瑕，一个阆苑仙葩，青梅竹马、两小无猜，且志趣相投而又高度默契，在大观园的幻境风光中，一份真挚纯洁的恋情日臻成熟完美。

林黛玉有着乖僻绝尘的性格和孤标旷世的才情，这在贾母众人眼中是她的不好之处，但也正是因此她赢得了宝玉的敬爱之心、知遇之情。二人之情、堪称情中至境。

贾府对淫污苟且之事不以为然——"从小儿世人都打这么过的"，却无法理解宝黛的纯洁爱情。他们所中意的是占尽天时地利人和的宝钗。宝钗在贾府不动声色地建立了黛玉无论如何也无法与之匹敌的佳誉和口碑，当宝黛犹沉迷于真爱痴梦之际，宝钗的准宝二奶奶的地位已然坚不可摧。

只无奈宝黛离分之日，便是风流无散之时。繁华过后成一梦，飞鸟终须各投林。

宝黛二人虽领略了缠绵缱绻的情中至境，但纯粹的自由和美在红尘中的最后结局只能是幻灭。"生不同人，死不同鬼"的世外仙姝林黛玉流尽情泪，魂归离恨天。

宝钗呢？她的确是个出色的女孩子，只可惜宝玉这样一个任情任性的人并不可能成为她的知音和佳偶。宝玉不属于"仙寿恒昌"，她自然也不能"芳龄永继"，探春的判词也同样适合于她——"才自清明志自高，生于末世运偏消"，贾府无可挽回的败落辜负了她的青云之志；宝玉"莫失莫忘"的始终是黛玉，宝钗的"不离不弃"便成泡影，袭人的判词也同样适合于她——"枉自温柔和顺，空云似桂如兰"，对宝玉的人她是暂得而终失。前方等待她的是无边的落寞。

黛玉、宝钗俱是花中第一品，但一仙一凡；她们的遭际皆可叹堪怜，但一个亮烈，一个尴尬。

诸芳凋零，青春和美逝去，说不尽的钗黛余韵仍在红尘中隐约流传。通灵而情生，情生而烦恼起。所谓人生的现实，却也不过是幻梦的一种。深情与薄情，热情与冷情，其实本不必过于执著，执著即非空。宝玉喜聚，这是玉公子的人间情怀。然黛玉泪尽而逝后，情中之情已破，其他诸

情自然随着这份最执著之情的幻灭而消散。情的幻灭过程正是由玉及石的
返璞归真过程。

宝玉的叛逆个性发展到最后，已彻底成为封建正统标准之外的"假
玉"，他既辜负了家族的中兴厚望，也终于未能成为宝钗理想中的良配。
他们都曾尽心竭力地企图培养起他作为人间贵器之玉的气质，但最后他却
终于砸碎了这块玉，也就砸碎了世俗中的一切烦恼和牵挂。爱恨欲求，他
在了然顿悟中一无所有而又一无所求。

人间的"假玉"经历过人间一梦，于青春、美、情的幻灭中完成了天
性的自然回归，飘然遁迹于心魂来处，复归为天上的"真石"。欲求的诱
惑曾使得玉石相淆，玉曾非玉，石曾非石，而欲求的消散又使得玉自为
玉，石自为石。因玉的彻悟，石的回归，方有了"因空见色，由色生情，
传情入色，自色悟空"的《情僧录》

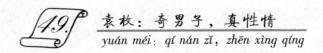

49. 袁枚：奇男子，真性情
yuán méi：qí nán zǐ，zhēn xìng qíng

凡才子都是偏得天机者，负奇才，便必有奇情、奇举、奇论、奇行，
诗酒花月寻常事，放浪不羁天指使。在芸芸众生心目中大逆不道、意料之
外的事，在他们却是情理之中的诗家本分。清代被友人戏称为"风流班
首"的袁枚袁子才便是此际中人。

袁枚（1716—1798 年），字子才，号简斋，浙江钱塘人。幼时即聪明
好学，十二岁成秀才，后来虽几次考举人不中，却在二十一岁时得遇广西
巡抚，被推荐博学鸿词科，成为二百多人中最年轻的一个。虽然考试落
第，却因之而名满天下。此后在北京以坐馆为生。幸而乾隆三年（1738
年）考中举人，次年又中进士。因当时尚未婚娶，奉圣旨回乡完婚，一时
传为美谈。旋即选庶吉士，但因满语考试不及格，改为江南地区的外放知
县。此后知溧水、江浦、沭阳，调任江宁，颇受两江总督尹继善的赏识。
袁枚做官清正耿直，深得民众爱戴，但深苦于仰人鼻息的官场周旋，于乾

隆十三年（1748 年）称病家居。

袁枚颇有些传奇轶事。旧时代流传下来的关于才子佳人的戏文里，多半有着"奉旨完婚"的美满结局。但在现实生活中，这样的佳话可极为罕见。据说整个清代，有此奇遇的唯袁枚一人而已。彼时，这位已名重天下的钱塘才子的翰林庶吉士乞假归娶，少年玉貌，白马红篷，《恩假归娶图》绘载了当时的盛景，其时之名流数百为之题跋。刚刚金榜题名，又逢洞房花烛，占尽了人生的得意。由他此际所受的恩遇和风光来推求，必是扶摇直上，前途无限。但袁枚生性"好味，好色，好葺屋，好游，好友，好花竹泉石，好珪璋彝尊，名人字画，又好书"，这样一个地地道道的文林逍遥子，纵有折狱奇谋，辨冤才干，纵是世事洞明，但终不能人情练达，亦无法从容周旋于微妙复杂的官场。才子嘛，终是书生意气多了一点。平心而论，袁子才是个难得的好官，若论为官，光靠清忠耿直是远远不够的，还得有谋有略才行，袁枚便是这样一个德才兼备的奇男子。他曾历任溧水、沭阳、江宁三县的知县，终日当堂料事，断案剖冤，果决干练，无所滞留。上不畏豪强，下不凌贫弱，颇得百姓佳誉。据说他的父亲曾微服入境私访，探得人人都知有个"袁青天"，便放心而归。

袁枚是个有人情味的官，他曾处理过两桩很有可能造成家庭悲剧的民讼案。一桩是民间有初嫁新妇，婚后五月即产一子，夫家大恼，认为此妇定然品行不端，婚前失贞，便一状告到官府。谁知袁县令听后哈哈一笑，说这有什么大不了的，遂引经据典指出历史上许多大人物都是早产，自己亦然如此，并搬出太夫人作证，遂化即将发生的惨剧为喜剧。另一桩是江宁乡间一韩姓女子某日忽被大风吹至村外九十里处，第二天才被送回，她的未婚夫婿家疑心大动，认定其中必有奸情。袁枚则曰不然，并举例说古时便曾有女子被风吹至六十里之外，此女后来竟嫁与宰相，还只怕你小子没有这等福分呢。夫家闻之大喜过望，干戈冰释，婚约如旧。总督尹继善听说了这件事，无限感慨地说："可谓宰官必用读书人矣。"袁枚在这里表现出了一种源自善良天性的宽容与机敏，他深知倘若按照严酷的封建礼法，两名当事的可怜女子必定死无葬身之地，于是他难得糊涂了一把，转危为安，又落得个皆大欢喜。

可惜深得民心的袁枚却并不或者说也不屑于深谙为政之道。他是个任情率性的人，并且锋芒毕露，毫不内敛隐晦。他嘲笑"温柔敦厚"的诗教，公然在诗中宣称自己"平生行自然，无心学仁义"，叛逆个性表露无遗，显然已将自己置于众矢之的。袁枚自幼由一位才华横溢的开明的、反传统的姑母抚养，他爱自然，宣扬"人情"，追求真性情，并且放纵才情，张扬胆气。袁枚重诗文而轻八股，认为"惟情自适"、"天性多情句自工"，此等言论及创作实际所透射出的决绝勇气，不是矫情者所能伪饰得出来的。在应朝考时，他险些因这种脾性而受挫，他的应制诗中有"声疑来禁院，人似隔天河"二句，被阅卷的考官们认为是不够庄重，拟不列等第。幸而爱才的刑部尚书尹继善力排众议，大包大揽，袁枚这才得以选为庶吉士。二人也由此成为至交。

袁枚极重感情，尹继善以伯乐之功、知遇之恩而被他报以一生的感念，更兼尹继善也是位文名远播的才子，惺惺相惜，因而二人的情谊愈发非比寻常。尹才思敏捷，笔落诗成，与袁枚唱和，常快马传诗，袁十分敬畏他的神速。这一年的除夕夜，机敏过人的袁枚童心大动，乘兴赋诗，派人送到尹继善所在的两江总督府，尹展诗吟读时，恰逢三更鼓响，诗的末两句赫然写着"今日教公输一着，新诗和到是明年"。尹继善不由大笑，晓得这次着了袁枚的道儿，自己再神速也是落后一年了。

但袁枚的怪胆狂情并不总是有人赏识。他曾刻过一方闲章"钱塘苏小是乡亲"，以示对这位艳传后世的钱塘歌伎的倾慕与遥思。某尚书向他求索诗册时，袁枚用的就是这方印章。一贯奉行正统的尚书大动肝火，对袁子才横加呵责。子才初时还谦恭有加，自谢己过。但这位尚书并未见好就收，而是继续数落，生性恃才傲物的袁枚如何忍得，遂回击道："诚恐百年以后，人但知有苏小，不复知有公也。"其狂情不亚于那位孤傲的欧洲音乐天才贝多芬。

放诞任性的袁枚终于还是厌弃了仕途生涯，人到中年的他已拒绝调和梦想与现实之间的矛盾，他毅然决然地把自己从官场放逐到一个纯粹性灵的世界里，在世人眼中最有作为的华年。袁枚是幸运的，竟得以营造起他梦想中的小世界，并在其中悠哉悠哉了四十余年。

袁枚这位追求性灵的奇男子，他的诗清新明快而又不失雄浑意境，纤巧飞扬而又不乏豪情壮兴，他晚年的创作愈发登峰造极、炉火纯青。我行我素的袁枚以七十高龄远游海内，他的山水诗进入了一个日臻佳妙的境界，如他自己所言，正是"江山成就六年诗"。

从"半天凉月色，一笛酒人心"到"山色苍茫落照微，升沉到处有天机。杨花自绕蛛丝上，莫怪春风吹不飞"，直到一首《到石梁观瀑布》封笔，"天凤萧萧衣裳飘，人声渐小滩声骄……五叠六叠势益高，一落千丈声怒号……银河飞落青松梢，素车白马云中跑……安得将身化巨鳌，看他万古长滔滔。"袁枚彻底完成了他在性灵境界的修为，如破空而行的天马，以绝世奇才纵行无忌，自由翔弋在心灵的幽深世界里。

> 郑孔门前不掉头，程朱席上懒勾留。
> 一帆直渡东沂水，文学班中访子游。
>
> 但肯寻诗便有诗，灵犀一点是吾师。
> 夕阳芳草寻常物，解用都为绝妙词。

袁枚总是这样，于散淡的笔墨甚至是笑谈间就已让人惊心动魄，无限神往但却不敢比肩。就好像江宁随园，倘落在一个泛泛的官僚或富翁手中，其实也不过就是一些寻常的草木石头，空洞而呆板，但袁枚数十年的吟哦与徘徊却使得它生机勃然，空灵无埃。随园主人的两首诗以平实舒展的口吻道出了自己的人生理想和文学主张，并将二者融溶于对性灵的矢志追求中。因程、朱理学和学界考证、训诂的一统天下，"存天理、灭人欲"方是正理，八股才是正业，诗词歌赋被看做不过是聊以自娱的偏科，且最易导入狂邪、移人性情，袁子才却公然唱起反调，放着"正人君子"不屑为，偏要沿着孔门七十二贤中专擅"文学"的子游所来之径逆流而上，以文学为己任。

这位颇令时之正士侧目的叛逆者"天才颖异，论诗主抒写性灵"。袁氏的诗歌是清代诗坛各路诸侯中一面与众不同、爽目怡心的旗帜。他认为"诗者，人之性情也"，而"诗人者，不失其赤子之心者也"。这种推崇"灵犀一点"的诗论主张颇有禅宗见性成佛、直指人心的味道。

50. "绝世奇文"《歧路灯》
"*jué shì qí wén*" *qí lù dēng*

蒋瑞藻的《小说考证》引缺名《笔记》云："《歧路灯》一百二十回，虽纯从《红楼梦》脱胎，然描写人情，千态毕露，亦绝世奇文也。"因描写形形色色的世情而使《歧路灯》成为"绝世奇文"，这是对其精到的概括，但这"脱胎《红楼》"的说法却并非属实。据考证，《歧路灯》约写完三分之二时，《红楼梦》才开始创作，显见《歧路灯》是作者自己的创意。至于在内容上的相似以至有脱胎之嫌，只是文学发展的客观规律使然。清中期以来，古典小说即开始了从写帝王将相、传奇英雄、神怪仙佛、才子佳人到反映现实人生的转向。

《歧路灯》的作者李绿园（1708—1791年），出身于书香门第，祖父李玉琳，父亲李甲都是秀才。李玉琳于康熙三十年（1692年）由祖籍河南新安，逃荒到宝丰宋家寨。绿园三十岁考中恩科举人，而其后三逢会试，始终未考上进士。至乾隆十三年（1748年），其父死，他在家守制，一则不能出外应试，再则屡试不中也多少使他心灰意冷，遂寄情寓意于"稗官"，开始了《歧路灯》的创作，又一发不可收拾，持续写作近十年，后终因出仕辍笔，此时《歧路灯》已完成约八十回。这一年李绿园五十岁，自此舟车海内，虽官位始终不高，但近二十一年间足迹遍及冀、鲁、川、黔十个省份，几半个中国，到乾隆二十年，他六十六岁，选为贵州印江县知县，抚民如子，有循吏之美誉。六十八岁任满，返抵宝丰，重操旧业，两年后《歧路灯》完稿。

杨淮在《国朝中州诗钞》中曾有这样一段关于他的记述："生平学问

博洽，凡经学子史，无不贯通，而尤练达人情。老年酒后耳热，自称通儒。"

　　《歧路灯》，顾名思义，小说旨在为世家浮浪子弟悬起一盏指路"明灯"。小说中着重写明嘉靖年间书香人家之子谭绍闻，他少年时为"匪人"所诱，误入歧途，腐化堕落，后终改志换骨，奋发读书，加上本族兄长提携，功成名就，重振家业。在这堕落与重振的过程中，作者旨在揭示家庭与社会环境对人的成长的影响与作用，从而劝诫世人教子要严，拜师要正，交友要慎。不过由于作者深受程朱理学的影响，所谓指引浪子回头的"明灯"，实质是对传统道学的张扬。以道学思想作为教育子弟的思想准则，在这重意义上使作品在思想上显得陈腐与保守。但李绿园重要的创作主张是"形象上必须写实"，且艺术效果要达到"田父所乐观，闺阁所愿闻"，因而凭借其高超技艺使作品客观反映了世态之真实状况，且人情世态的描写，神情毕肖，栩栩如生，具有较高的认识价值与艺术价值。

　　栾星在《歧路灯校本序》中说：《歧路灯》的价值，一是文学价值，一是文献价值。它用感性方式，让我们知道在被称为康乾盛世时期，在表面繁荣下，"内部的孤陋与窳败。对于清代吏治中书办、皂役这一层人的为非作歹；对士人的空虚怀抱与胸无点墨；对宦门子弟的堕落放荡与无所事事；对市井寄生者的刁钻谲诈与全不要脸皮；还没有那一部书揭露得如此普遍与深刻。从另一社会生活方面，补充了《红楼梦》的缺笔。"

　　此番评价并非夸饰，正如上文所言，作者采用羽式结构，围绕谭氏兴衰际遇这一主要线索展开情节，描写了戏剧、赌场、尼庵、官衙、商场、学署，其中涉及人物二百六十多个，包括官绅、豪吏、书办、清客、帮闲、门斗、衙役、武弁、商贾、市贩、赌徒、游棍、娈童、面首、妓女、庸医、相士、艺人、戏霸、土财主、人贩子、假道学、酸秀才、风水先生、江湖术士、纨绔子弟、牙经纪、师姑道婆、绿林人物、赌场打手……三教九流，无所不包。通过这些人物生动地描绘了当时中下层社会人物的生活状态和精神风貌，展现出一幅18世纪中国社会中等城市的生活画卷。

　　这其中刁钻谲诈的市井无赖刻画得尤为出色。如夏逢若这一形象就被

公认为继《金瓶梅》里应伯爵之后，又一个帮闲典型。夏逢若的父亲曾做过江南微员，也弄得几个钱，但"那钱上的来历未免与那阴骘两个字些须翻个脸儿"。钱来的容易，去之也不难。夏逢若"嗜饮善啖，纵酒宿娼"，很快千金散尽，再想玩乐，只好以谄媚、蒙骗、诈害为手段。且看他的人生哲学：

> 人生一世，不过快乐了便罢。柳陌花巷快乐了一辈子也是死，执固板样拘束一辈子也是死。若说做圣贤道学的事，将来乡贤祠屋角里，未必有个姓名。就是有个牌位，有个姓名，毕竟何益于我？所以古人有勘透的话，说是"人生行乐耳"。又说"世上浮名好是闲"。总不如趁自己有个家业，手头有几个闲钱，三朋四友，胡混一辈子，也就罢了。所以我也颇有聪明，并无家业，只靠寻一个畅快。若是每日拘拘束束，自寻苦吃，难道阎罗老子，怜我今日正经，放回托生，补我的缺陷不成？

依据这番道理，夏逢若因看透盛希侨、王隆吉、谭绍闻都是"憨头狼"（傻公子哥儿），遂纠缠巴结，尽管岁数四人中最大，仍是硬挤上当了盟兄中的老四。而后为谋得谭绍闻的钱财，设下种种阴谋诡计，或软诱或硬拉，以至动用尼姑、妓女以色相诱惑，使得谭绍闻倾家荡产，几次欲上吊寻死。

而对此人的刻画最为精妙的一笔却是他帮谭摆脱困境一事。谭绍闻在巴家酒馆赌博，不想出了人命案，谭怕出官丢脸，请焦丹想办法。焦说："这赌博场里弄出事来，但凡正经人就不管，何况又是人命？若要办这事，除是那一等下流人，极有想头，极有口才，极有胆量，极没廉耻，才肯做这事。东西说合，内外钻营，图个余头儿。府上累代书香人家，这样人平素怎敢傍个门儿？只怕府上断没此等人。"谭绍闻听至此，极口道："有！有！有！我有一个盟友夏逢若，这个人办这事很得窍。"这由衷惊呼出的"有"是对夏逢若其人何其辛辣的反讽；而焦丹所言的办成此事的合适人选，又是对夏逢若无赖嘴脸何其精到的概括。而且，后来夏逢若去设法托邓三变向县官行贿，从中贿了六百两银子，终办妥此事。而此等无赖之如鱼得水，又正是缘于当时官场的黑暗。

关于当时官场上的贪污受贿这一普遍现象，文中多有笔涉。如谭孝移被保举后，王中和阎楷拿了五十两银子先在各衙门的礼房书办处一一打点。再如谭绍闻因参与防寇有功，得到保举引见，可只为"银子不到书办手"于是遭到种种刁难。直到盛希瑗为他暗垫二百四十两行贿，才得到引见。这里或非作者本意，但客观上却又确凿地埋下了隐患。固然，有"明灯"指引，浪子回头，但抵御倭寇，得了军功，却无法从根本上拯救旧有社会的必然倾颓之势。这就涉及到《歧路灯》内部纠结着的一个深刻矛盾。

文章旨在宣扬道学，但由于作者"内容上必须载道，形象上必须写实"的创作主张，使作者的意图与作品的切实效果相悖。客观地反映时代真实，使得这部本来立意要发挥封建"纲常彝伦"教科书作用的小说，却为道学思想的统治的必然失败唱了一首挽歌。同时反映了封建阶级乃至整个封建体制在劫难逃的没落，以及当时勃勃兴起的市民阶层。这比较显见地体现在与世宦旧族子弟相映衬，作品中所塑造的几个商家子女身上。

如商家的儿子王隆吉，他与谭绍闻是嫡亲的表兄弟，读了些圣贤书，学会写算后，就丢开书本与父亲学做生意。他精明能干，善于经营，"十五六岁，竟是一个掌住柜的人"；离开父亲后，仍能自己"立起一个盛大的字号"；与之相比，谭绍闻一旦离开了父亲的卵翼，把一份家业败坏了。谭绍闻的堕落是从误交盛希侨开始，但其实先与这盛希侨交往的却是王吉隆。只是王吉隆懂得把握分寸，对其敬而远之。不失了这生意上的大主顾，却也清醒地知道与之吃喝玩乐，并非一个正经商人干的活计。而谭绍闻，纵外有诸道学家父执的教训，内有恪守道学教条的"义仆"，"贤妻"箴规，却仍陷入泥坑，终至家产耗尽。这本身已说明道学家教育的破产。

再如新发商人之女巫翠姐，她与孔慧娘同是谭绍闻的妻子，面临的客观环境大体相当，愈发使对比鲜明。慧娘出身书香门第，父亲是个道学先生。她自幼受"三从四德"的教育，是个标准的"贤妻"。眼见丈夫的日

益堕落，却按"出嫁从夫"、"夫唱妇随"的戒律，不敢认真规劝，丈夫不听，也只有作罢。心中暗自忧闷，却又不敢告之婆婆、父亲，终抑郁而死。由于死得不明不白，对丈夫谭绍闻自是毫无触动。

孔慧娘死后，谭又娶继室翠姐。翠姐生长于"暴发财主"之家，酷爱看戏赌钱。她的道德观都是从戏中得来的。她从《芦花记》中认识到后娘不该折磨前娘的儿子，因而对妾生的儿子兴相公很好；在《苦打小桃》中，又意识到大妇不该折磨小妾，遂对妾冰梅也不错。同孔慧娘一样，不虐待、歧视妾冰梅及其子，但慧娘心中根深蒂固的妻妾嫡庶之分，在翠姐这里却荡然无存。翠姐任性使气，不拘礼法。当遭到谭绍闻的无礼打骂，即公然反抗，一气之下就跑回娘家。不仅如此，翠姐对谭开赌场招来的妓女也平等相待，谭绍闻把她们送到后面来，她"不惟不生嗔怪，反动了我见犹怜之心"。反而是妾冰梅因"聆过孔慧娘的教"，心中不悦。

很显然，从作者创作的宗旨及笔端隐约流露的情绪，他是褒孔贬巫的，对于巫翠姐的行为，他以暴露的笔调写。但我们读起来已确凿的感到，孔慧娘这一"贤妻"典型无可回避地成为传统道学的殉葬品，商业的发展，将使以巫翠姐及王吉隆为代表的市民阶层以不可阻挡之势勃勃中兴。而作者李绿园指引浪子回头的"明灯"也自然显得暗淡苍白了。

51. 骈文大家，大才子纪晓岚
pián wén dà jiā, dà cái zǐ jì xiǎo lán

有一些文体如楹联、骈文、回文诗等，能够充分熔铸汉语汉字在形、音、义三方面的特点，实在是汉语文学的独创。刘师培《中古文学史》称其为"禹域所独然，殊方所未有"。其中骈文的历史最久，它又称骈俪或四六，发源于先秦，酝酿于两汉，到魏晋时期方蔚然大观。后来又经历了唐宋开始的衰落，到清代才得以复兴。清代骈文的代表作家除胡天游、袁枚外，还有在民间声名久播、极富传奇色彩的纪昀。

纪昀（1724—1805 年），字晓岚，又字春帆，晚号石云，直隶献县人。

乾隆十九年（1754 年）进士，改庶
吉士，授编修，后升到侍读学士，因
为受亲家连累革职戍乌鲁木齐，过一
段时间又回京授编修，再升侍读学
士。正好乾隆要求他担任《四库全
书》的总纂官，随即开始主持《四库
全书总目提要》的写作。此后渐渐得
到乾隆的赏识，一直升到礼部、兵部
尚书，协办大学士，加太子太保，谥
文达。纪晓岚的诗文以持论简而明、
修辞淡而雅著称，他的骈文写得尤其
漂亮，清人谭献将他的《四库全书进
呈表》列为"不愧八代高手，唐以后

纪昀像

所不能为"的清骈文代表作。其实他的骈文名篇还应当推《平定两金川露
布》。此文写金川的战役，能做到层次曲折，达到绘声绘色的地步。

　　民间传说纪晓岚是火精转世。据说这种精灵本来是女儿身，五代时就
有，每当出现，就能看见火光中有赤身女子的身影，这时大家就一起敲锣
打鼓驱赶它。而纪晓岚出生时就有人看见它跑进纪家，一直溜进夫人的内
室。还有说他是蟒精或猴精转世的。纪晓岚初生的时候耳朵就有穿痕，脚
又白又尖，像缠过足一样。他小时候又有双目放光的本事，夜里睁开眼便
能把四周照亮，到懂事后才渐渐恢复平常。这些可能多属无稽之谈，但却
展现出纪晓岚为人的特殊。纪晓岚一生几乎不沾谷米，每餐只吃一盘猪
肉，喝一壶熬茶了事。他绝对不碰鸭肉，嫌其腥膻。平时桌上放着榛子、
栗子和枣，没事时吃一点。另外他极喜吸烟，人称"纪大锅"，非一般人
可比。一次他正在值班房吸烟，忽听皇上召唤，慌忙将烟袋锅插在靴子
里，跟随皇上而去。烟袋在靴子里着了火，烧得纪晓岚鼻涕一把、眼泪一
把。乾隆见状，又看见他的靴子冒烟，忙问何故。纪晓岚回答说："靴子
走水。"北方人称着火为"走水"。乾隆听后挥手示意他退下，等纪晓岚出

去脱下靴子，皮肤已经烧焦了一大块。原来因纪走路极快，被彭元瑞送一绰号"神行太保"，这回纪许多天都一瘸一拐的，又被彭取一新绰号为"铁拐李"。纪晓岚颇得乾隆的赏识，所以虽靴子冒烟也不以为怪。一次乾隆去五台山，恰逢白龙寺里和尚在撞钟，不禁诗情大发，又提笔做起那令人哭笑不得的"乾隆体"。乾隆刚写完第一句："白龙寺里撞金钟"，纪晓岚就在一旁忍俊不禁。乾隆怒道："朕的诗固然写得不佳，你也不该当面笑话！"怎奈纪晓岚反应机敏，立即答道："我是想起李白有句诗'黄鹤楼中吹玉笛'，一直苦于无对，今天见到圣上的诗，觉得是天然对偶，十分欢喜。"像这样的事还有很多。不过纪晓岚和乾隆间的关系虽然比较融洽，却也有着不可逾越的界限。譬如乾隆后期因南巡耗费过甚，国库日渐亏空，纪晓岚心疼国家财产被无度挥霍，劝乾隆停止南巡，结果乾隆大怒，斥道："我本来把你这文学侍从之臣视为倡优之辈，你却自己忘乎所以！"不知纪氏听后作何感想。

乾隆二十七年（1762年），纪晓岚在主持顺天府乡试中，得到举人朱孝纯的投诗，其中有"一水涨喧人语外，万山青到马蹄前"的诗句。这两句诗恰是六年前纪在随圣驾出巡时在古北口旅店的墙上读到的残篇。当时纪晓岚就十分喜爱。此事竟然这般巧合，纪不由感叹说："性情契合者果然有前世的夙因！"后来纪晓岚出任提督福建学政，在严江的舟中赋诗云：

浓似春云淡似烟，参差绿到大江边。

斜阳流水推篷

藏书楼——承德避暑山庄的文津阁，是《四库全书》的收藏处之一。

坐，翠色随人欲上船。

并对朱孝纯说："这前两句诗是从你的'万山'句中脱胎而出，人都说青出于蓝，今日却是蓝出于青啊！"纪晓岚的"虚心盛德，不没人长"（陈寿祺《郎潜纪闻初笔》）一时在诗坛传为佳话。

纪晓岚一生著述除《四库全书总目提要》外就只有小说《阅微草堂笔记》了。有人说他生平谨严而不愿著书，其实这也是因为他将几乎所有精力都搭在所谓"万卷提纲一手编注"（朱筠《祭纪氏文》）之中，"修书夺其日力，遂致不能肆力专经之业"（张舜徽《清人文集别录》）。如果能有人从《提要》中系统整理纪的学术思想，将是一件很有意思的工作。而且终年活在乾隆皇帝的精神阴影之下，恐怕也是纪晓岚内心痛苦无法专治一经的原因。他的诗主张"性情"，虽多呈御览，却每有清新可喜之作。纪晓岚曾有一首自题之诗可做其一生的总结：

> 平生心力坐销磨，纸上烟云过眼多。
>
> 拟筑书仓今老矣，只应说鬼似东坡。

52. 纪晓岚楹联多奇趣
jì xiǎo lán yíng lián duō qí qù

关于纪晓岚的楹联，传说最多的莫过于他在五台山和住持僧之间的故事。据说他刚进庙时，住持僧以为他是一介寒儒，便招呼说："坐。"又叫了声："茶。"意思是端杯普通茶来。寒暄一番后，住持僧知道了他是京城的来客，忙将他领进内厅，并招呼说："请坐。"随即喝了声："泡茶。"意思是单独泡杯好茶端来。又经详谈，得知他竟是纪晓岚，住持僧立即满脸赔笑，恭恭敬敬将纪晓岚请到禅房，招呼说："请上坐。"又吆喝小和尚："泡好茶。"意思是换上庙里专门为尊贵客人准备的上等茶叶。纪晓岚见状微微一笑。他临走时住持僧执意请他留下墨宝，纪晓岚在纸上写道：

過如秋草芟難盡

學似春冰積不高

河间纪昀

纪昀联迹

坐　请坐　请上坐

茶　泡茶　泡好茶

弄得住持僧羞愧万分。这一传说在民间流传极广，深受民众喜爱。不过还有说故事的主人公是阮元或郑板桥的，要最终确认它的真正作者还缺乏更可靠的文献证据。

相较之下，纪晓岚和乾隆之间的楹联故事最多，也更可信。如一次上元节乾隆和群臣在文华殿猜谜，纪晓岚当场出一谜语联：

黑不是　白不是　红黄都不是　和狐狼猫狗仿佛　既非家畜　也非野兽

诗也有　词也有　论语上也有　对东西南北模糊　虽为短品　亦为妙文

乾隆久思不解谜底为何，纪晓岚便提示说："以皇上的圣才，此时此景，不难猜中。"乾隆恍然，说："莫非'猜谜'二字。"此联上联用了灯谜的排除法，五色中除去红黄黑白，就只剩下"青"了。因为先秦时"蓝"是一种可做染料的植物，而"青"正是它染出的颜色。"狐狼猫狗"则是指此字的偏旁，与"青"正好合成"猜"字。下联用了灯谜的包含法，"诗词论语"都含有"言"字，方向"模糊"扣"迷"，合在一起便是"谜"字。纪晓岚称赞谜语是"短品"、"妙文"，充分展现了清代文化重视边缘文体的特质，而且他的这副谜语联，称之为"妙文"也十分恰切。

乾隆号称"十全武功"，实则好大喜功，一再出兵边境，干戈征讨无有宁日。一天乾隆皇帝为此事出一上联：

一之为甚　岂可再

这简直是刁难人：顺着他说吧，便违逆这上联之意；反着这上联的意思说吧，便注定违逆龙颜。群臣面面相觑，不知所措。只有纪晓岚能够体会乾隆的意思，当即应声道：

　　天且不违　　而况人

梁章钜《巧对录》称此联"用成语如己出，而君臣应对语气亦合，真天才也。"

纪晓岚还有为贺乾隆八十寿诞（乾隆五十五年八月）而作的灯联，联云：

　　八千为春　　八千为秋　　八方向化八风和　　庆圣寿八旬逢八月
　　五数合天　　五数合地　　五世同堂五福备　　正昌期五十有五年

据《庄子·逍遥游》："上古有大椿者，以八千岁为春，八千岁为秋。"又据《左传·隐公五年》："夫舞所以节八音而行八风。"这是周代唯独天子能够享用的八八六十四人的乐舞。纪晓岚此联用典均能合于祝寿之意，而且极尽复字重言之能，近代吴恭亨《对联话》称赞此联"硬堆硬算，可谓天衣无缝。"此年的重阳节前夕，乾隆皇帝去木兰围场打猎，返回途中驻于万松岭，待重阳节时登高以应节俗。乾隆见到旧悬的楹联，就命随侍的协办大学士彭元瑞撰一新联取而代之。彭苦苦构思，仅得一上联：

　　八十君王　　处处十八公　　道旁介寿

却无论如何想不出下联。情急之中想起留在京城的好友纪晓岚，火速写信遣人求援。纪晓岚见信后当即于信纸的空白处写就下联：

　　九重天子　　年年重九节　　塞上称觞

彭见后叹道："晓岚真胜我一筹也！"乾隆对此联十分欣赏，赐彭以帛。彭元瑞说："对幅乃纪昀所拟，臣不敢冒领。"乾隆于是又赐帛给纪。上联"八十"是说乾隆的年龄，"十八公"恰合万松岭的景色，"八十"

与"十八"又恰好互为颠倒，修辞颇具巧思；下联"年年重九节"切合重阳节的时间，且与"九重天子"颠倒词序，更显才人韵致。纪晓岚和彭元瑞私谊极佳，彭去世时他亦有挽联相吊：

> 包罗海岳之才　久矣韩文能立制
>
> 绘画乾坤之手　惜哉尧典未终篇

联中"绘画乾坤"之语是点出彭系乾隆晚年诗作的捉刀代笔者，"尧典"则是说他专司《高宗实录》的稿本，可惜未能完成就逝世了。

纪晓岚的挽联多词真意切，深沉感人，如他的挽刘统勋联：

> 岱色苍茫众山小
>
> 天容惨淡大星沉

《楹联丛话》评为"句奇语重"。他还有挽朱笥河的联语：

> 学术各门庭　与子平生无唱和
>
> 交情同骨肉　俾予后死独伤悲

挽辞而能切合彼此的身份交谊，实在堪称上品。不过最让人感慨的莫过于纪晓岚为长子纪汝佶所制的挽联了。纪汝佶本是乾隆间的孝廉，素性挥霍，因事被革。纪晓岚见他仍不检点，便将他关在家里不许出门，按日严格控制他的生活费用。纪汝佶深深苦于父亲在资费上的约束，死时手头的钱都花得精光。他病重期间几次气绝后又苏醒，变换口音说："我是来索债的，已经还清，但还差一些，需要烧些纸车马之类的补上。"纪晓岚如数照做，谁知此子旋即又醒转过来，仿佛有事未了。纪晓岚的三女出去查看，哭着说："有匹纸马后腿没烧着。"于是差人赶快烧化，此子这时终于瞑目。纪晓岚的挽联云：

> 生来富贵人家　却怪怪奇奇　只落得终身贫贱
>
> 赖有聪明根器　愿生生世世　莫造此各种因缘

他在谈起此事时叹道："今乃知因果之说或亦有之。"出语极尽苍凉之慨。

纪晓岚有许多贺联则写得饶有风趣。如他曾遇见一个为某道士的新婚之喜写婚联的人，只想出上联：

太极两仪生四象

苦于得不到合适的下联，纪晓岚当即为其添上一句唐诗：

春宵一刻值千金

梁章钜《楹联丛话》称之为"谑而不虐"。纪晓岚有个表亲戚叫牛稔文，为儿子牛坤娶妻。纪写了一副贺联差人送去，牛稔文连称用典隽雅。

绣阁团圞同望月
香闺静好对弹琴

第二天，纪晓岚到牛府祝贺时，指此联说："我用尊府典故如何？"众人大笑。原来如谓上联用"花好月圆"的典故、下联用"琴瑟和谐"的典故，则称得上隽雅；可上联其实却用"犀牛望月"，下联则用"对牛弹琴"，实际是一副隐姓婚联。难怪众人要为之捧腹了。

纪晓岚在北京曾和朋友一起路过马神庙。庙门左掩一扇，有上联云：

左手牵来千里马

纪晓岚和朋友打赌，说下联一定是：

前身应是九方皋

结果把庙门拉开，下联竟是："右手牵来千里驹。"民风土野不知文饰，当然非纪所想。此事一时传为笑谈。又有一次学士陆耳山说："我刚才在'四眼井'饮马，这'四眼井'以何为对？"纪晓岚回答道："以阁下为对如何？"还有人曾问纪晓岚："有一家书坊叫做'老二酉'，以何为对?"纪当即答道:"你再进正阳门罗城的时候,注意看布伞上写的字。"此人于是依其言而行,结果看见一个算命的打着伞四处吆喝,伞上写着"大六壬"(《易经》象数派术语)。凡此种种,不可计数。另外纪晓岚的弟子梁章钜在《楹联丛话》中多次提及他对楹联历史演变的见解,可见他对于楹联的理论问题也有过专门的思考。这就是"清对联"走向自觉的征兆了。

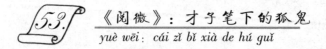

53. 《阅微》:才子笔下的狐鬼
yuè wēi: cái zǐ bǐ xià de hú guǐ

清代文名赫赫的纪昀纪晓岚(1724—1805年),是常见于稗官野史中的传奇人物,以幽默诙谐,机敏善对,才华横溢而著称,他的种种掌故轶事多与联句问答有关。实际上纪昀的才华不止于此,他是乾嘉时期著名的大学者,曾奉命敕修《四库全书》,担任总纂官,颇受皇帝赏遇,累官至礼部尚书、协办大学士。

纪昀不但常常成为故事中的人物,他自己也善于说故事。他的《阅微草堂笔记》(二十四卷),是清代最具影响力和代表性的拟魏晋志怪类小说,系纪晓岚晚年搜列各地见闻、风俗风情及神怪故事等创作而成,计一千一百九十六则。纪氏博闻广通、长于考证训诂,一生几番起落,经历丰富,且又文采翩然,故而将这些奇趣异闻演绎得十分精彩。但作者又并非贪异猎奇之辈,纪学士霁月襟怀、沧海性情,在公务之余创作这部小说,其意在二,浅者在于"追寻旧闻,姑以消遣岁月",深者在于"不乖于风教","有益于劝惩",所以书中虽然也颇多鬼怪仙狐之事、凄清诡谲之境,但却并不恐怖荒秽。其叙述简洁雅致、清新流畅,且叙议相生,时有点睛之笔。鲁迅先生在《中国小说史略》中给予《阅微》以极高的评价:"叙述雍容淡雅,天趣盎然,故后来无人能夺其席。"遍览志怪,《阅微》的确独有大家气象。

鲁迅先生尤为推崇《阅微》借狐鬼言人事、托精魅喻世情的方式,认为"故凡测鬼神之情状，发人间之幽微，托孤鬼以抒己见者，隽思妙语，时足解颐。"

《阅微》中自有一个美丽清婉的狐鬼世界，每于月夜惊魂，缠绵于多情又似无情的人间，恩怨不休。

爱情是狐鬼世界中一个永恒不衰的主题。《阅微》中的爱情故事并不多，却无不具有一种感人至深的悲情的美。至深至纯的情，可以通灵。在人间无法挽回也无可奈何的悲剧，往往由于一念之坚，一灵之痴，得以冲破阴阳阻隔。卷十七《姑妄听之》就讲述了一段生死恋情。刘寅自幼同父亲朋友的女儿结订婚姻，虽无媒妁婚帖，然两小儿女皆彼此属意。后刘生父丧，父友亦殁，生穷困潦倒，无奈只得寄食庙宇。友人之妻便计谋悔婚，刘寅的未婚妻闻知竟郁郁伤情而死，生痛彻心腑，奈何阴阳永隔，也唯有悲悼而已。夜里，刘生独守孤灯，感怀华年夭逝的少女，忽闻窗外有人低声饮泣：

> 问之不应，而泣不已。固问之，仿佛似答一我字。刘生顿悟，曰："是子也耶？吾知之矣。事已至此，来生相聚可也。"语讫，遂寂。后刘生亦夭死……

毫无疑问，那在窗外啜泣呜咽的必定是死去少女的魂魄，但读来却并不鬼气森然、毛骨悚然。反要为这一灵魂不昧的痴情女鬼掩面太息。纪氏运笔简练明净，娓娓叙来，一个纤纤弱质、婉约娇怯的女鬼跃然纸上。

世情凉薄，《阅微》记载了颇多至亲至近而相残的事，反倒不如狐鬼之重情尚义。有一贫者张四喜，狐女爱其勤而嫁之。后张四喜觉察到妻子是狐女，以娶异类为耻，竟伺机拔箭射伤。狐女痛其负心，伤心而去。后来张四喜病死，狐女前来哭拜，遗下白金五两，使无棺装殓的张四喜得以入葬。张父母贫困，往往在罐中箱里发现钱米，皆是狐女所为。

鬼狐中也有儒雅者。有举子一人，在幽僻的小庵内过夏。一夜正在抄书，忽闻有人在窗外徘徊，自称是沉滞此间的幽魂，已有百年未闻读书声。听得举子吟咏，未免心动，想与之畅谈一番。说罢掀帘而入，举止温雅，士风宛然。可惜举子无趣，听说来者是鬼，早吓得不敢答话。鬼只好自己取书翻阅。又有一狐，数十年住在一户人家的书楼中，为主人整理卷轴，驱除虫鼠，即使精于藏书的人也不能相比。主人家宴饮，狐有时也出来应酬，唯闻语声而不见形。"词气恬雅"，言谈机智，往往一语中的，令座中人倾倒。

更有一位韩生，夏日读书山中，窗外即为悬崖陡涧。月明之夜，对面崖上有人影依稀，乃是一堕涧鬼。韩生也不甚恐惧。日久惯熟，韩生将酒洒入涧内，鬼便下去饮啜，并极为感激。不顾人鬼殊途，竟结为谈友。试想葱茏山中，人鬼隔涧，往来问答，谈天说地，还有哪一部鬼故事中有这样清幽芬芳的人鬼之交。仿佛人间古朴时代那淡若水的君子情谊。

狐鬼有种种，僵尸、妖狐、鬼魅，谋人性命、摄人魂魄，早已被种种怪怖的传说穷形尽状。唯这等风雅书香狐鬼，不伤人，不媚人，以读书清谈为乐，或因情而辗转流连，只《阅微》中有，只有纪公妙笔所能勾勒。其所遇之人，亦魂惊而神不惧，魄不骇，从从容容结下一段交情，令读者神思悠然，向往之至。

其实单凭这一点，纪昀的志怪小说就足以使前之古人、后之来者永远无法匹敌了。

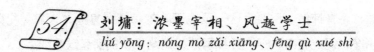

54. 刘墉：浓墨宰相、风趣学士
liú yōng：nóng mò zǎi xiāng、fēng qù xué shì

历史上有名的宰相很多，较早的有伊尹，辅佐商汤，平定中原；周公吐哺，天下归心；商鞅变法，虽遭车裂，功不可没；李斯为秦始皇一统天下也献了不少计策；贤相诸葛亮鞠躬尽瘁，死而后已；魏征劝唐太宗以人为镜，以史为镜，其心可鉴；张居正"一条鞭法"缓解了明王朝土地兼并，黎民涂炭的弊病；清代纪晓岚文思迅捷，风趣幽默……这些宰相们的清名轶事，宛如缀在中国历史和文学史的夜空中的明星，闪耀着灿烂的光芒。清代还有一位值得一提的宰相，那就是被称为"浓墨宰相"的刘墉，

（清代已无"宰相"之制，但职品相类，民间亦习惯如此称呼）刘墉的书法堪称第一，甚至已超过了他的政绩和诗文。

刘墉（1719—1804年），字崇如，号石庵、青原、香岩、石砚峰道人等，山东诸城人。系乾隆进士，官至吏部尚书，体仁阁大学士。其父刘统勋也是大学士，只墉一子。刘墉的仕途还算顺利，这里面也多少有些其父的功劳，但刘墉本人的资质和能力也确实可堪重用。乾隆多次嘉奖擢升他，虽有小错，亦予恩免。

刘墉这"浓墨宰相"可绝非浪得虚名，乾隆、嘉庆年间，刘墉与翁方纲、梁同书、王文治并称"清四家"。刘的门人陈子韶把刘与梁同书的字同刻于西湖上，称为"刘梁合璧"。据徐珂《清稗类钞》记载："诸城刘文清书法，论者譬之以黄钟大吕之音，清庙明堂之器，推为一代书家之冠。盖以其融会历代诸大家书法而自成一家。

刘墉联迹

所谓金声玉振，集群圣之大成也。泗州杨文敬公士骧所藏文清真迹甚多。盖其自入词馆以迄登台阁，体格屡变，神妙莫测。其少年时为赵体，珠圆玉润，如美女簪花。中年以后笔力雄健，局势堂皇。迨入台阁，则绚烂归于平淡，而臻炉火纯青之境矣。世之谈书法者，辄谓其肉多骨少，不知其书之佳妙，正在精华蕴蓄，劲气内敛，殆如浑然太极，包罗万有，人莫测其高深耳。"这段话当是对刘墉书法的最恰当评价，堪称知音了。

刘墉字好，而且自成一家，别人模仿不出，平生书楹联，常用紫毫笔，尤其喜欢用蜡笺高丽笺。官尚书时，每写完判词，就画一个"十"字，有下属模仿，刘墉一眼便能认出。曰："吾画不可伪也。"刘墉的三个姬妾，亦精通书法，而且能把刘墉的笔迹模仿得惟妙惟肖。王恺甫《渊雅堂集》有句云："诗人老去莺莺在，甲秀题签见吉光。"自注曰："石庵相

国有爱姬王，能学公书，笔迹几乱真，惕甫尝见姬为公题甲秀堂法帖签子也。"还有人见过刘墉与三姬的论书家信，指陈笔法甚悉。

然而刘墉自己却非常谦虚，他的学生英和《恩泽堂笔记》中记载，刘文清尝云："吾平生有三艺：题跋为上，诗次之，字又次之。"英和不解地问："师书名遍中外，朝鲜人亦求书，何谦为？"师曰："吾非谦也，小就不肯，大成未能，今免，然读者可知师之诗学不让古人也。"这话当然是戏言了。

那么刘墉的诗究竟如何，能否与其书相并呢？先看看别人对他的诗的评论吧：法式善《梧门诗话》中说："刘石庵先生小诗最有远致。"阮亨《瀛舟笔谈》言："石庵刘相国书法冠冕海内，而诗不多见。所传诵者大率从卷轴传抄而得，字字道紧，非深于少陵者不能读也。"符保森《国朝正雅集》云："应相国（和）云：'公早岁劻翔馆阁，内通掌故，中年扬历封圻，外娴政术，故其言浏然以整。而又贯穿乎经史，宏览乎诸子百家佛老小说，故其言华而不缛，雄而不矜，逶迤而不靡。世徒震耀公之书名，疑若词章非所兼擅者，岂其然哉？'"

这些评论显然都是对刘墉的褒扬。

刘墉的书法和诗都很优秀，但民间广为流传、野史上记载颇多的却仍不是这些，而是与乾隆、与和珅斗智斗嘴的轶闻趣事，说来常令人捧腹，几至绝倒。清李伯元《南亭笔记》中载很多这样的趣事：刘墉持躬清介，行为放诞，不修边幅，常着破衣烂衫，虽露肘决踵也一点都不在乎。一日上殿，有虱缘衣领而上，慢慢地将要爬上胡须，乾隆看见匿笑，而刘墉不知。回家后仆人提醒，要给他捉虱，他才明白原来皇上是在笑这只虱子，因对仆人说："勿杀此虱。此虱屡缘相须，曾经御览，福分大佳，尔勿如也。"其冲淡如此。

刘墉居官数十年，家资清薄，门可罗雀。而与他同时的满相和　却专权恣肆，富可敌国，就连他家的看门人，亦积银百余万，在京师设当铺十余所。刘墉常偷拿朝服向之质钱，而门人不知。一次正逢元旦朝贺，同僚皆狐裘貂套，只有刘墉穿着破衣服，状极瑟缩。乾隆很不高兴，认为他是装的。第二天便责问他："刘墉你为什么有衣服不穿，装成这穷样子？"刘叩首对曰："臣一应衣服，俱在某人处。"帝召和珅，和珅茫然不知，刘出示当票："有凭据在，何得云无？"和珅大窘，哑口无言。乾隆对他说："刘某人的衣服，你还了他罢，你看他冻得怪可怜的。"待出，和珅老大不愿意，刘掩嘴偷笑曰："上问得凶，一时找不出话说，才拿老兄来推托的，莫怪莫怪。"和珅气不得笑不得，真拿他无可奈何。

刘墉就是这么幽默滑稽，谁的玩笑都敢开，谁却又奈何他不得，人皆呼之"小诸城"。一日在政事堂吃早饭，忽朗声吟道："但使下民无殿屎，何妨宰相有堂餐。"一座皆为之喷饭。

刘墉就是这样嬉笑怒骂着做宰相的，当然他的分寸掌握得很好，即使偶然开罪于人，也总能化干戈为玉帛，一笑了之。刘墉做官方正，为人圆通，锋芒藏于愚中，骨力隐于拙内，这与其书法声气相通。不管从哪个角度，刘墉都是位难得的宰相，一个很有趣的人。

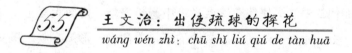

55. 王文治：出使琉球的探花
wáng wén zhì: chū shǐ liú qiú de tàn huā

王文治是清代著名的书法家，同时也是个很有成就的诗人。他于作诗、书法似乎都很有灵性，作品在学古的基础上能创出自己独特的风格。他对佛理钻研得很深，用他自己的话说则"吾诗、字皆禅理也"。

王文治，字禹卿，号梦楼，江苏丹徒人。生于雍正九年（1730年），卒于嘉庆七年（1802年），一生几乎都是在乾隆盛世度过，并且也没有像当时很多名流那样身世多折，或因文字狱而受到迫害，他的一生可说是得意大大多于失意的。少年时的王文治就意气豪放、眉宇轩昂，有凡人不可比之英气。"才致飚发，散华流艳"，以致人传有"国士"之美号。

乾隆二十一年（1756年），侍讲全魁被派出使琉球。王文治当时已小有名气，所以全魁就邀请他一同前往。年轻气盛的王文治正想出去见见世面，就欣然应允下来。在水路交通的安全性还很有限的时代，出海航行那么远，生命必然受到极大威胁。王文治的亲友都赶来相劝，虽苦苦挽留，王文治却初衷不改，终于登上了去琉球的巨舟。后来在航行途中果然遇到了一场大风浪，王文治坐的船被大浪掀翻，生死攸关的时刻幸亏有人搭救，才得免一死。一般人受到这样的惊吓，必定气短心悸，后怕不迭，王文治却还是那样神采飞扬，甚至大喜曰："此天所以成吾诗也。"

到琉球后，王文治玩得很是开心，他目睹了许多异域风俗和见闻，眼界大开。李调元《雨村诗话》中就记载着王文治回大陆后，与他津津乐道琉球王府宴客时伶童歌舞的热闹场面。而同时王文治也以他俊秀的书法给琉球人相应的回报。有得到他墨迹的人，无不视之为至宝。其时王文治不过二十五六岁，书法艺术上却有如此成就，足见他性灵不凡。他的诗《偕全公魁使琉球》中有一句"他时若话悲欢事，衣上涛痕并酒痕。"表明了他对这次奇特旅行的留恋之情。

乾隆二十五年，王文治以锦绣文章得中进士的一甲第三——探花，授编修。二十七年，充顺天乡试同考官。二十八年，充会试同考官，正是春风得意之时。而他的书法更使他在贵族名流中身价倍增。内阁大学士刘墉年长王文治十一岁，也以书法闻名。刘墉的字笔墨酣畅，形态丰腴。王文治写字却喜用淡墨，结字挺拔清秀，两人被并称为"浓墨宰相，淡墨探花"，名满天下。也有人将王文治和刘墉、梁同书、翁方纲四人称为书法史上的"清代四家"。这四人中，又数王文治的风格最为俊逸，这种内在的精神气质别人当然是学不来的。梁同书就常常喟叹自己的字难比王文治，差的可能是个天分吧。

王文治以"工书名海内"，其实他对诗如同写字一样，都是同样地倾心。《清稗类钞》认为"其诗超拔不群，特为书名所掩耳。"他的诗有唐人遗风，音节洪亮，表意疏朗真挚，又常有自出胸臆的妙句。张怀桂有《梦楼选集序》，其中认为王文治的诗"似平而实奇，似柔而实刚，……于汪洋之中时露汹涌，于平衍之内偶出横奇。"确是个深得其诗意的评价。

钱泳《履园诗话》中记：钱有一柄扇子上画着一枝杏花，王文治题《桃花庵》诗于其后：

桃花一树艳猩唇，独占名蓝似海春。

误入溪流原有路，重来门巷竟无人。

迷离夕照红如梦，怅望天涯绿少邻。

我愿大千花世界，有花开处尽诠真。

此诗由一枝桃花引出"桃花源"之典，最后发出"有花开处尽诠真"的祈愿，造诣新颖，有横逸而出的境界。而钱泳则拿《随园诗话》所记清名诗人严遂成咏桃花的"怪他去后花如许，记得来时路也无?"与此诗颔联"误入溪流原有路，重来门巷竟无人。"相比，认为两诗都是暗中用典，王文治的诗则显然更胜一筹。

不久，王文治参加朝廷大考得一等第一名后被升为侍读，旋即被派云南任临安府知府。但他只在云南呆了两年，就因为下属之过被牵累罢了职。王文治对这一变故接受得很坦然，返乡的途中路过晋宁，他还专门去游了那里的段氏竹园，并题下清新淡泊的一首五律：

晋宁南郭外，修竹自成林。

风过夏鸣玉，似闻流水琴。

绿天寒欲滴，白昼淡生阴。

而我栖栖者，于兹清道心。

清代朴学盛行，很多人都钻入义理考据之学中而轻视诗文。王文治却认为"词章之学，见之易尽，搜之无穷"，用功于此方得深理妙谛。所以他万事以诗为上，以诗人为上。他将要离开云南的时候，有当地平民诗人李鹤龄带着自己的作品来拜访他。那时诗人相交多以诗为媒，李鹤龄偏等王文治被免职后才来找他，大概就是要保持这种诗人交往的纯洁性吧。李的赠行诗中有一句"玉堂老凤留衣钵，沧海长虹卷钓丝"，王文治读了极为喜爱，夸其"才力博大，尤为难得"，很后悔自己没能早些发现这个人才。他还决定把李的诗带回京城与家乡，为其扬名，使其诗作不致被"泯没"而"无传"。从此事来看王文治的品性，实在只可做个诗人，而难做

官僚。

此后的三十多年，王文治始终隐居在家，终日徜徉于山水之间，以诗、字和宴乐消磨时光。乾隆南巡至杭州，见到王文治题的"钱塘僧寺碑"，极为欣赏，决定再度起用王文治，却被其回绝。王文治通音律，在家乡买童子数人教其度曲，行无远近，必随带之。一天王文治一家带着乐班泛舟扬州湖，丝竹悦耳，招至左近画船皆拔棹追随，一时传为美谈。

乾隆四十四年，在五十岁生日的前一天，王文治来到杭州天长寺受戒，皈依了佛门。此后每日参悟佛理，熟读《楞伽》及唯识诸经，并且长年食素蔬，还曾作《素食歌》警戒世人。袁枚这时已过花甲，两人同是江南归隐的大名士，当然有不少联系。袁枚有送王文治联："才子中年多学道，仙人家法爱吹笙。"恰切地道出了王文治中年以后以管弦、禅理为伴的生活。而王文治则自题联：

> 人间岁月闲难得
> 天下知交老愈亲

红尘之情似乎并没有淡去。而他晚年时作的古乐府《有所思》更是他脱俗高洁又终未参破的"诗人"之心的激情流露：

> 有所思，乃在碧海之曲，青云之西。非关迢递穷远道，窃恐大块以内不能称我夙昔之襟期。少年意气托江海，天涯谓有知音在。十年南北走风尘，结交倾尽金壶春。其中岂无二三贤达者，总非吾心愿见之一人。东风兮东风，吾随而往来上下一气之中，所思倘可旦暮遇，相将白云跨彩虹。

这首诗里，发须斑白的王文治回首一生，感叹自己毕生寻找一个可倾心相托的知己，却终未得遇。最后一句，他表达了与知己携手登空横"跨彩虹"的强烈渴望。而这一理想愈是绮丽绚烂，王文治在对它发出呼唤时的心态愈是孤独和寂寞。所谓曲高和寡，正是王文治一生的遗憾。从风格上看，这首诗情感通贯而下，激情动荡，显然受盛唐浪漫诗风的影响，情绪甚至直追李白的古乐府。至于说禅理的含蓄和空灵，见得倒是不多了。

《蓉峰诗话》中说："江左诗人，俱擅风流，王梦楼前辈文治，又别开一派，有修洁自喜之致。"以"修洁自喜"四字评王文治甚妙。王文治不是入世而愤世嫉俗的，也不是四处游荡、靠附庸风雅消磨时光的，他守护着一方洁净的心田，不为身外事所累，认真寻找着真情，这般品性自然长久令人钦羡。

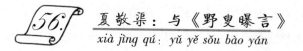

56. 夏敬渠：与《野叟曝言》
xià jìng qú：yǔ yě sǒu bào yán

圣人们提倡"学而优则仕"，民间也有道是"学成文武艺，货与帝王家"。古时候有才的或自诩有才的文人，谁个不想封侯拜相，安邦定国，一展雄才伟略？只可惜帝王家并不总是买账，即便是赶上盛世，逢着明君，也未见得人人都能得志。得志的文人总是一样的，不得志的文人各有各的不同。屈原怀忠心而被放逐，被发行吟泽畔，终自沉于汨罗；李白负奇才而遭忌，遂有句"天子呼来不上船，自称臣是酒中仙"……有的殉志，有的归隐，有的弃世离俗，有的流于颓放，俱各不一。但因不遂其志而走向极端却又终生执迷于兹如狂叟夏敬渠者，实在罕见。

生于康熙四十四年（1705年），卒于乾隆五十二年（1787年）的夏敬渠，字懋修，号二铭，一生历时三君，却哪一个也没报效上。

这夏敬渠实在是个人物，几乎可以称得上是个通才。他博经通史，诸子百家烂熟于心。在圣人学说年复一年，日复一日的熏陶浸淫之下，夏敬渠自是将孔孟之道奉为至尊，视作性命，在他眼中心上，儒学是清，老庄是浊；孔孟是正，佛老是邪；程朱是良玉，陆王是顽石。这种尊儒思想贯穿了他的一生，夏敬渠是个坚定的殉道者，而非《儒林外史》中周进式的假道学。

在夏敬渠看来，儒家经典正了伦理纲常，整束了人间正道，简直是天降至文。《论语》更是字字珠玑，篇篇锦绣，句句都是妙语纶音。而老庄之学则惑乱人心，无视礼法，既不存天理，也不肆人欲，放纵人的私意，把那伦常纲纪全抛诸脑后，导人向邪，灭绝五性，实是令人深恶痛绝。他进而指出，谈玄说理之风日盛，渐迷世人之心，势必导致天下大乱。而佛老之罪尤甚。道学先生的心中既存了天理人欲、三纲五常，当然越发容不得导劝世人脱离苦海红尘之说。儒家讲究君君臣臣父父子子，而佛家却将人世诸情视之为万苦之源，且以师为父，以徒为嗣，简直是同儒家分庭抗礼。夏敬渠认为佛老之学裂纲毁纪，教人背叛君亲，捐弃妻子，废乱人伦，且又为不法之辈提供了聚众惑人、启乱作难的凭据，无异于陷人于禽兽之境。夏敬渠鄙恶佛老的观点同当时佛道风气日下、大跌水准是不无关系的。彼时佛法衰微，僧尼多为不事耕织而得衣食的油懒奸猾之徒，禅院寺庙也成了为非作歹的场所，早非昔日度人解脱的净土圣境。官府亦无能为力。无怪乎夏老夫子要深恶痛绝之。

程朱秉承孔子之道，在夏敬渠眼中自然而然也是圣徒。程朱重学，胜于实；陆王轻学，败于虚。

老先生的观点一生无改。不过他实在是个博学得令人惊诧的真道学。故而他执拗得有三分道理，偏颇得有二分资格，另外五分么，俱被狂气占了去。

夏敬渠不但饱学得够可以，而且于礼乐兵刑天算之学也无不涉猎精通，至于天文地理、医药相术，更是不在话下。他一生著述颇丰，如《纲目举正》、《经史余论》、《诗集》等洋洋大作，可惜不传。

读万卷书，行万里路。夏敬渠并非枯守书斋的木讷书生，他游学的足迹几乎遍至大江南北，过着谈笑有贤豪、往来无俗流的日子。这样的一个逸兴壮飞的人物，仿佛最应该大有作为。可事实恰恰相反。不过这倒也不难理解。夏敬渠固守儒家之道，将之视作眼珠儿性命一般，举事立身无不恪守成规，其迂直可以想见。但当时的天下偏偏是虚诈的假道学的天下，夏敬渠虽然满肚子"守经行权"的道理，可对于人情世故的灵活机变其实是一窍不通。所以他失意于科场甚至一生郁郁不得志也完全是情理之中的事。偏生他又极狂，始终不能服气，总想找个机会一抒自己的生平抱负，教天下人刮目相看。

夏氏晚年结束了为人做幕的漂泊生活，归而著书，于七十多岁的高龄完成了一部皇皇奇书《野叟曝言》，取义为"野老无事，曝日清谈"。不过夏敬渠可并非像他自己说的那样，只是老来闲着没事儿干，随便聊聊。事实远非如此。从他用做全书二十卷编卷字的"奋武揆文天下无双正士，镕经铸史人间第一奇书"二十个字看，就可窥到夏敬渠一生的耿耿心曲。

《野叟曝言》的灵魂人物文素臣是以道学先生的面目亮相的。在小说的开篇，这位主人公就对唐代崔颢的题黄鹤楼诗作了独辟蹊径的剖析和诠释，他认为崔公此诗旨在言明神仙之事纯系子虚乌有、全不可信。而听其解诗的，是一位将文素臣视作顶梁柱石并奉之为"素父"的圣君，庙号孝宗皇帝。

话说这位大贤臣文素臣，出身书香门第、忠孝世家，父母都是了不得的才子才女、男女中之大儒。他出生时，他的母亲水夫人梦见玉燕入怀，"故乳名玉佳"，他的父亲也有种种奇梦显示这位文家仲子非同寻常的异禀。这样一位人物，自然幼秉异慧，令人不能小视。三岁看老，文素臣四岁通四声之学，十岁工古诗，十八岁时已是经纶满腹、学富五车。

天授之才终难埋没，被母舅誉为"丰年之玉，荒年之谷"的文素臣儿时即有大志。人们曾于偶然间探查他的志向，问他可愿大富大贵，他答说"愿读书"，既是愿读书，又问他想不想中状元，他的回答是"欲为圣贤"。令他的父亲文公颇为惊异。

及至长成为"铮铮铁汉，落落奇才"，文素臣已掌握了一身的本领。文武双全，智勇过人；作赋凌相如，谈兵胜诸葛；通历数，观人即知贵贱；精医术，可同仲景比肩。且又忠心耿耿，不求宦达，是一位有血性的真儒。天生一个为帝王家准备的"擎天白玉柱，架海紫金梁"。

封建时代，胸怀天下者必不会独善其身。为广博见闻，年轻的文素臣决定远行游学，从而引发出一路的奇遇和故事。在饯行宴上，他向众人明申了自己的一个梦想，即奋力扫除佛、老二氏蟠结千百年之流祸，使"天下之民，复归于四；天下之教，复归于一"。作者借文素臣之口，淋漓尽

致地表达了他对佛、老的厌憎、对儒学正教的尊崇，以及除灭佛、老，独尊圣经，匡正天下的理想。

夏敬渠是如此厌憎僧尼之辈，以致他笔下的此类人物多半被描写得十分不堪。他还安排文素臣在行程的第一站就与一个荒淫残暴、无恶不作的凶僧遭遇。这法号松庵的凶僧专惯劫夺妇女、作奸犯科，恶名远播，当地百姓乃至士人都敢怒不敢言。这松庵又与番僧勾连，皆是一群为非作歹之辈。文素臣同这些恶徒进行了坚决的斗争，同时又对所遇僧尼中并不务恶之人据理力劝，意在援释归儒。小说中的道士也无不是淫邪之徒、惹祸根苗。连公子在家中设着丹房、养着一班道士，险些闹得家破人亡、身败名裂。李又全拜龙虎山道士韦半仙为师，为实践韦半仙所授的长生不老之术，害死了数十条人命，自己也落得个凌迟处死、妻妾离散的下场。凡此种种，文素臣或是耳闻目睹，或是亲身经历，对之深恶痛绝，认为佛、老盛行，导致世风日乱，民不成民，国不成国。立誓铲除之。故而他得志后，除了灭恶除奸，首要的一件大事就是根除他心目中的邪教。这位文太师第一次请除佛、老未果，便迷于罗刹国七年。待太上皇龙驭上宾后，无医而愈的文素臣便振作精神，一举根除佛、道两教。并且根除到了日本、印度、西域、西藏等地，使佛、道尽绝，遂了平生之志。从此民心平正、国泰民安、天下大治。

对这部小说的评价历来众说纷纭，有人说它极有价值，有人说它毫无意味。但无论如何，关于这部奇书有几点是确定无疑的。《野叟曝言》堪称是我国古典小说模式的集大成之作，书中写了才子佳人，写了神魔鬼怪，写了世情民俗，是中国小说开始走向综合的标志。尤其是它生动地再现了风情民俗的真实面貌，为研究清代市井风俗提供了宝贵而丰富的资料。在这部书中，作者塑造了我国文学史上第一个高大全的人物形象，即主人公文白文素臣。作者将自己的灵魂附着在主人公身上，舒展开一幅理想至极的画卷让文素臣施展本领，并终于功德圆满。

不能否认，夏敬渠在长达一百五十四回的《野叟曝言》中熔铸了他一生的学问。他常在书中大幅谈经论史，扬儒抑释，阐述己见，尽管时时游离于小说之外，导致后人对小说的艺术性无从恭维，但其学术价值却是不容忽视并且不能小视的。无怪乎当年夏老夫子七十诞辰时，怡亲王遥祝其寿并题额曰"天骘耆英"。遍览其古稀之后所作的《野叟曝言》，其中虽颇多匪夷所思之想，但也的的确确只有这等天降奇才方能写得出来，凡夫俗子是难与之比肩的。

凡是过于珍视、爱惜自己才华的人，如果在现实生活中备受压抑和阻扼，往往都会走向理想主义的极端。对理想的执著追求一旦走向极端，就容易演变成自负。从这个意义上来说，夏敬渠是个理想主义者，在他与文素臣相互渗透合一的过程中，理想与自负掺杂在奇书《野叟曝言》的字里行间。其中的诸般况味被作者挥洒得淋漓尽致同时又令后人易于体会却难于评说。

文素臣有着完美的理想同时又是个完美的理想人物。他文有文韬，能妙计安天下；武有武略，可出兵定邦国，是封建时代封侯拜相的理想人选。有着这等神奇本事，功绩赫赫可上凌烟阁，但却全无半点骄人傲人之心，在皇帝面前始终诚惶诚恐，毕恭毕敬，绝无二心，真是难得之至。

他年纪轻轻就已文武双全，呈现异秉，却既不呆板木讷也非赳赳武夫，而是一位美如冠玉、玉树临风的翩翩佳公子。

既是才子，就必要有佳人来点缀。文素臣的几位闺中伴侣全都是绝代美人兼旷世才女，不要说公侯家的小姐，即使贵为郡主、公主，也争着抢着要为这位文相公做妾。倘若不成，便萌毅然赴死之心。一旦得以结成连理，就心甘情愿地同几位分享爱情的准情敌互敬互爱，亲如连心十指。文素臣生平有四项擅长之事，即历算、诗学、医宗、兵法，他的闺中理想是寻得四位慧姬。每人传授一业，在闺中焚香啜茗，极尽风雅。这种读书人大概都曾有过但也只不过怯怯地在心中幻拟一下的狂想，夏敬渠不但借文素臣之口公然言之，而且还安排主人公——亲历、梦想成真。红袖添香夜读书，一般书生的美梦恐怕只敢做到这里，但夏敬渠并不满足于此，他委实是太过于自负了。文素臣后来非但四美俱备，娶得璇姑、素娥、湘灵、天渊四位奇女子为妾，而且这四人还是主动委身，他出于礼法坚拒未遂方才允婚。四人虽在与文素臣的爱情经历中处于主动位置，但都崇尚节义，严守冰清玉洁的坚贞气质。文素臣的大妾刘璇姑，出于对文的感激和爱慕，曾主动投怀，颇为忘情。后来，她流落到才貌皆不逊于文素臣的连公子的宅邸中，却无比决绝，真个是非礼勿动、非礼勿视，为了捍卫贞节，竟不惜以死相拼。多情如宋玉的文素臣，到处惹下相思，而他的姬人们却如此忠诚，使他完全不必有"后院起火"的危机感。

坐拥美人的文素臣还有一位大贤大德的嫡夫人田氏。田夫人是个齐家的能手，而且她身上几乎具备了中国妇女的所有传统美德，对丈夫的几位妾室怜爱得无以复加。后来公主谢红豆下嫁，她生恐委屈了这位情敌，竟主动提出要退为妾媵，将正室之位让与谢红豆。甚至为了避免素娥、湘灵被选为才女，她还女扮男装代丈夫将二人娶回家中。贤妻美妾，读书人的家庭理想文素臣全都有了，并且她们是如此出众，更衬托出她们对之耿耿忠心的文相公是何等得不同凡响。

但文素臣并没有就此沉迷于富贵温柔乡中而不思奋进，这是因为他有一位理想的母亲。这位水夫人堪称女中大儒，恩威并施，凡事都能从礼义角度讲出个大道理来。文素臣的事业理想就源自水夫人最初的教诲和自始至终的鼎力支持。如果说，文素臣是撑天的柱石，那么水夫人就是这根柱石最坚实的基座。

在古代文人的心目中，这真是一个再理想不过的家庭。富贵而祥和，上慈而下忠，妻贤而妾惠，知礼而有情。无怪乎七十五回中飞娘说："这样人家，休说做小，就做他一世的老丫环，也是情愿！"这可不是耸人听闻之语。文家几个丫环后来得受钦定赐婚的殊荣，被赐配于各省进士。几人竟掩面悲啼，而秋香更投水赴死，获救后声言宁可"随分配给一奴"，为的是"只要永远服侍太夫人，就感恩不尽了"。

文素臣一生文治武功，逞尽才智。他那些杰出的儿孙们则为他的人生理想添上了最完美的一笔。他的后代们纷纷以八九岁的年纪状元及第。更有甚者他的长子文龙竟以九岁之龄被授官巡抚，威风凛凛地上任。断案料事如神明，讲话的语气口吻俨然一德高望重的老夫子，且还引得十八岁才女相思不已，女扮男装化名来投，充做幕僚，成为文龙的得力助手，后来委身作妾（因文龙已有妻室）。

这些神奇大胆、匪夷所思的幻想令人瞠目结舌又忍俊不禁，仿佛也只能出现在狂人夏敬渠的小说中。

夏敬渠本人对这部书也欣赏得了不得，自谓为"人间第一奇书"，认为凭此一书，足可济世安邦，握乾坤于掌上。所以，当清高宗乾隆南巡之时，一生执迷于做忠臣良相不能自拔的夏敬渠怎甘心使这一亘古未有之奇书寂寂于民间。他跃跃欲试想要献书君上。幸而他有个聪明机敏的女儿，晓得这样一部满纸自大狂妄之言的书如若献将上去，势必会触怒乾隆，酿成大祸。她百般劝阻无效，遂自作主张，连夜用白纸装订一部，装潢之精美与原书毫无二致，来了个偷梁换柱，把原书移至他处藏了起来。第二日，心潮澎湃的夏敬渠意欲前往迎驾，他兴冲冲地拿出书来，却发现封皮犹在，而纸页中却一个字也没有了。夏小姐向目瞪口呆、悲痛欲绝的夏敬渠婉言解释，定是这奇书为造物所忌，不宜进呈人君，所以才在一夜之间羽化而去。想想人终究不可以逆天而行，夏敬渠也就罢休了。但他一生都生活在自己的梦想里，如今通向理想的最后一条路径也遭遏阻，这无异于绝了理想主义者夏敬渠的生路。不久之后，他即郁郁而终。他死后，他的女儿将《野叟曝言》重新加以润饰，对涉嫌淫秽之处略加删除，此书方得以刊印流传，直到今世。

唉，谁知道呢。或许夏小姐当初竟然多虑了。没准儿那位倜傥的乾隆爷读了《野叟曝言》之后并不会龙颜震怒，祸灭夏氏九族，而只是将书一掷，哈哈大笑着说："疯子！疯子！"

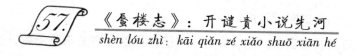

57. 《蜃楼志》：开谴责小说先河
shèn lóu zhì: kāi qiǎn zé xiǎo shuō xiān hé

《蜃楼志》名曰"蜃楼"，盖取海市蜃楼，如梦如幻，全化作过眼云烟之意。当时以广州、番禺为中心的岭南地区，因经济发达、思想开放而成为物欲横流、情欲横流的世界。经过一番大起大落、大喜大悲。许多人更容易看破红尘，参透世事。这位神秘的庚岭劳人，即使不做任何表白，只一个"劳"字，就透出了他多少辛酸和彻悟！一部匪夷所思的《蜃楼志》，即演出了一场情欲与物欲的幻灭之歌。

《蜃楼志》全名《蜃楼志全传》，约成书于清代嘉庆初年，共计二十四卷二十四回（嘉庆十二年刊本为八卷）。作品署名庚岭劳人，其真实姓名、籍贯、生平事迹及其他著述均不详。但从小说内容来看，庚岭劳人肯定在广东有相当一段生活经历，因而对岭南生活如此稔熟，做小说似是信手拈来。

《蜃楼志》不同于一般的人情小说，它从政治、经济、文化、社会生活等不同层面，对当时的岭南生活做了真实而细致的描写，塑造了一大群丰富多彩的人物形象，有贪官污吏、洋商买办、帮闲篾片、江洋匪盗、书生美女，小说文笔俏丽简洁，隽永含蓄，被誉为开清末谴责小说的先河。

《蜃楼志》是清代一部很优秀的人情小说，曾有人给予此书很高的评价：郑振铎先生读罢此书感到"欣慰不已"，并将其划入"名作"之列；戴不凡先生则认为"自乾隆后期历嘉、道、咸、同以至光绪中叶这一百多年间，的确没有一部能超过它的"。在这部"名作"中，苏吉士处于"男一号"的位置。有人认为此书具有自传性质，苏吉士可能就是这位神秘的庚岭劳人的翻版，是庚岭劳人借苏吉士这个人物记载了他平生的事迹，寄托了他各种情感和思想，描述了他的生活理想和希望。但不管这种假设是否成立，苏吉士这个人物仍是继西门庆、贾宝玉之后一个比较闪光的形象。

苏吉士有很多地方都与西门庆相似，但由于他们毕竟相差几百年，故苏吉士身上有他特定的时代特点。

苏吉士名苏芳，字吉士，乳名笑官，乃是苏万魁之侧室花氏所生，生得"玉润珠圆"，性格温柔。十三岁上从师李国栋，号匠山。这匠山思想颇开明，是个屡试不第的饱学名宿，浪游各地，聊以坐馆为生，对学生也不甚束缚。因此苏吉士在身心上有很大的自由。吉士受匠山影响，只把读书做个清闲的乐事，平日里诗酒对句，而于功名无心。第十八回"必元乌台诉苦，吉士清远逃灾"，妹丈卞如玉和大舅哥温春才纷纷中第，聪明高才的苏吉士也有点动心："但是我的功名未知可能成就？"但转念又想到："我要功名做什么？若能安分守家，天天与姐妹们陶情诗酒，就算万户侯不易之乐了。"苏吉士当时不过十七八岁样子，小小年纪就有如此见识，实在不易。

既然于功名无心，苏吉士便把半副心肠放在了商业经营上。吉士新婚第四天，父亲万魁便因受海盗惊吓撒手而去，吉士继承了父亲的职业和遗产，开始正式辍学经商。虽经商，但吉士却一点也不肖他父亲的苛刻，对金钱并不看重。第二回中苏万魁身陷牢狱，需三十万银子，苏吉士就这样思量道："我父亲直恁不寻快活，天天恋着这个洋行弄银子。今日整整送了三十余万，还不知怎样心疼哩！"至父亲死后，方知强盗是由两个苏家的债户勾结引来，原来是父亲平日里对债户们很是严刻。方想到："我父亲一生，原来都受了钱银之累！"感事伤心，不觉泫然泪下。遂把父亲遗留下的债券通通烧毁，并将所欠陈租豁免，新租照九折收纳。这种行为也绝不是以前的地主所能做出来的。

除了买卖经商之外，苏吉士把他大部分精力都用在"寻快活"上了。本书共跨越四年的时光，开篇时苏吉士十四岁，到结尾处他已成长为一个成熟的商人、地主，一个精明强干又很仁和的一家之主，这时，苏吉士也不过十八岁。以他十七八岁年纪，却也正是贪玩、图快活的时候。

本书中的男女人物普遍"早熟"，刚刚十几岁的孩子便已无事不知。苏吉士虽是孩子性，父亲还被拘留之时，便想着"趁先生不在，且进内房与温姐姐顽要"。但在他温姐姐的眼里，苏吉士却不是个小孩子："说苏郎无情，那一种温存的言语，教人想杀。说他年小，那一种皮脸，倒像惯偷女儿。"这温姐姐名素馨，是商人温仲翁之妾所生，因苏吉士与其兄温春才一起同在温家读书，从小便很熟悉，一来二去，在彼此身上都很用心。素馨屡屡与吉士挑逗，吉士也解风情，渐渐地二人越过最后的防线，偷尝禁果，两情更加相悦，直到后来温素馨被与吉士一同读书的乌必元之子乌

岱云先奸而嫁。

《诗经》有句云："有女怀春，吉士诱之"，苏吉士这个名字，想必便是从此得来。苏吉士确实是个多情种子，风流成性，到处留情。在《蜃楼志》中，他与素馨、惠若、乌小乔、施小霞、巫云、也云、茹氏、冶容等妻妾、外宠、丫环不下十人发生过肉体关系。而且被苏吉士"诱"过的女子，无一不深深地爱上了他，为他流连不去。这是因为苏吉士不仅才高貌美，而且家境显赫（这是"风流"的两个最基本条件），更难得的是他性格温柔，懂得惜香怜玉。苏吉士与西门庆不同，西门庆是采花能手，也是个折花能手，几乎从未"爱"过任何一名女子，他对女性只有摧残，风过后一片狼藉的落花。西门庆又十分霸道，绝不能容忍他的女人（包括妓女）再被其他男人（少数本人丈夫除外）染指。苏吉士则对与自己有过肉体之交的绝大多数女子都曾付出不同程度的感情，对她们不仅眷恋、爱慕，而且更难得的是他尊重、理解并关怀这些女人，他从未对任何一个女人加以任何摧残，对她们总是小心翼翼、试试探探，如果女人对他说不，那么他就决不僭越。苏吉士与温素馨的恋情未果，但他仍关心着嫁给乌岱云的素馨。素馨被乌岱云赶回娘家后，吉士还曾去探望慰问，并洒下同情痛惜的泪水，"温柔体贴之性还是当年"。乌小乔被赫广大强行娶去，吉士分一枚玉玦与小乔各自佩戴，这半块玉璧便成了小乔的精神支柱，一直苦苦支撑，最后终于破镜重圆。吉士中人圈套，被人灌醉后与有夫之妇茹氏苟合，又在茹氏的安排下，与冶容发生关系，对二女十分眷恋。但后来得知冶容与家人杜宠私通，便将其嫁与杜宠。又劝茹氏改嫁一幕友，还拿出五百两银子和衣物等做嫁妆。这种胸襟是西门庆所欠缺的。可能也因此而使苏吉士更具魅力，更能吸引女士们对他倾心。

《蜃楼志》作者庚岭劳人对苏吉士给予了很多笔墨，也寄予了很多情感，这个人物的描写是很成功的。无论从社会发展角度，还是从文学史角度看，苏吉士都代表了一个阶层，一个时代。

《蜃楼志》以一部海市蜃楼的意象，道尽了庚岭劳人的深意，正像小说开篇的那首词中写道："春事暮，夕阳残，云心漠漠水心闲。凭将落魄生花笔，触破人间名利关。"世间事不过如此，看破了方知人间正道是沧桑。在情欲与物欲的琴弦上，自有一片弦音响起。

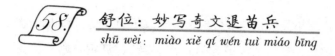

58. 舒位：妙写奇文退苗兵
shū wèi：miào xiě qí wén tuì miáo bīng

舒位少时便有异才。十岁能写文章，受到爷爷的偏爱，爷爷曾充满期望地夸他"此吾家千里驹也"。十四岁，舒位随着到广西永福县做官的父亲来到那里。县署后有一山名"铁云"，静谧宜人，舒位最爱在那里潜心读书，所以他就自号为"铁云"。十六岁那年，越南入贡，父亲领着他出镇南关（今广西友谊关）迎接。舒位赋《铜柱》诗二首相赠，才华毕露，令贡使惊服。

舒位音律上造诣很深。陈文述《舒铁云传》里说："铁云能吹笛，鼓琴度曲，不失分寸。所作乐府院本脱稿，老伶皆可按简而歌，不烦点窜。"他有四部一折的杂剧，分别是《卓女当垆》、《樊姬拥髻》、《酉阳修月》、《博望访星》，合刻为《瓶笙馆修箫谱》，饶有古致，在当时还很流行。

舒位为人性情笃挚，尤为好学，于经史百家无不精通，而平生最以诗名。因为学问的渊博，舒位诗中成语掌故信手拈来，名家诗句化用得也自然妥帖。但他诗的长处还不只是在这里，更在于他见解的独到和个性的特出，所以他的诗常有不同凡响的情致。舒位曾说："人无根柢学问，必不能为诗；若无真性情，即能为诗亦不工。"认为作诗必须学问与性情相辅才能成好作品。舒位的诗集有个好听的名字叫《瓶水斋集》，赵翼为此集作跋，他夸赞舒位的诗"开经如凿山破，下语如铁铸成。无一语不妥，无一意不奇，无一字无来历，能于长吉（李贺）、玉谿（李商隐）之外自成一家。"舒位的七古《蜘蛛蝴蝶篇》就是一首构思颇为新巧，寓有哲思的好诗：

> 蜘蛛结网诱青虫，桃花飞入怨东风。蝴蝶寻花尾花往，打尽

桃花同一网。蜘蛛不语蝴蝶愁，丝丝罗织桃花囚。桃花隔雾看蝴蝶，可似天女逢牵牛。潇潇春雨当窗入，沾泥花片胭脂湿。蝶粉蜘丝一劫灰，青虫自向墙根立。

自然界的一片小小景致，在舒位笔端流出就灵想飞动，韵味无穷。

舒位还有一部颇为有趣的《乾嘉诗坛点将录》，竟把乾嘉时的诗人与梁山泊一百单八将一一对应，如智多星属钱载、豹子头属胡天游、霹雳火属赵翼、花和尚属洪亮吉，他还把自己喻为没羽箭，名号倒也和他深邃的个性相配。袁枚被他点为及时雨宋江，有把袁枚推为乾嘉诗坛盟主的意思，评价是相当高的。舒位自己说是受明末《东林点将录》的启发而编成此书，后世学者汪辟疆则又继承他的这一体例，写成《光宣诗坛点将录》，专论晚清诗人。

舒位在三十二岁上考中举人，这时他的父亲却因事失官，在江西故去，家产全被没收。舒位一家顿时陷入潦倒，甚至没有安身之所。湖州观察沈启震，仰慕舒位才华已久。他主动请舒位搬进他南花桥的一处府邸，舒位还为此赋诗一首以表感激之情："南花桥头秋水绿，扁舟愿写移居图。移居之图尚可写，羌此高义今则无。"舒位一共参加过九次会试，但终究没有考中进士。

河间太守王朝梧升为黔西观察时，舒位正在他的府中做幕僚，于是便随王来到了贵州。恰逢当地苗民起义，苗族兵将凶猛强悍，平剿困难。舒位作为一个文士，却为平苗乱立了一大功。他写了一篇檄文给苗军某部，苗人能识者读其文，见义理通达，情真义切，很多人感动得流泪，最后竟哭拜解散而去。舒位之文可以安邦，其才真不可小觑。

此役之后，舒位顿时有了获取功名的可能性。主帅威勤侯勒保非常器重他，欲邀请他一同去四川，参预军事，剿灭那里的白莲教起义，可舒位却谢绝了。他是个孝子，长期随军在外便愈发惦念家中的慈母，"吾岂以五品官而置七旬垂白于八千里外乎？"舒位虽是顺天（今北京）人，其家却自幼就安在苏州。这次辞归后，他便安心在江南附近做幕僚，有更多的时间与母亲为伴了。可是在母亲魂归道山的那一天，舒位还是没有在她的身边。当舒位得知消息，星夜兼程赶回家里时，能做的只有给母亲安排丧事而已。舒位为此深深追悔，茶饭不进，终于在七十三天后，也就是嘉庆二十年（1815 年）的除夕，舒位也幽忧而去。所以有的学者认为，舒位的逝年应以公历 1816 年为确。

乾隆三十年（1765 年），舒位诞生的前夜，他的母亲沈氏曾得一梦。梦中有个僧人从峨眉山上缓步走来，手中还持有一枝桂花。舒位的小字"犀禅"就是由此而来的。

若把舒位生时的异兆和他的死法联系起来，那么他和沈氏之间似乎真有着某种神秘的因缘。不过种种身前身后之事谁人又能洞知，只是舒位和他母亲的这段真情故事颇似现实中上演的一部古典传奇罢了。

舒位一生不得志，诗名却飞扬天下。当时著名诗人王昙、孙原湘都是他的好友，有人以"三君"并称之。谭献则称他"才俊气逸，可谓诗豪"。舒位诗的最大特点是敢于突破古诗的传统意境，有其真性情，龚自珍则评价为"郁怒横逸"。舒位的诗证明，清中期的人文精神相对于几千年中华文化的传统形态来说，已经有了极其剧烈的变迁。在诗歌领域，则呈现为乾嘉之际诗风的转变。所以今人看乾嘉时期的诗，确实较少那种隔绝今古的距离感。舒位在这种诗风转变中则发挥了重要的作用。

舒位颠沛一生，因而有丰富的阅历，他诗的题材也比较广泛，多是羁旅、咏史、写景之作。在与赵翼论诗时，舒位曾说："情景在诗中，怀抱在诗外。诗外苟无诗，情与景皆累。"这自然是中国古典诗歌一贯的审美追求，舒位也在用自己的诗作实践着：

> 一簇秋烟隔水生，浮阴迢递压重城。
>
> 星眸月魄无消息，独听潇潇暮雨声。

这一首《夜雨泊舟浔阳郭外》，意境清冷婉约，而诗外浓郁的萧索意味也令读者生出挥之不去的感觉。舒位还有一首《杭州关纪事》也颇值得一提。这是一首写杭州关吏抢掠百姓，勒索船客的诗。在暴露当时社会的

腐朽方面,各家均有好诗,舒位这一首却实在与众不同。在诗里舒位表达出了对贪官的轻视和嘲弄,他似乎是在忍笑看一出"关吏如乞儿"的闹剧。此诗充分展示了他幽默、傲岸、磊落的个性:

> 杭州关吏如乞儿,昔闻斯语今见之。果然我船来泊时,开箱倒箧靡不为。与吏言,呼吏坐,所欲吾肯从,幸勿太琐琐。吏言:"君果然,青铜白银无不可";又言"君不然,青山白水应笑我"。我转向吏曰:……身行万里半天下,不记东西与南北。问我何所有?笛一枝,剑一口,帖十三行诗万首,尔之仇敌我之友。我闻榷酒税,不闻搜诗囊;又闻报船料,不闻开客箱;请将班超所投笔,写具陆贾归时装……

此诗从二三言到七九言间杂运用,音律却和谐自然;虽大量使用口语,意境却通俗顺畅,可谓意趣横生、韵味十足。形式的变幻自如背后积淀着自由洒落的生命境界,舒位很反感有些人写诗"以艰深文浅陋",此诗就正是用浅白取胜的一首好诗。

舒位在《瓶水斋集·自序》中说自己"读万卷书,未能破之;行万里路,仅得过之;积三十年,存二千首。飞鸟之身,候虫之口;见岁若月,视后犹今,天空海阔,山虚水深。"是对其一生诗歌创作作的一个谦逊的小结。

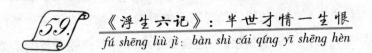

59. 《浮生六记》:半世才情一生恨

fú shēng liù jì: bàn shì cái qíng yī shēng hèn

"浮生若梦,为欢几何?"嘉庆年间,琉球岛国,半轮月下,客馆之中,四十六岁的沈复仰望长空,想着李太白的这句诗,深深地叹了口气。良久,返身回到书桌前,研墨润笔,在一摞书稿的扉页上飞快地写下四个字:浮生六记。《浮生六记》记载了沈复一生所有的喜怒哀乐,是其心血所凝,情感所结,因此也打动着不同时代读者的心情,于欢快处做会心一笑,于愁苦处洒一捧同情的泪水。

关于沈复，历史上其他文献几乎没有记载，所以研究他的人只能从《浮生六记》中来窥探一些他生平的蛛丝马迹。沈复，小字三白，清中叶苏州人，生于乾隆癸未（1763 年），卒年不详。沈复生于小康之家，幼时

沈复绘如皋《水绘园旧址图》

读书，但未举试。曾做过多年的幕僚，浪游大江南北，并出使琉球，又为人教馆、经商过活，甚至于落拓时以卖书画为生。沈复不同于《影梅庵忆语》之作者冒襄，冒襄乃复社四公子之一，与江左三大家等名人才子素有交情，在唱和酬答时已出名，且又有诗名传世。而沈复才情虽不薄，诗作却极少。"沈复"之名得以流传，似乎依赖《浮生六记》之力，可见《浮生六记》是何等样的佳作。

"浮生"共六记，曰："闺房记乐"、"闲情记趣"、"坎坷记愁"、"浪游记快"、"中山记历"、"养生记道"。后二卷业已流失，现在我们所见到的所谓"全本"中的后二卷乃后人所续，有人考证前四卷"笔墨轻灵"，而以后的二卷则笔墨滞重，"也足证明非一人手笔"。由此看来，"浮生四记"竟也与曹雪芹的前八十回《红楼梦》有相同的命运了。不管续貂的是否狗尾，原文的本身极富艺术魅力实在是不用说的。

林语堂曾说，《浮生六记》里的芸是中国文学史上最可爱的女人，他的理由是：她并非最美丽，因为这书的作者，她的丈夫，并没有这样推崇；但是谁能否认她是最可爱的女人？她只是我们有时在朋友家中遇见的有风韵的丽人，因与其夫伉俪情笃令人尽绝倾慕之念，我们只觉得世上有

这样的女人是一件可喜的事，只顾认她是朋友之妻，可以出入其家，可以不邀自来和她夫妇吃饭，或者当她与她丈夫促膝畅谈书画文学之时，你们打瞌睡，她可以来放一条毛毡把你的脚腿盖上。

林语堂先生对沈复之妻陈芸的称赞并非溢美之词，不仅如此，他还没把芸娘的好处完全说尽。

芸诚然是个美人：其形削肩长项，瘦不露骨，眉弯目秀，顾盼神飞。其衣装通体素淡，亭亭玉立。鬓边压上两朵茉莉，形色如珠，花香缭绕，令人销魂。

芸更聪明颖慧。其聪在于精通女红，待字闺中时，与寡母幼弟一家三口的生活费用，均出自她的十指操作。与沈复婚后罹难之时，也是靠她这双手维持生活，绣《心经》十日，而导致旧疾突发，加重了病情。

芸之聪慧处还在于她无师自通，或稍加点拨，便即通款曲。学话时，口授《琵琶行》即能成诵，并把白乐天认做是启蒙师。嫁与沈复后，经复指点，便能与复相对论诗，而且颇有见地，令沈复也为之心折。沈问：诗之宗匠当首推李杜，这两个人中你更喜欢哪一个？芸答：杜诗锤炼精纯，李诗潇洒落拓；与其学杜之森严，不如学李之活泼。沈问：为什么？芸答：格律谨严，词旨老当，诚杜所擅长，但李诗宛如姑射仙子，有一种落花流水之趣，令人可爱。芸对诗的理解准确而别致，而这夫妻二人在一问一答间，心意已通，情意更浓。古代才子和才女都不少，但能如三白芸娘夫妇唱和论诗的，又有几对？

芸爱美，也会美。她用她的慧心去发现一切可以利用的美好的东西，巧妙地加以设计，用它们来装饰她的家居和她的生活。芸曾献计把刺死的真虫绑缚在花枝上，置在案头，看起来惟妙惟肖，令人叫绝。芸还会制作"活花屏"，活花屏由竹枝木条编成架，用砂盆种扁豆，让豆的枝蔓爬在竹架上，好处在于透风蔽日，如绿阴满窗，又可随时移动变更，实在是纳凉、装饰的好东西，真难为芸娘怎么想来。

芸又很有趣，有趣的人才可爱。她很会讲笑话的。三白与芸论诗的时候，三白戏说："异哉！李太白是知己，白乐天是启蒙师，余适字三白为卿婿，卿与'白'字何其有缘耶？"芸的回答是："白字有缘，将来恐白字连篇耳。"二人相与大笑，想必读者读到此处也会为之开心一笑吧！更有趣的是芸乔装男子，随三白游水仙庙一事。易髻为辫，淡扫蛾眉，戴上丈夫的帽子，穿上丈夫的长衫和马褂，脚蹬蝴蝶履，美丽的少妇变成了翩翩少年郎。芸的乔装骗过了很多人的眼睛，二人得意不已，忘形处，芸按了下一少妇的肩，招来少妇奴婢的恶骂。芸脱帽抬脚：我也是女人，才使矛盾烟消云散，并使少妇等人转怒为欢，留茶点，又喊了轿子把他们送回家。这种事在当时一定是被禁止的，所以更显得刺激，新奇有趣，主人公的胆量也实在令人佩服。

芸确实是个非常可爱之人，而她最能动人心的地方，就是芸的多情。芸与沈复为表姐弟，自幼青梅竹马，感情甚深。沈复十三岁时便向母亲表白："若为儿择妇，非淑姊不娶。"芸对这个表弟兼未婚夫也极用心，有藏粥一事，历来传为佳话：

> 是夜送亲城外，返已漏三下，腹饥索饵，婢妪以枣脯进，余嫌其甜。芸暗牵衣袖，随至其室，见藏有暖粥并小菜焉，余欣然举箸，忽闻芸堂兄玉衡呼曰："淑妹速来。"芸急闭门曰："已疲乏，将卧矣。"玉衡跻身而入，见余将吃粥，乃笑睨芸曰："顷我索粥，汝曰'尽矣！'乃藏此专待汝婿耶？"芸大窘避去，上下哗笑之。余亦负气，挈老仆先归。

从这段文字中，我们似乎已看到芸含羞跑走的背影，这小儿女之态多么有趣、可爱。新婚之夜，新郎新娘聊起这段往事，四手相持，双眸凝视，更增添多少情意在心中。

三白与芸夫妻情笃，恩爱缠绵。芸善良诚恳，满心希望做个好媳妇，相夫教子，承欢公婆，一家人其乐也融融。但往往事情不随人愿，尽管芸曲意逢迎，苦心经营，仍不慎得罪于翁姑。得罪公公是因芸无法代笔写家信，得罪婆婆是因公公要纳妾，是芸一手操办之。芸诚然是很聪明的，但她还未聪明到世故的程度，于世事，于人心，她还没有真实的认识。而只凭自己的性格行事：企图给丈夫纳妾而结识妓女憨园，后来憨园被别人抢去，芸还着实伤心了一阵子。从华夫人家搬到邗江后，华夫人送给她们的小丫头阿双卷了财物逃走，芸反而为阿双担心，怕她回家受大江之阻生死不测。芸就是这么善良，即使别人在背后算计她。弟启堂向邻家借钱，央芸做保，芸慨然应允，后来启堂赖账，把黑锅全推给了芸。凡此种种，芸和丈夫三白被老父一怒之下，净身出户赶离家门，在外只能投亲靠友，寄人篱下，受尽凄凉。最后因血疾复发，一缕香魂赴阴曹。丢下她的多情郎沈三白，一个人浪迹天涯，四处游荡。芸逝时四十一岁，沈复作此书时四十六岁，复卒年虽不详，但恐怕其去日亦距芸不远吧。

历尽半世苦辛，也享受了人间的欢乐，多情才女陈芸与多情才子沈复相继陨落于人世，在文学的夜空中，升起了两颗耀眼的明星，似牵牛织女一样，相依相伴，放射出璀璨的光芒，照亮人生的每个角落。

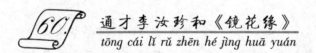

通才李汝珍和《镜花缘》
tōng cái lǐ rǔ zhēn hé jìng huā yuán

清人陆以湉在《冷庐杂识》中云："《镜花缘》说部征引浩博，所载单方，以之治病辄效。"进而举例证之，话说"道光癸卯夏，有患汤火伤，遍身溃烂，医治不效，来乞方药。检阅是书中方用秋葵在浸麻油同涂……依方治之立愈。乃采花贮油瓶中，以施人，无不应手获效。"这一方面证明《镜花缘》之"征引浩博"，同时也足见作者李汝珍审慎的学者风范。而且李汝珍这部《镜花缘》，又岂止是行文中所涉单方可治愈体肤之疼；作品中奇巧瑰丽的想象，"口吻生花"的语言，引人入胜的异域风情，更有嬉笑怒骂的讽刺，这些都给读者耳目一新、酣畅淋漓之感，令人"宿疾顿愈"。

李汝珍（约1763—约1830年）博学多才，医药、星相都通，尤精于音韵学。闲时又嗜好下棋，曾与一批棋友举行"公弈"，一时誉为盛举。并且专著有《受子谱》一书，阐述学弈心得。关于他的才学，其友人多有共识。《李氏音鉴》序说他："如壬遁、星卜、象纬之类，靡不涉以博其趣，而于音韵之学，尤能穷源索隐，心领神悟。"石文煃 在同书序中也说："平生工篆隶，措图史，旁及星卜弈戏诸事，靡不触手成趣。花间月下，对酒征歌，兴至则一饮百觥，挥霍如志。"许乔林《镜花缘》序中说："枕经葄史，子秀集华；兼贯九流，旁涉百戏；聪明绝世，异境天开。"

而偏是这聪明绝世、学识渊博的翩翩才子，鄙薄时文，"读书不屑章句帖括之学"，故而终身不达，一生的衣食费用都依仗其兄长资助。孙吉昌在题《镜花缘》的《五韵诗》中就如此写道："而乃不得意，形骸将就衰；耕无负郭田，老大仍饥驱。可怜十余载，笔砚空相随；频年甘兀兀，终日唯孳孳。心血几用竭，此身忘困疲；聊以耗壮心，休言作者痴。穷愁始著书，其志良足悲！"只是这番困顿情形刻写的也有几分夸张。且见李汝珍在《镜花缘》一百回中，顺着"恰喜欣逢圣世，喜戴尧天，室无催科之扰，家无徭役之劳"的门面掩饰语，说自己"玉烛长调，金瓯永奠，读了些四库奇书，享了些半生清福"，这或有几分反语似的自嘲，隐含着老大无成的感叹，但也难说不无作者乐天知命的洒脱。

传说李汝珍青年时代曾随做盐商的舅兄不止一次漂洋过海，有过海上生活，虽不曾踏上异国的土地，想必也为他在《镜花缘》写异域风物提供了稍许感性认识，并为他展开奇异的想象提供了契机。

在海外诸国的游历中，作者以轩辕国作结，这一安排颇具深意。轩辕国是西海第一大邦，其人都是人首蛇身，却并不使人恐惧厌恶，而是秀雅可爱，原因是"此地国王，乃黄帝之后，向来为人圣德，凡有邻邦，无论远近，莫不和好。而且有求必应，最肯排难解纷。"有人认为这里作者旨在宣扬睦邻友好、和平相处，只是作者笔下这个国度颇具几分神话气氛，这里凤鸟自舞，鸾鸟自歌，人人自适，熙熙融融，升平吉祥。这里的国王年已千岁，圣德远播，众邦威服。此番意境只怕不能用睦邻友好一言而蔽之，而或可说是作者在篇尾为其"唯善为宝"的理想社会奏起的圣乐。

《镜花缘》一书，从作者李汝珍的自白与小说描写中看，可见其多种写作意图和创作旨趣，揶揄世态、寄寓理想只是其中之一。小说第四十八

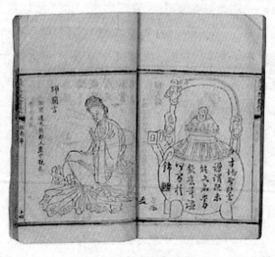

道光年间《镜花缘》书影

回"泣红亭记"中说："盖主人自言穷探野史，尝有所见，惜湮没无闻，而哀群芳之不传，因笔志之。"而且从通篇结构来看，如果说唐敖等异域行迹是《镜花缘》中一条"地上的线"，而与之并行交错的又有一条"天上的线"，即百名花仙投生人间，又各自有所作为，这也是整个故事结构的重要框架。由此可见，作者又有以此文哀悯百花销沉，为世间女子扬眉吐气，传芳写烈之意。

文中所涉一百个才女无不千灵百俐，灵动飞扬，是为巾帼奇才。其中有才思敏捷者、侠肠义胆者、亦有医道精通、数理纯熟者。给人印象最深的还是"紫衣女殷勤问字，白发翁傲慢谈文"这一段。多九公与唐敖在黑齿国的女学塾遇到紫衣、红衣两位女子，乍一见，多九公对"海外幼女"心存轻视。她们因知多九公是天朝秀才，遂请教其"敦"字读音，多九公一口气说出十种读法，岂料紫衣女子又举出"吞音"、"傔音"之类。第一回合就使多九公败下阵来。只是他却说"况记几个冷字，也算不得学问"。此后又谈到《周易》注家，多九公所知至多无过五六十种，听紫衣女说有九十三家，就自夸向日所见约有百余种，意欲引其说出九十三家卷帙、姓名，扫两女子的威风，却不想紫衣女子滔滔不绝，把当时天下所传九十三种说的丝毫不错，而后反问多九公："刚才大贤曾言百余种之多，此刻只求大贤除婢子所言九十三种，再说七个，共凑一百数。此事极其容易，难道还吝教么？"红衣女子又道："如两个不能，就是一个，一个不能，就是半个也是好的。"只问得多九公"脸上青一阵、黄一阵。身如针刺，无计可施"。最后，多九公被用"吴郡老大倚闾满盈"（"问路于盲"的反切）嘲笑，却直到仓皇告辞后，方恍然大悟。无怪乎唐敖惊叹："小弟从未见过世上竟有这等渊博的才女！"而即使是如此才华横溢，二人在后来考才女中也不过中得二十二名、三十六名，更足见世间女子的聪颖、博学。

《镜花缘》中的"女儿国"更是一个脍炙人口的故事，大快天下女子之心。尤其是其中林之洋被女儿国国王看中，封为王妃，强迫其穿耳缠足一段：

> 内中有一个白须宫娥，手拿针线，走到床前跪下道："禀娘娘：奉命穿耳。"……先把右耳用指将那穿针之处碾了几碾，登时一针穿过。林之洋大叫一声："疼杀俺了！"……接着有个黑须宫人，手拿一匹白绫，也向床前跪下道："禀娘娘：奉命缠足。"……先把林之洋右足放在自己膝盖上，用些白矾洒在脚缝内，将五个脚趾紧紧靠在一处，又将脚面用力曲作弯弓一般，即用白绫缠裹；才缠了两层，就有宫娥拿着针线上来密密缝口：一面狠缠，一面密缝……及至缠完，只觉脚上如炭火烧的一般，阵阵疼痛。不觉一阵心酸，放声大哭道："坑死俺了！"

将男女地位倒置，让男子设身处地体验穿耳缠足之痛，以此抨击封建社会摧残妇女这一历史积留下的陋习与畸形心理，其手段可谓高妙。

作品中还让女子和男人一样，有参加考试和从政的权利。全书以众才女为中心，她们临朝当政，经国济世，或胜须眉一筹。文中写武则天因见才女幽探、哀萃芳把苏惠的织锦回文《璇玑图》翻出数百首诗句来，因思才女如史、哀者定有不少，随开女科。女儿国的王储阴若花考中十二名才女，回国做了国王，并由另三位才女：歧舌国的枝兰音，黑齿国的黎红薇、卢紫萱作为她的辅佐。她们立志"或定礼作乐，或兴利剔弊，或除暴安良，或举贤去佞，或敬慎刑名，或留心案牍，辅佐她（阴若花）做一国贤君，自己也落个女名臣的美号，日后史册流芳。"

由其他花神托生的女子，在女科中也均被录取。她们在人间，饮酒赋

诗，论学说艺，弹琴游戏，各显其能。这里，作者又捧出一个生气蓬勃、个性鲜明的女子——孟紫芝。

孟紫芝在家中别号"乐不够"，在泣红亭碑文上的头衔是"司笑屠花仙子"。这是对其人性格的生动概括，她欢乐、诙谐，全凭着天性去视、去听、去言、去动。与其他才女一样，她也博学多才，却并不为"闺范"所囿。她敢于读闺阁的禁书《西厢记》，对之赞叹不已，并公然在众人面前谈论。即便第一次提及被其姊示意并为之掩饰，而后却仍是在更多人面前毫无顾忌地发问："今日为何并无一个《西厢》灯谜？莫非都未看过此书吗？"她爱说笑话，大书、小曲，都信手拈来，即说唱一段，而且所谓的小曲居然是下里巴人式的情歌。

男女婚姻历来是闺阁讳语，孟紫芝却肆无忌惮地谈论，又与人辩白："刚才尧蓂姐姐因我说他有姐夫，他就说我淘气。难道'有姐夫'这句话也错了？如果说错，并不是我错的，那孟夫子曾说'女子生而愿为之有家'，只好算他错。"正是这伶牙俐齿、自由无羁的孟紫芝，在儒家的经典里读出"闺训"的虚伪；以《论语》中的"适蔡"为谜底拟出了"嫁个丈夫是乌龟"这样的谜面。

凡此种种，作者纵情写来，把个玲珑剔透娇滴可爱的才女写得呼之欲出，较之如唐闺臣、师兰言、卞宝云等示范式的才女更显得灵动真切，难说作者对其独有一番衷情，借之寄寓自己心目中理想的才女形象。而此女身所体现出的自然人性、人情、个性的舒张，自然也是作者李汝珍情感上渴盼的人生境界。从这个角度理解《镜花缘》中宣扬的所谓"进步的妇女观"，应该说更为深刻且具有开放性。

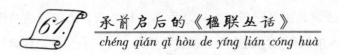

61. 承前启后的《楹联丛话》
chéng qián qǐ hòu de yíng lián cóng huà

道光二十年（1840年）梁章钜精心编撰的十二卷本《楹联丛话》由桂林环碧轩刊刻，成为中国文学史上值得纪念的盛事。此书因为"一为创局，顿成巨观”的气势而风靡天下，翻印流传不衰。它的写作花费了作者两年多的时间，而访采搜讨的时间则更长。此后梁章钜又推出了道光二十二年的《楹联续话》四卷、次年写就的《楹联剩话》一卷和道光二十七年的《楹联三话》二卷，自成系列而前后呼应，颇有总结“清对联”的深远意味。

但一般都以为梁氏的功绩在于确立楹联的分类法则以及大量保存佳联妙构，而不知其实《楹联丛话》的意义正在于建构起完备的楹联批评标准，使有清一代的楹联创制之盛能够上升到理论，对晚清楹联直抵峰巅实有开辟之功。梁氏楹联批评体系的核心是“品题”玩赏，是直接面对楹联而生发的丰富的体验，是读者的体验

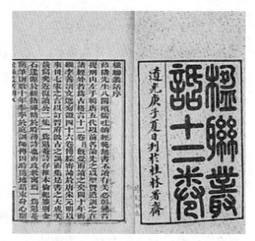

道光年间刊刻《楹联丛话十二卷》书影

与作者的况味在楹联中的契会融合。他充分发挥楹联艺术“对待、和谐”的根本精神，提出名胜楹联应追求“情景稳切”、“情景俱合”、“情景恰称”，与所题景致构成“恰好”的契合境界；挽词可用“纪实”笔法，亦可杂以议论，但必须“切合时事”、“曲折尽意”、“肖其为人”；祠宇楹联品评历史人物则应“恰称身份”。总之，联内之运语造意应达到与联外之景物情事的高度和谐，此即梁氏所谓“言各有当”、“与题相称”的涵义所在。由于楹联艺术是文学、书法、装饰陈设等艺术门类的神妙结合，梁氏又以“词翰双美”的完美境界作为他品评鉴赏的标准，具体说来就是楹联书法要求“笔致奇伟可宝”，书法与修辞的搭配则以“句奇而笔遒”为最理想。他自己的联作也曾因屡写不成而终未张挂。梁章钜还论到楹联与横额的搭配，每有精妙独到之论。

梁章钜的楹联理论以“情”、“文”间的相互关系为基石，有力地发展

了袁枚的"文以情生，未有无情而有文者"的观点。他眼中的妙联佳构多是"情深于文"、"情余于文"，其次是"情文兼到"、"情文相生"，而反对"泥于迹象"、"有凑泊痕迹"，以之为联中劣品。"情"和"文"的关系实际上就是意境和形式间的关系，佳联无不以意境胜，起码也要做到意境与形式的彼此谐调。"情深于文"者如《楹联丛话·十》中郑苏年挽其弟郑天衢：

> 缘尽先离　伤心卅载荆枝　漫说来生还有约
> 事多未了　回首七旬萱荫　敢言已死便无知

"情文深至"者如《楹联三话·上》中桂超万题节孝祠：

> 共话慰穷愁　耐过冰霜逢雨露
> 相劝励名节　免教巾帼笑须眉

郑联可谓"一字一泪"，桂联也颇工整平实。意境和形式的浑融无间是贯串梁氏联话丛书的主线，梁章钜认为楹联仅做到"工"（对仗工整）是远远不够的，他的楹联品鉴标准是从"工切"到"工巧"、"工敏"、"工丽"、"工雅"、"工妙"再到"工绝"，大致分七层次，而以"工绝"为极致。像这些在全书中如散落的珍珠，有待加以梳理。如"工切"一格在《楹联续话·一》中有侯竹愚题广东韩愈祠联：

> 苏学士前传谪宦
> 孟夫子后拜先生

确实切合韩愈平生故事。而"工雅"一格在《楹联三话·下》中则有高颂禾集《曹全碑》联：

> 泉流云际月
> 风动雨中山

虽是集字成联，却有雅韵如诗。再如"工绝"一格，有《楹联丛话·

十一》中集句题酒家楼联：

> 劝君更尽一杯酒
> 与尔同消万古愁

梁章钜论集句联，谓其起码要"恰切"，最好能"浑成"，而以"天造地设语"为极，此联足可当之。切、巧、敏、丽、雅、妙、绝，都超出了形式的范围，而层层向上开辟，构建起意境的大厦。这方面，梁章钜主张要"有味"，要"有言外意"，所谓"议论自在言外"，也就是说，楹联的真趣须在无字句处找寻，因为联家需要你领会的东西恰恰是他没有说出的东西。梁氏所谓"别有会心"，此之谓也。

梁章钜论楹联的意境，有激昂、壮丽、阔大、沉着、蕴藉、质实、庄重、奇伟、大方、隽永、柔丽、凄婉、超脱、天然诸品。这是对楹联美学风格的系统展示。只是楹联诸品的深厚意趣，领悟实易而叙说实难。此处略择数品举例以证明之。如楹联的"壮丽"一品，有《楹联三话·上》中北固山甘露寺正殿联：

> 紫极焕璇题　瑞露凝甘留净域
> 丹轮开宝相　香岩拥翠俯晴江

再如楹联的"蕴藉"一品，有《楹联续话·三》中颜检题黔中巡抚署斋联：

> 两袖入清风　静忆此生宦况
> 一庭来好月　朗同吾辈心期

而楹联中"隽永"一品则有《楹联续话·一》中某佛寺联：

> 弹指声中千偈了
> 拈花笑处一言无

至于"超脱"一品，有《楹联丛话·六》中舒白香题靖安扬鹤观春联：

> 遥闻爆竹知更岁
> 偶见梅花觉已春

梁章钜认为颇有"山中无历日，寒尽不知年"之意。以上诸品风味，作者皆由品赏玩味中随手得之，虽貌似散漫，内里却有一个结实的架构在，"清对联"理论的成熟由此可知。

梁章钜于楹联创制的宜忌，也有许多精当深刻的论述。他主张楹联要"不即不离"、"不脱不粘"，即便常语、通语，如"楹联中之台阁体"也可以做得出色，关键在"不落窠臼"。至于创制楹联时所当避的忌讳，则有"腐气"、"村气"、"俗俚"、"钝相"、"轻薄"、"意尽夸"、"泛而无当"以及语涉"稗官演义"等等。梁章钜首先发现了八股文对楹联的影响，如说某联"墨卷时腔"、"颇似时文家两小比"，但似乎对此并不赞赏。此外梁章钜还从作家论的角度将楹联分为"才人之笔"、"豪侠之气"和"仁人之言"，也是发前人所未发的新鲜之论。他所说"才人之笔"的例子有《楹联三话·下》收录的某公挽汪仲洋联：

> 文章惊海内，诗酒满天涯，二十年湖上勾留，身去名存，除却欧、苏无此福；
> 薄宦感焦桐，佳人悲锦瑟，七千里蜀中怅望，才丰命啬，剧怜李、杜亦终穷。

"豪侠之气"的典型例子则有《楹联续话·一》中汤东谷自题西偏房联：

> 长身唯食粟
> 老眼渐生花

其气势之凛然溢于言表。梁氏书中载录的"仁人之言"较多，如《楹联丛话·五》中张南山题黄梅县大堂联：

催科不免追呼　愿百姓早完国课

省事无如忍耐　劝众人莫到公堂

其实"才人之笔"也罢，"豪侠之气"也好，"仁人之言"也可，在梁章钜眼中只要是"本色语"，是"出乎肺腑"的"真挚"之作，便可称为上品。种种"工致"最终归于"自然天成"，这本是梁章钜楹联理论的终点，却同时成为晚清民国楹联蔚为大观的进展的起点了。后人长久沉吟其中，感悟良多，领略良多，于是渐渐发现这部荟萃汉语文学和古典文论精华的《楹联丛话》，它的体大思精之处实在是说不完的。